T0286944

Promesas y Prímulas

Promesas y primulas, Los Mayfield 1

Originally published in English under the title:
Promises and Primroses

Estación de Chamartín s/n, 1ª planta
28036 Madrid
www.librosdeseda.com
www.facebook.com/librosdesedaeditorial
@librosdeseda
info@librosdeseda.com

Diseño de cubierta: Gema Martínez Viura
Maquetación: Rasgo Audaz

Imagen de la cubierta: © KathySG/Shutterstock (joven de la peineta);
©Vikuschka/Shutterstock (prímulas)

Primera edición: noviembre de 2022

Depósito legal: M-26775-2022
ISBN: 978-84-17626-65-5

Impreso en España – *Printed in Spain*

JOSI S. KILPACK

Promesas y Prímulas

La prímula inglesa

La prímula inglesa es generalmente de un tono amarillo pálido, aunque también puede encontrarse en azul, rosa, blanco y morado. Las prímulas simbolizan la juventud, la feminidad, la paciencia y la dulzura. Son flores perennes que aparecen cada año en forma de racimos que se dividen y replantan fácilmente. Son fáciles de cultivar y comestibles, con un sabor similar al de la lechuga. Cuando se regalan a alguien, es para decir que no se puede vivir sin esa persona.

Capítulo 1

ELLIOTT

15 de marzo de 1822

Lord Elliott Mayfield, quinto vizconde de Howardsford, miró a través del escritorio a Peter, su sobrino mayor y heredero. «El destino y la oportunidad no son tan diferentes», se recordó a sí mismo en un esfuerzo por reunir coraje. Todo lo que Peter sabía era que su reunión consistiría en la habitual revisión trimestral de las propiedades que heredaría algún día y, sin embargo, el día le depararía mucho más.

—Gracias, señor Poole —dijo Elliott a su administrador mientras cerraba su libro de cuentas—. Eso será todo.

El señor Poole inclinó la cabeza y salió del estudio. Una vez que estuvieron solos, Elliott se volvió hacia Peter.

—¿Tienes alguna pregunta para mí?

—Creo que no. —Peter revisó las notas que había estado tomando—. Estoy ansioso por ver cómo funciona en la práctica el nuevo sistema de rotación de pasto. ¿Me lo harás saber si necesitas ayuda para adquirir más ganado?

—Por supuesto, pero no será necesario. El señor Poole está ansioso por incrementar su número de cabezas de ganado, y yo estoy lo suficientemente aburrido de esta vida de caballero como para calzarme las botas y ponerme la camisa de trabajo para ayudarle en los corrales. —A medida que hablaba, se imaginó a sí mismo disfrazado de hombre común para poder pasar desapercibido en el mercado. Sonaba divertido.

Peter sonrió, y Elliott pudo apreciar que se parecía mucho a su padre, Teddy, su hermano menor. Había fallecido hacía ya treinta años, y le gustó ver en su hijo un destello de su hermano.

—Deberías criar perros —propuso Peter, no por primera vez. El chico estaba obsesionado con aquella idea—. Sin duda, llenarían tus horas vacías.

—No me cabe la menor duda —concedió Elliott—. Sin embargo, después de que me sirvieran perro para comer más de una vez en India, creo que prefiero no hacerlo.

Peter se estremeció.

—Suena horrible.

—Bastante.

Elliott se inclinó hacia delante y apoyó los antebrazos sobre la mesa.

—Hay otro asunto que me gustaría discutir contigo, Peter, si tienes tiempo.

Su sobrino se sacó del chaleco el reloj de bolsillo, un objeto viejo y anticuado que había pertenecido a su abuelo.

—Debo marcharme dentro de una hora porque tengo una cita para entrevistar a candidatas a institutriz en Norwich, pero estoy a tu disposición hasta entonces.

—¿Te importaría si abordamos ese asunto ahora?

Peter extendió los brazos y se sentó con gesto informal, aunque rara vez era el caso; se mantenía ocupado la mayoría de las horas del día, quizá para huir de sus pensamientos, de sus recuerdos, de sus remordimientos. Elliott podía entenderlo. Él también había sido joven y, al igual que él, se había arremangado, y un día llegó a la India rogando que alguien le pusiera una herramienta en la mano para poder perderse trabajando y sudando.

—Sin duda has captado mi atención. Estoy ansioso por escucharlo en su totalidad.

—Excelente. —Elliott respiró profundamente y entrelazó los dedos—. He ideado un plan que espero que salve a nuestra familia del… Mmm… A ver, del camino en el que se encuentra desde hace algunas generaciones.

El rostro de Peter se endureció de inmediato, pero su tío le sostuvo la mirada.

—Hablemos de hombre a hombre. Sabes tan bien como yo que la familia Mayfield ha caído en desgracia, aunque ese no haya sido el caso en lo que a ti respecta.

Peter seguía tensando la mandíbula, pero asintió. Elliott prosiguió, haciendo caso omiso de cómo se le retorcían las entrañas:

—Siempre respetaré a tu padre por haber hecho lo correcto por tu madre y por ti, pero eso no cambia el hecho de que tanto tus hermanos como tú hayáis tenido que soportar después muchas dificultades fruto de decisiones desafortunadas.

Elliott hizo una pausa, esperando a que su sobrino reconociera la verdad con otro asentimiento. Nunca habían hablado de los detalles acerca de la relación de sus padres: Teddy, de veintiún años, era el segundo hijo de un vizconde; Mara no era más que una camarera de diecisiete años. Ambos se habían casado solo unas semanas antes de que Peter naciera. Eso lo había convertido en hijo legítimo, pero no había servido para que su madre fuera la mejor elección para Teddy ni para que este ejerciera como padre o marido. Se habían hecho la vida imposible el uno al otro hasta que su hermano había muerto, ocho años después. Del matrimonio también había nacido una hija, Donna, y un hijo póstumo, a los tres meses de la muerte de su hermano, Timothy. La década que siguió a la muerte de Teddy vio cómo Mara se convertía en una especie de ermitaña que nunca salía de casa y que ahogaba las penas en ginebra, láudano o ambas cosas.

El tío continuó:

—Mis hermanas, tus tías, a las que nunca has conocido en persona, hicieron un uso igualmente inapropiado de sus privilegios, y me temo que sus hijos están siguiendo sus pasos.

—Siempre he intentado actuar muy por encima de toda censura, tío. Si te he disgustado...

—No te incluyo en nada de esto, Peter. No podría estar más orgulloso de la vida que has llevado y de las decisiones que has tomado. De hecho, es tu ejemplo el que me ha llevado a decidir en nombre de todos mis sobrinos. Quiero que esta familia sane, que los lazos rotos se reparen y que mis parientes encuentren un propósito en su vida, para que se esfuercen por conseguir más de lo que está a su alcance.

Peter siguió estando tenso. Se pasó una mano por el pelo oscuro, que empezaba a encanecer en las sienes, y se removió ansioso en su asiento. Su mirada se dirigió más allá del gran ventanal, casi deseando estar de camino a Norwich y no en aquel sillón, aguantando los torpes intentos de su tío por explicarle cuál era aquel plan tan brillante que tenía. No había nada que hacer más que seguir adelante.

—He ideado una campaña que podría salvar a tus hermanos y primos de su rumbo actual. Mi plan consiste en concederles una dote si se casan adecuadamente. Todos son mayores de edad ya y, tras el fallecimiento de tu tía Jane, mi hermana, el año pasado, ya no queda nadie más que pueda ayudarlos.

Intentó sonreír, pero luego se dio cuenta de que había bromeado con el hecho de que todos sus hermanos y sus respectivos cónyuges, incluidos los padres de Peter, estaban muertos. Tal vez no fuera la mejor manera de relajar el ambiente. Sin embargo, su sobrino parecía menos incómodo, aunque sí más dubitativo.

—¿Una «campaña»?

—Una «campaña matrimonial», podría decirse. Tengo siete sobrinos entre chicos y chicas que dependen de mí, pero tú eres el único que se ha casado con éxito y ha disfrutado de la seguridad y el amor propios de una unión basada en el amor y la estabilidad.

El joven clavó los ojos en el escritorio y alineó los bordes del cuaderno con la mesa. Tal vez hubiera sido mejor que su tío le hubiera transmitido aquel plan por carta, utilizando las palabras adecuadas para explicarse. A fin de cuentas, el destinatario de una carta no tiene por qué saber cuántos borradores se descartan antes de enviar la carta definitiva. En el caso de su tío, seguro que podría tratarse de más de una decena.

—Sé que echas mucho de menos a Sybil —añadió Elliott, suavizando la voz, a pesar de que la incomodidad iba en aumento en la habitación—. Tus hijas se beneficiarán de la firmeza de carácter de sus padres durante el resto de sus vidas. Me gustaría que mis otros sobrinos encontraran una felicidad similar a la que tú viviste con Sybil.

Peter se inclinó hacia un lado, apoyó una mano en el reposabrazos de madera y movió los dedos, nervioso.

—Con el debido respeto, tío, mi unión con Sybil no fue el resultado de una campaña matrimonial, y no puedo imaginar que hubiéramos encontrado la felicidad juntos si nuestra relación no hubiera empezado con amor, compromiso y respeto. Me cuesta ver cómo esos incentivos de los que hablas van a cambiar el rumbo en la vida de nadie. No puede forzarse una vida de virtud e integridad, menos aún puede comprarse. Debe ser una elección individual.

—Comprendo tu preocupación —admitió su tío inclinando la cabeza—. Pero me temo que, sin mis «incentivos», como dices, los demás nunca cambiarán. Necesito que vean los beneficios de llevar una vida honrada, y creo que esta es una oportunidad para centrar el futuro en algo que sea claro y realizable.

Hizo una pausa y tomó aire de nuevo.

—Esta familia lo es todo para mí, Peter. He sacrificado mucho para mantener a los que tengo a mi cargo, pero mi esperanza de que estos esfuerzos reparen las generaciones que me siguen se tambalea. No hay unidad alguna ni compromiso con el futuro, excluyéndote a ti, y nuestro árbol genealógico empieza a mostrar un patrón de malas decisiones del que pronto no habrá salida. Hemos tenido el privilegio de heredar un noble patrimonio de tierras, riqueza, posición y oportunidades. No puedo, en conciencia, quedarme de brazos cruzados viendo cómo todo se malgasta.

Peter tomó una bocanada de aire y lo soltó lentamente.

—Entiendo tu motivación y admiro tu deseo de que mi generación se aleje del desafortunado rumbo que marcaron nuestros padres, pero apelar a la codicia no parece ser un camino viable para alcanzar un destino virtuoso. Ninguna promesa de riqueza habría cambiado las decisiones de Donna. Ella tenía más que suficiente.

Donna. Una de las dos sobrinas que más habían inspirado la campaña de Elliott.

—Si Donna no hubiera necesitado asegurar su futuro y no se hubiera sentido desesperada por superar los mismos obstáculos que a ti te han acechado, no se habría casado con ese hombre.

—Y, sin embargo, son sus acciones, no las de él, las que han precipitado su situación.

El tío Elliott levantó las cejas.

—¿Condenas a tu hermana?

Peter negó con la cabeza y se removió de nuevo en su asiento.

—No me cabe duda de que Donna era infeliz en su matrimonio y de que no fue tratada con justicia, pero…

—Nada de eso importa ya —interrumpió su tío, sintiendo se salían por la tangente y no había lugar para la empatía en aquellas palabras, que sin duda trataban de compensar las acciones deshonrosas de sus padres—. No se trata de Donna, sino de todos vosotros. Quiero presentaros opciones que no habéis tenido para incentivar decisiones inteligentes, no desesperadas o, en otros casos, inexistentes. No creo que el hecho de que os dote apele tanto a la codicia como a la responsabilidad, por no hablar del hecho de que me da la oportunidad de explicar mi posición, o eso espero, y de recordarles a todos el lugar que pueden ocupar en nuestra historia si avanzan con cautela. A medida que nuestra nación cambia con la implantación de la industria, siento una innegable ansiedad respecto a lo que el futuro nos deparará a todos, y creo que es mi deber hacer todo lo que pueda para restaurar la respetabilidad de nuestro apellido, tanto ahora como en el futuro.

Peter se quedó pensativo, y quizá también se sintió humillado al escuchar tal explicación. Asintió con la cabeza.

—Nunca discutiría las convicciones de un hombre, tío. Dejaré de lado mi juicio inicial para que me expliques mejor de qué va todo esto.

«Oh, bendito sea este chico y su buen carácter».

Durante los diez minutos siguientes, el tío Elliott le explicó con detalle el regalo individualizado que había ideado para cada uno de sus sobrinos, chicos o chicas, y que sin duda le ayudaría a asegurar su futuro. Había pasado la mayor parte del año elaborando y completando aquel plan, con abogados de por medio que le aseguraran que era válido legalmente, además de ético e inviolable, por si acaso surgiera alguna disputa.

—Yo no orquestaré ninguna unión —añadió Elliott—. Solo aprobaré cada decisión para asegurarme de que la persona que han elegido tiene la calidad necesaria para ser un buen cónyuge. Y, una vez contraído el matrimonio, transferiré las propiedades designadas para esa pareja, tal como se indica en mi plan. Por supuesto, como queda estipulado, también se transferirá cada título, con todo lo que conlleva. He financiado todos estos regalos con mis propios recursos.

Lord Elliott no había formado una familia y, por lo tanto, no había tenido mucho más que hacer mientras estuvo en la India que dedicarse a llenar las arcas de la familia y hacer que su patrimonio personal creciera. Había regresado a Inglaterra como un hombre escandalosamente rico, con lo que las propiedades familiares estaban seguras. Y además, las había convertido en rentables. Ahora quería limpiar su nombre y su legado.

Peter se aclaró la garganta.

—Me temo que mis primos y mis hermanos lo manipularán todo, tío. Aunque me gustaría equivocarme, creo que acabarás por sentirte como un tonto.

—Podría ser, sí —aceptó Elliott—. Sin embargo, tengo la esperanza de que no lo hagan. Como parte de las ofertas que haré a cada uno de ellos, estableceré que tendrán eso y nada más, y ya no vivirán de mi bolsillo. Así, si aceptan, tendrán la oportunidad de cuidar de sí mismos y de asegurarse un futuro sin mi apoyo de siempre. Se lo iré retirando a medida que lo considere apropiado.

Su sobrino levantó las cejas, sorprendido.

—¿Vas a estipular un plazo para que consigan a alguien adecuado?

—O para que cambien su estilo de vida para adaptarse a los ingresos que tengan. He pasado treinta años pensando que mi apoyo financiero serviría para que mis hermanos siguieran un camino respetable y que así sus hijos fueran a mejor, pero ese plan ha fracasado. Por eso he ideado un plan diferente que espero desemboque en el respeto, la realización y el éxito que espero de ellos.

Lo escuchaba atentamente, al tiempo que fruncía el ceño. Había dejado de tamborilear con los dedos, pero seguía muy tenso: tenía el cuerpo fuerte y recio de un hombre que todavía es lo suficientemente joven como para trabajar duro cada día, pero también la madurez para considerarlo una bendición.

—¿Y todos esos «regalos» van a ser económicos?

El hombre consideró cuántos detalles quería revelar a su sobrino y luego optó por dar una respuesta imprecisa.

—Son inversiones con un gran potencial de crecimiento.

Si Peter sentía la mínima curiosidad, desde luego no lo demostró. Lo que hizo, en cambio, fue sonreír amablemente y recostarse en su silla como si hubiera tomado su propia decisión al respecto; ya no parecía a la defensiva ni en tensión, aunque el tío Elliott sabía que no estaba siendo transparente del todo. Lo más probable era que su sobrino se hubiera dado cuenta de por qué todo aquello le afectaba tanto y, tras tomar la decisión de no dejar que le afectase, podía estar tranquilo. Sí, pero lo cierto era que él le había conducido a esa conclusión a propósito: un hombre de su posición no aprendía lo que él había aprendido, no construía lo que él había construido ni dirigía el número de personas que había dirigido sin aprender un par de cosas sobre cómo tratar a la gente en función de la situación de cada cual. Y emplearía esas habilidades para lograr su propósito. Y en dicho propósito había incluido a su sobrino mayor, Peter, aunque este todavía no estuviera preparado.

Elliott le sostuvo la mirada.

—Todo lo que puedo hacer es confiar en los instintos y convicciones que guiaron mi propio camino. Lo que pase al final vendrá determinado por lo que cada individuo decida. Espero darles más oportunidades que les ayuden a comprender mejor el poder que tienen para forjar su propio futuro.

—Estoy de acuerdo en que cada persona debe decidir su destino, tío, y, sin duda, puedo ver algunos paralelismos con mis perros: algunos están ansiosos por aprender y cumplir mis órdenes, por eso pongo en venta a los más tercos y desobedientes en primer lugar, para que la calidad de mi jauría se mantenga.

El hombre no apreció la analogía del modo en que su sobrino esperaba que lo hiciera, pero sonrió de todos modos.

—Gracias, Peter.

Su tío se levantó del escritorio y se dirigió al aparador situado bajo las ventanas del oeste, que se abrían a la inmensa finca. La había heredado hacía treinta y seis años, cuando su padre murió inesperadamente. Sin embargo, no había pasado ni tres años enteros en aquella casa, ni tampoco en aquel país, desde entonces.

Abrió el cajón superior, sacó una carpeta de cuero azul de una pila y volvió al escritorio. Su sobrino lo observaba con cautela. De nuevo sentado, deslizó la carpeta por la superficie lisa. Peter la observó, pero no hizo amago de alcanzarla. Miró expectante a su tío.

—¿Qué es esto?

—Son los detalles de tu regalo de bodas. —dijo, señalando con la cabeza la carpeta—. La he creado especialmente para ti.

Entendiendo lo que aquello implicaba, apretó la mandíbula y, al hablar, las palabras le salieron entrecortadas:

—Me emociona que me hayas incluido, tío, pero no tengo ningún deseo de volver a casarme, lo sabes. Con una hacienda ya a mi cargo y tus posesiones, que algún día pasarán a mí, no necesito la seguridad que has propuesto para los demás ni tampoco motivación alguna para llevar una vida respetable.

—Tienes toda la razón —dijo su interlocutor, asintiendo con vehemencia—. No necesitas motivación ni seguridad financiera, pero, como te he explicado, cada regalo es único. ¿No tienes la más mínima curiosidad por saber qué regalo quiero hacerte para tu futuro?

El sobrino se llevó las manos al regazo.

—No.

Elliott suspiró.

—Todavía eres un hombre joven, Peter. Mereces una compañera que te acompañe durante los años que te quedan de vida, y tus hijas merecen una madre. Creo con todo mi corazón que Sybil habría querido eso para ti.

—Disculpa mi insolencia, tío, pero no la conocías. Esa suposición no tiene base alguna.

Lord Elliott inclinó la cabeza, aceptando la observación que le hacía.

—¿Y qué me dices del hecho de que no tienes un heredero?

Peter se levantó bruscamente. Con sus anchos hombros y su físico atlético, verlo iracundo imponía, como ahora.

Agarró su abrigo.

—El hijo de Timothy será mi heredero, como yo lo fui para ti.

—Timothy no tiene hijos.

—Pero los tendrá. Especialmente ahora, que va a tener más motivos para hacerlo. —La convicción de Peter era admirable—. Así que, acepta mi más sincero agradecimiento —hizo un gesto hacia la carpeta sin tocarla, ocultando a duras penas su amargura—, pero no comparto las circunstancias de mis hermanas o de mis primos. Me casé bien, estoy criando a mis hijas con todos los privilegios que se merecen, y estoy viviendo una vida honrada. No deseo otra cosa. Ahora, si me disculpas…

Su tío se levantó y se apresuró a rodear la mesa para agarrarlo del brazo antes de que pudiera escapar.

—No era mi intención ofenderte, Peter. Lo siento.

Los ojos oscuros de su sobrino relucían fríos como témpanos.

—Disculpa aceptada. La verdad es que debo marcharme, tío.

Lo soltó del brazo y el joven se marchó, cerrando la puerta tras de sí con un portazo.

No era así como había esperado que fuera la primera propuesta de aquella campaña. Se lo había imaginado a la defensiva al principio, por supuesto, pero había esperado que luego, al ver cuáles eran los motivos que lo amparaban, hubiera respondido con amabilidad, no sintiéndose ofendido. Después de todo, tal vez no tenía tanta habilidad con las personas como creía.

Lord Elliott se acercó a la ventana este de su estudio y se pasó una mano por el rostro. Su sobrino tenía razón, no había conocido a Sybil, pero aun así sabía que ella no habría querido que él y sus hijas estuvieran solos. De hecho, lo que había pretendido con todo aquello era que dejara atrás el luto; ya habían pasado cuatro años.

No obstante, ¿qué podía decir en contra de la decisión de su sobrino de permanecer viudo? Él nunca había amado a nadie como Peter había querido a su esposa. Aunque un día, hacía mucho tiempo, sí que hubo una mujer a la que habría podido amar así…

Amelia Edwards había llenado su vida de luz y un día creyó que se casarían. Pero entonces su padre falleció y todo cambió: asumió su título, sus deudas y el papel de cabeza de familia, y la joven que iba a ser su esposa se convirtió en parte de su pasado, la sacrificó. Pasaron los años y la vida no le trajo un nuevo amor.

Ahora, ambicionaba por encima de todo que sus sobrinos tuvieran seguridad y un apellido respetable, pensando en las futuras generaciones. Si lo lograba, eso compensaría sus ambiciones personales y los sacrificios que había tenido que hacer, o al menos eso esperaba.

Quizá tardara un poco en recuperarse del resultado inesperado de la primera propuesta que había hecho a uno de sus sobrinos. Si prestaba un poco más de atención, y tenía un poco más de tacto, seguro que la siguiente iría mejor.

Capítulo 2

PETER

El viento le rozaba las mejillas, lo que le ayudó a mantener a raya a sus viejos fantasmas mientras se alejaba al galope de Howardhouse. No tenía tiempo para fantasmas; su vida transcurría en el presente y, en aquel momento, necesitaba una institutriz. Ese era su objetivo. Cuanto antes ocupara el puesto, antes podría volver a su rutina cotidiana.

En cuanto al plan de su tío Elliott, lo único que pensó fue que ojalá sirviera para que los demás tuvieran una vida respetable. El hecho de tener una responsabilidad a la altura lo había puesto a él en un camino que requería que diera lo mejor de sí mismo. Ojalá el plan de su tío arrancara la misma motivación de los demás, aunque se temía que no sería así. Desde luego, algunos de sus primos, e incluso su propia hermana, no parecían tener capacidad para hacer nada distinto de lo que habían visto hacer durante toda su vida. Pero él solo podía ocuparse de sí mismo. Y luego estaba lo de la institutriz…

Tras el nacimiento de su primera hija, la prima de Sybil, Lydia McCormick, se había incorporado a la casa como niñera y, tras la muerte de su esposa, cuatro años después, había aceptado quedarse. De no haber sido por su constancia, no sabía cómo se las habría arreglado, por no hablar de sus hijas, que necesitaban una atención que él no sabía darles. Desde la muerte de su esposa, se había centrado en la finca y en el ganado, con los que estaba ganando dinero y creándose una reputación después de haber adquirido experiencia en todo ello.

Pero ahora su cuñada se había ido, pues se había enamorado del vicario de la parroquia, y lo había dejado sin nadie que cuidara de las niñas.

Era difícil alegrarse por Lydia cuando ese cambio le había complicado la vida de una manera drástica. Además, cuando se lo dijo, la mujer le recordó que las chicas la verían en la iglesia. Menuda respuesta. Estuvo tentado de no llevar a las niñas a la iglesia para mostrar su disconformidad, pero después se dio cuenta de que se había pasado de la raya. Casi. En el fondo se alegraba de que su cuñada hubiera encontrado la felicidad con el vicario —tenía casi cuarenta años y hacía mucho tiempo que había descartado que un día se casaría—, pero no podía imaginar su casa sin ella. Esa perspectiva lo agobiaba. Había pospuesto la búsqueda de una sustituta como si eso fuera a cambiar las cosas. Sin embargo, necesitaba una nueva institutriz, para el próximo viernes, el día en que Lydia se convertiría en la señora Oswell y en madrastra de los tres hijos del vicario.

Cuando llegó al pueblo de Norwich, su caballo se mostró agitado por el esfuerzo y él mismo tenía la boca seca. En otro tiempo, se habría detenido en el *pub* del pueblo para tomarse una pinta mientras hablaba con los lugareños sin más. Sin embargo, esa ya no era la vida que tenía; debía llegar a casa a tiempo para dar las buenas noches a las chicas y acostarse pronto, ya que mañana le tocaría entrenarse con los perros. Desde la muerte de Sybil, su vida se había reducido y, con ella, su deseo de socializar y de entablar relaciones. La ambición y el compromiso que le quedaban los dedicaba a sus perros y a sus hijas, por supuesto.

Se detuvo frente al establo público y entregó las riendas de su caballo y una moneda al muchacho que había salido corriendo a su encuentro.

—Volveré dentro de una hora —dijo por encima del hombro mientras se dirigía a la oficina de empleo.

Se pasó una mano por el pelo, áspero debido al polvo del camino, y recordó que necesitaba un corte. Por suerte, su criado era hábil con las tijeras, pues los cortes de pelo, la contratación de institutrices y la asistencia a reuniones no eran precisamente sus pasatiempos favoritos y le angustiaba pasar tiempo fuera de casa. Se sacudió los zapatos en el felpudo de la entrada de la oficina de empleo para quitarse, sin éxito, el polvo del viaje, y luego empujó la puerta de madera, haciendo sonar una campana que anunció su presencia. Una vez dentro, trató de quitarse la suciedad del abrigo, esperando no parecer demasiado rudo; en el anuncio decía que el puesto de institutriz era en la casa de un caballero, pero ahora mismo no tenía el aspecto de serlo.

—Ah, señor Mayfield —saludó el hombre rollizo que se encontraba tras el escritorio, poniéndose de pie. No era mucho más alto así que cuando estaba sentado—. He puesto a cada una de las candidatas en una estancia distinta, como solicitó.

Peter sacó su reloj, preocupado porque se le hubiera hecho tarde, pero, de hecho, había llegado casi diez minutos antes.

—¿Ya han llegado todas?

—Sí, señor —dijo el señor Hastings con orgullo—. La puntualidad es una virtud que valoro por encima de todo.

—Yo también —respondió Peter mientras se encogía de hombros para quitarse el abrigo. La oficina olía a salsa, qué cosa más rara.

El señor Hastings señaló el pasillo.

—He puesto a una dama en cada una de las tres habitaciones de la izquierda. La última es un escobero, me temo, pero he despejado la estancia lo suficiente como para que se adecúe a su propósito y pueda mantener en ella una entrevista.

Peter asintió y colgó su abrigo, luego le dio una palmada en la espalda al tiempo que se dirigía al pasillo. Con un poco de suerte, terminaría en menos de una hora.

La señora Grimshaw, la candidata de la primera sala, había dejado recientemente un puesto de profesora en una escuela de niñas. De unos cuarenta años, regordeta y canosa, había enviudado cinco años antes y no tenía hijos. Por su rostro arrugado y sus ojos tristes podía verse que había tenido una vida en la que las cosas no le habían salido como ella había planeado. Le contó que lo que buscaba era empezar de nuevo. Como su hermana vivía en Westfield, le interesaba especialmente conseguir algún puesto en aquella parte del país.

Entendía las dificultades de la mujer, pero le preocupaba que quisiera aquel puesto por necesidad, no porque el trabajo le gustara. Además, no estaba seguro de que pudiera seguirle el ritmo a Leah, ni de tener la paciencia suficiente con Marjorie que, a sus ocho años, lo cuestionaba todo. La señora Grimshaw parecía muy cansada.

Al concluir la entrevista, le dio las gracias y le dijo que dentro de unos días comunicaría su decisión por medio del señor

Hastings. Luego pasó a la segunda sala. Quizá la señora Grimshaw fuera la mujer adecuada para el trabajo; cuando acabara, estaría más seguro. Lo que estaba claro era que tenía que elegir entre las tres candidatas, pues no tenía tiempo para más entrevistas ni suficiente personal para atender las necesidades de las niñas sin una institutriz.

La señorita Lawrence tenía la firmeza y la energía que le faltaban a la señora Grimshaw. Era una mujer bajita que había sido institutriz de la misma familia durante dieciocho años —tenía casi cincuenta, dijo con orgullo—, y era tan culta como cualquier hombre. Tenía la cara alargada, el pelo castaño liso y un semblante severo. Le preocupó de inmediato que a aquella mujer le faltara la ternura que sí había visto en la señora Grimshaw, aunque tenía unas referencias impecables, y Lydia le había animado a que encontrase a alguien que educara a las niñas y no solo las cuidara, como ella misma había hecho. Dio por concluida la entrevista y repitió que pronto recibiría respuesta por medio del señor Hastings. Después de haber visto a dos candidatas, llegó a la conclusión de que la señorita Lawrence era la mejor. No obstante, le quedaba por ver una tercera candidata.

La puerta de la tercera estancia era más estrecha que las demás, estaba claro que no era más que un escobero. Se detuvo ante la puerta abierta, esperando que la tercera candidata fuera similar a las anteriores. Sin embargo, en este caso se encontró a una mujer joven, sentada en un taburete a pocos metros de él.

La señorita Hollingsworth apenas aparentaba veinte años, aunque en su carta de presentación se leía que tenía veintisiete. Era delgada, tenía el pelo rubio rizado y corto alrededor del rostro, y los ojos de color azul claro. Al verlo se levantó de la silla y sonrió.

«Cielos, es casi tan alta como yo. Y demasiado joven».

Peter sonrió educadamente y entró en la habitación. Había cerrado la puerta para las otras dos entrevistas, pero esta vez la dejó abierta; no hacerlo no sería apropiado. Las dos sillas que albergaba la estancia apenas cabían entre las estanterías de un lado y los cubos y las fregonas que alguien había empujado hacia el otro. Le hizo un gesto para que volviera a su silla y se sentó, rozándole las piernas al hacerlo. Se apartó de inmediato y metió los pies bajo la silla.

—Señorita Hollingsworth —saludó, alargando la mano—. Soy Peter Mayfield. Encantado de conocerla.

Ella le tendió la mano, cálida y suave, y él la estrechó rápidamente antes de apartarla. El hecho de que tuviera unas manos tan suaves podría significar que era perezosa y que no estaba acostumbrada al trabajo duro, si bien era cierto que las tareas que ocupaban a una institutriz no eran del tipo que provoca que te salgan muchos callos, supuso.

—Por favor, hábleme de la familia con la que trabajaba en Londres.

Aquel escobero olía entre lejía, polvo y lirios, lo que le hizo suponer que la joven llevaba algún tipo de fragancia, a diferencia de las otras dos candidatas. El candelabro de la pared y la falta de luz solar creaban una atmósfera casi íntima. Se removió en su silla, incómodo por estar en un espacio tan pequeño. ¿Y si volvía a chocar con ella con las rodillas?

Se aclaró la garganta.

—Trabajé para la familia Cranston en Londres. Tenían tres hijos: dos niños y una niña. Gerald, el más joven, irá a Eton el próximo otoño y pasará los próximos seis meses con sus tíos en Surrey. ¿Pudo leer la carta de recomendación del señor Cranston que envié junto con la solicitud?

—Sí.

La carta le había impresionado, pero le había hecho suponer de un modo ingenuo que una solterona de veintisiete años no sería una joven de rostro fresco que parecía que nunca hubiera vivido fuera de la casa de sus padres y mucho menos en Londres.

La chica le miró con aquellos ojos azules que tenía y él se sobresaltó, interrumpiéndose al hablar.

—Su padre era criador de perros.

No había pretendido decir aquello de un modo tan cortante, aunque quizá fuera mejor así. Después de todo, ninguna de las candidatas anteriores lo había mirado así, ¿no?

—Sí, springer spaniels.

—¿Y usted los cuidaba?

Desde luego, él jamás dejaría que sus hijas se dedicaran a tal cosa; aquello era el trabajo de un hombre, y desde luego escasamente el de un caballero. Aunque le hubiera intrigado su carta de presentación, en la que mencionaba la experiencia que tenía con los perros, pensó que hubiera sido mejor que sus atributos vinieran acompañados del carácter de la señorita Lawrence. Había dado por sentado que todas las institutrices eran mujeres más bien hogareñas y sencillas. Su cuñada no había sido una mujer de gran belleza, como tampoco lo eran las dos primeras candidatas. Su atractivo era, desde luego, inapropiado para un puesto así.

—Mi padre siempre me dijo que tenía mano con los perros.

La joven se sonrojó, lo que hizo que a él le recorriera el cuerpo como una especie de ola de calor, como si fuera una réplica del rubor que había visto aparecer en las mejillas de la joven. ¿A qué podía deberse aquella reacción? Ella le miraba expectante. ¿Qué era lo que acababa de decir? Ah, sí, que tenía mano con los perros. Sin embargo, parecía que aquello la avergonzara, y estaba poniendo una cara como de… necesitar que la rescataran. Desde luego, él era un caballero y estaba acostumbrado a ese tipo de situaciones…

«¡Di algo, maldita sea!», se urgió.

—Si algo he descubierto es que tener o no tener mano con ellos es algo innato.

No pretendía que sonara como un cumplido, pero la sonrisa de la señorita Hollingsworth pasó de ser cortés a sincera y, en un instante, Peter se sintió transportado a su juventud, a sus coqueteos, a Sybil. Recordar a su difunta esposa era exactamente lo que necesitaba para superar el resto de la entrevista.

—¿Y cómo se le dan los niños?

—Espero que mejor que los perros, señor. Tengo siete sobrinos.

—¿Siete? —dijo, mirando el papel—. Aquí no dice nada de eso.

El tío Elliott tenía siete sobrinos. Peter recordó la carpeta que había dejado en el despacho de su tío, pero seguía sin sentir curiosidad por lo que contenía. Él no necesitaba regalos: tenía dos hijas sanas, catorce perros de las mejores razas europeas y para el próximo mes llegarían dos camadas nuevas. Tenía además una finca lo suficientemente grande como para estar cómodo, pero también lo suficientemente pequeña como para poder ocuparse personalmente de su administración, además de una herencia que le aseguraba un futuro sin sobresaltos.

La señorita Hollingsworth continuó hablando y lo sacó de su ensimismamiento.

—Mi hermano mayor tiene dos hijos, un niño y una niña, y mi hermana tiene cinco. Recibí educación formal hasta los diecisiete años y luego me quedé en la escuela parroquial como maestra auxiliar durante dos años más.

—Muy bien —la felicitó Peter educadamente, buscando con desesperación algún fallo. Estaba más nerviosa que las otras… Era más joven, lo que implicaba que tendría menos experiencia… Aunque le había impresionado su carta de solicitud, al mirarla de un modo más crítico se dio cuenta de que los bucles de su cabello no eran perfectamente simétricos. En conclusión, que no era meticulosa.

No se dio cuenta de que estaban en silencio de nuevo hasta que pasaron unos segundos, así que decidió romper ese silencio. ¿Cuándo había sido la última vez que había estado tan cerca de una mujer atractiva? A ver, no es que se sintiera atraído por ella, no, claro que no; lo que pasaba era que le había sorprendido, pues hacía mucho tiempo que no gozaba de la compañía de una joven así. No es que ella fuera atractiva. Bueno, a ver, sí lo era… Pero no para él, eso era lo que quería decir. Atractiva en general, sí, pero no para él. Ni mucho menos.

—¿Qué le impulsó a solicitar este puesto en particular?

—Su situación.

—¿Mi situación?

—Bueno, la situación de su familia, de usted y sus hijas. La señora Cranston estaba enferma cuando me contrataron y murió un año después. El señor Cranston decía a menudo que yo les había ayudado a pasar lo peor y, cuando se volvió a casar, creo que facilité esa transición también ayudando a las niñas a encontrar consuelo con su nueva madre. Siento mucho su pérdida, señor. Perder a un ser querido es una angustia que no encuentra mucho consuelo.

La miró fijamente. Y ella continuó.

—Mi padre falleció cuando yo era joven y, aunque nada puede reemplazar algo tan importante como un padre, creo que el amor, el apoyo y el ánimo de terceros pueden ayudarnos a seguir adelante.

Ay, Dios. Tenía que cambiar de tema.

—¿Y no echaría de menos Londres? Norfolkshire es un lugar muy diferente.

—No, señor —respondió ella, sin sobresaltarse siquiera ante el cambio de tema—. Estoy deseando volver a vivir en el campo y solo he solicitado puestos que me permitan eso precisamente.

—¿Creció en el campo, entonces?

—En Feltwell —dijo ella—. A unos cuarenta y ocho kilómetros de aquí.

—Mmm —dijo. El silencio se impuso de nuevo. ¿La entrevista habría durado lo suficiente como para que él pudiera ponerle fin sin que ella sintiera que la había cortado? Contó hasta diez antes de ponerse en pie.

—Bueno, gracias por su tiempo, señorita Hollingsworth.

Ella siguió su ejemplo y se puso de pie, recordándole de nuevo lo alta que era, casi tanto como él. Debió de mostrar algún gesto de sorpresa, porque ella sonrió tímidamente.

—Le prometo que mi estatura no afecta a mi trabajo.

Para corresponderla, sonrió automáticamente.

—Por supuesto que no. La mía tampoco.

Permanecieron un momento cara a cara hasta que el hombre volvió en sí e inclinó la cabeza.

—Un placer conocerla, señorita Hollingsworth.

—La familia Cranston me llamaba señorita Julia —ofreció—. Hollingsworth era demasiado largo para los niños.

—Oh, bueno, señorita, eh, Julia, entonces.

Sonrió, y de nuevo se sintió fuera de lugar. Se dio la vuelta para salir, pero se detuvo en la puerta.

—Dentro de unos días le comunicaré mi decisión por medio del señor Hastings.

Ella asintió con la cabeza y él abandonó la pequeña habitación. Una vez en el pasillo, giró los hombros con la esperanza de aliviar la tensión que se le había instalado en la base del cuello. ¿Había estado allí una hora o quince segundos? Tras tomarse un momento y respirar, el olor a salsa de aquel espacio le ayudó a recomponerse y se dirigió al vestíbulo.

«Qué reunión más incómoda. Ella nunca encajaría en el puesto», pensó.

—Ah, aquí está, señor Mayfield. —El señor Hastings se puso en pie—. Las otras candidatas se han marchado ya. ¿Cuándo puedo esperar su decisión?

—Me he decidido por la señorita Lawrence —afirmó, pasando junto al hombre hasta el perchero donde había colgado el abrigo al llegar. Era un alivio haber terminado con aquel asunto, y tenía más ganas que nunca de volver a casa.

—¿Ah, sí?

—Sí, sí, la señorita Lawrence es exactamente lo que estoy buscando. Perfecta, de hecho.

Metió los brazos por las mangas del abrigo y cuando se daba la vuelta para despedirse se topó con los ojos de color ojos azul claro de la señorita Hollingsworth, que se encontraba de pie en el pasillo detrás del señor Hastings. Los ojos de ambos coincidieron por encima de la cabeza del rechoncho gestor, y aquella mirada de sorpresa lo golpeó como una bofetada. Le sostuvo la mirada durante el segundo más largo de su vida antes de meterse de nuevo en el escobero sin decir palabra. Qué vergüenza. Se sonrojó

No le gustaba nada causarle angustia a nadie, aunque se planteó si valía la pena si quiera arreglar las cosas: aquella mujer no le convenía y acercarse a ella para disculparse no haría más que prolongar el malestar que ya lo tenía del todo desencajado. Tal vez no fuera muy caballeroso, pero pensó que lo mejor sería no hacerle caso.

Se enderezó. No había nada malo en tomar una decisión profesional que creía que era lo mejor para su casa. El hecho de que la joven lo hubiera escuchado no fue más que mala suerte, no había sido intencionado. Ya encontraría otro puesto más adecuado. Además, él se sentiría más cómodo en casa con la señorita Lawrence y su aspecto adusto. Dio las gracias por última vez al señor Hastings antes de salir del despacho sin mirar atrás, hizo caso omiso de la sensación de malestar que se le había formado en el estómago y redirigió sus pensamientos hacia su casa y todo lo que allí le esperaba: rutina, algo que hacer y en lo que centrarse.

Capítulo 3

JULIA

Julia volvió a entrar en el escobero para recuperarse. Respiró hondo y cerró los ojos, tratando de quitarse de la cabeza la sensación de humillación que la abrumaba.

«¿Por qué le he seguido hasta el pasillo?», se lamentó en silencio.

Si se hubiera quedado en el escobero, jamás se hubiera enterado de que había sido precisamente la entrevista con ella la que había hecho que aquel hombre se decidiera por otra candidata… Había salido después de darse cuenta de que no le había mencionado que también tocaba el piano y la flauta, y creía que aquello le serviría para mejorar sus posibilidades para hacerse con el puesto. Un puesto que, pensaba le iba como anillo al dedo: el entorno rural le resultaba familiar y tentador, había dos niñas pequeñas que cuidar y la familia tenía perros… Y echaba de menos estar rodeada de perros. Además, el señor Mayfield parecía un hombre tranquilo cuya residencia estaba lo suficientemente cerca de la casa de su madre. Podría visitarla, pero también estaría lo suficientemente lejos de ella como para que no pudiera inmiscuirse en su vida.

La entrevista parecía haber ido bien, pero establa claro que su impresión no había sido correcta. Tendría que volver a casa y decirle a su madre que la entrevista no le había ido bien. Justo lo que su madre esperaba.

El señor Hastings vino a buscarla.

—Le comunicaré la decisión del señor Mayfield antes de que termine la semana —dijo—. Le enviaré un mensaje a la dirección que figura en su solicitud.

Era una mentira amable. El señor Mayfield la había mirado, a los ojos, mientras estaba en el vestíbulo, pero nada, daba igual. No había intentado siguiera decir algo para arreglar las cosas un poco.

«Solo eres una empleada», se recordó a sí misma.

—Sí, gracias.

Solo eran unos minutos a pie hasta la posada donde había reservado una habitación para pasar la noche, un gasto justificado por la seguridad que sentía con respecto al puesto. Sin embargo, ahora le parecía que había tirado el dinero. No fue hasta que cerró la puerta de su habitación tras de sí cuando se dio cuenta de que no había pedido que le subieran la cena. En fin, otro gasto que no podía permitirse, y ahora menos que nunca. Sería mejor que comiera en el comedor, con los demás huéspedes o volver a la recepción y pedir la bandeja, pero ninguna de las dos opciones merecía la pena. Lo mejor sería echar mano de las nueces que llevaba en el bolso y esperar a mañana para desayunar temprano, antes de tomar el coche que la llevaría de vuelta a casa a las siete.

Lo único que deseaba era meterse bajo aquellas sábanas desconocidas y pasar allí el resto de la tarde y la noche y, como no tenía ningún otro lugar donde estar ni nada que hacer, decidió hacer exactamente eso. No había muchas oportunidades en la vida para sumergirse en la autocompasión, así que la aprovecharía al máximo ahora que podía.

Al mediodía del día siguiente, el coche se detuvo frente al *pub* Leery's de Feltwell. Julia se alegró de llegar a un lugar que le daba seguridad y comodidad, pero el pueblo de su infancia estaba lejos de ser su casa y solo agravó su sensación de haber perdido una batalla.

Esperó a que los demás pasajeros se apearan antes de hacerlo ella misma, deseando que la presión que sentía en el pecho aflojara un poco. Dentro de unos minutos tendría que enfrentarse a su madre y no le quedaba otra que mostrarse como si la entrevista hubiera ido bien. De lo contrario, esta le haría demasiadas preguntas o le ofrecería un consuelo que, cada vez con más frecuencia, hacía que se sintiera pequeña e inútil.

—¿Su maleta, señorita? —preguntó el conductor mientras otro hombre empezaba a sacar el equipaje de los compartimentos inferiores. Julia señaló su equipaje, un viejo maletón de cuero que había pertenecido a su padre, el conductor se lo entregó y ella le dio las gracias. Le dolían la espalda y la cabeza por el traqueteo durante el camino, y el estómago por el hambre. Después de todo, no había bajado a desayunar, y cualquiera diría que había hecho a pie todo el camino por lo fatigada que se sentía. ¿Era demasiado esperar que pudiera meterse bajo las sábanas dos días seguidos? Probablemente.

Bajó por Millborn Road y cruzó el puente. El huerto de manzanos, que había sustituido al patio en el que su padre tenía los perros, ocupaba la mitad trasera del terreno, más grande que la mayoría. Su madre tenía un jardín de hierbas aromáticas al lado de la casa, y una hilera de lirios hacía las veces de valla, rodeándolo, pero lo que más le gustaba era la hilera de prímulas que bordeaba ambos lados del camino hacia la puerta principal.

Habían empezado a florecer una semana antes, más o menos, y los estallidos de amarillo y rosa se multiplicaban cada día, recordándole que no todo estaba perdido, que la alegría resurgía, aunque no disipaban del todo la tristeza que sentía. Se agachó y arrancó una flor rosa desde la base, haciéndola girar entre los dedos. No había nada sensacional en una prímula, pero tampoco tenía espinas.

Miró la flor de nuevo en la penumbra de su casa y le pareció que su poder era más oscuro. Su madre tenía una casa muy acogedora con un bonito jardín, era innegable, pero, cuanto más tiempo permanecía en aquella casa, más temía no poder salir nunca de ella. En lugar de colocarse la flor detrás de la oreja, como habría hecho cuando era joven, la dejó caer sobre el montón de color y hojas del que la había arrancado. Las prímulas solo podían introducirse en casa en grupos de trece, según lo que su madre había oído una vez, y no estaría contenta tampoco si arrancaba otra docena.

Al abrir la puerta de la entrada, aspiró el olor a levadura y fogón, el aroma de su infancia, y aquella familiaridad le trajo la primera dosis de calma desde la entrevista. El pan que su madre horneaba formaba parte de la casa tanto como el juego de té de porcelana que había heredado de su abuela y el retrato de papá que colgaba sobre la chimenea del salón. Los pasos procedentes de la cocina precedieron al sonido de la puerta batiente que separaba la chimenea de la cocina y, sobre todo, el horno que había en la parte trasera. En la casa de los Hollingsworth, la cocina no era una estancia apartada que la familia rara vez veía; más bien, era un lugar de reunión donde ella había pasado su juventud observando, más que participando, las interacciones de su familia. Siempre había alguien con algo que decir, y le encantaba escuchar. Su padre también era así.

Su madre, con los ojos brillantes y un pañuelo que le sujetaba el cabello, le sonrió ampliamente mientras se limpiaba las manos en el delantal.

—Julia, querida, me alegro mucho de que hayas vuelto sana y salva. —La abrazó sin molestarse en escuchar su respuesta—. Te juro que no he pegado ojo durante el tiempo que has estado fuera. Ojalá me hubieras dejado ir contigo. —Enlazó el brazo con el de su hija y la arrastró hasta la cocina, sin apenas detenerse a respirar entre su parloteo—. Acabo de sacar del horno un poco de pan, así que has llegado en el momento justo.

Una vez en la cocina, la soltó del brazo y se dirigió al aparador, de donde sacó un paño para cubrirse la mano mientras daba la vuelta al pan aún caliente del primer molde. Su madre prefería el pan horneado en moldes rectangulares que daban como resultado unas rebanadas uniformes en lugar de los típicos panes horneados en bandeja, que eran más altos en el centro que en los extremos. Aquella tarde había horneado tres panes, lo que significaba que saldría a regalar dos de ellos. Su madre había crecido siendo la hija de un caballero, pero, al casarse con su padre, un banquero, había aprendido a hacer otras cosas aparte de moverse por un salón.

Se sentó a la mesa y se concentró en quitarse el gorro.

—¿Cómo fue la entrevista?

Su madre retiró las otras barras de pan de los moldes y las colocó sobre unas rejillas para que se enfriaran.

—¿Cómo era el padre? ¿Cuándo sabrás si te ha elegido para el puesto?

—No me contrató.

Ojalá sonara serena. Colocó la cofia sobre la mesa y se alisó el pelo, que llevaba recogido con mechones a ambos lados de la cara porque así lo prefería su madre, ya que le resultaba más fácil hacer caso omiso de sus consejos si hacía las cosas a su manera.

Su madre levantó la vista, con una barra de pan invertida cubierta por el paño en una mano y la panera vacía en la otra.

—¿Ya te lo han notificado? Pensé que la agencia enviaría una carta. ¿No es así como se suele hacer?

Julia apartó unas migas inexistentes de la mesa.

—Así es.

Se guardaba para sí los detalles de los puestos que solicitaba para que su madre no pudiera criticarlos, ya que el deseo de esta era que se quedara en Feltwell, encontrara un marido y le diera unos nietos preciosos, como habían hecho sus hermanos mayores. La madre dejó el pan y la panera, se acercó a su hija por detrás y le rodeó los hombros con los brazos. Sin embargo, Julia no quería ni necesitaba de su consuelo. Bueno, tal vez un poco.

—Lo siento mucho, Julia. Y después de haber viajado tan lejos...

La joven levantó una mano para acariciarle los brazos mientras deseaba poder sentir solo su propio pesar. Cargar con el pesar ajeno era demasiado.

—Está bien —dijo con un tono ligero y despreocupado que forzó—. Estaré mejor preparada la próxima vez.

—Mmm.

Su madre la soltó y volvió su atención al pan mientras cambiaba la compasión por un gesto resuelto. Ya se imaginaba cuál sería su solución, así que se preparó para darle una respuesta, igualmente predecible.

—¿Todavía no consideras la posibilidad de ir con Louisa? Fuiste de gran ayuda para ella, y estarías cerca de aquí.

Había pasado dos semanas con su hermana Louisa, que vivía a tres kilómetros al oeste de la ciudad. Había disfrutado de sus cinco sobrinos, pero la casa de Louisa era demasiado pequeña como para permitirle privacidad, así que se sentía igual que cuando estaba en casa de su madre.

—Quiero un puesto remunerado, madre. Me gusta ser independiente.

No era la primera vez que se preguntaba si debía escribirle esas palabras en la frente para que, cada vez que pretendiera aconsejarle algo, tuviera en cuenta su opinión. Pero, entonces, lo más probable es que hiciera caso omiso de las palabras que se escribiera en la frente de la misma manera que no hacía caso de lo que decía.

Como hija menor de su familia, había sido criada tanto por su madre como por sus hermanos, e incluso la esposa de Simon se entrometía en su vida. Debía de parecerles inútil, pensó, era la única explicación. Eso, y el hecho de que en su juventud había dejado a menudo que otros tomaran decisiones por ella. Tal vez era la costumbre.

A los diecisiete años, había empezado a ayudar a la maestra en la escuela a la que asistía con Louisa. Le encantaba la enseñanza, y su madre estaba dispuesta a dejar que le dedicara un tiempo antes de buscar marido. Pero, entonces, cuando cumplió veinte años y decidió que quería ser maestra, su progenitora no se lo permitió, la sacó de la escuela, la llevó a una modista y la metió de lleno en bailes y demás. Bobadas. O, al menos, así era como se sentía entre cenas, bailes de sociedad y tés, cuyo único fin era relacionarse para pescar marido. Aquello no sirvió sino para que se sintiera mal y a disgusto y, tras dos años, decidió que ya estaba harta; sin duda, había cosas mejores que hacer que hablar correctamente, vestir correctamente y hacerlo todo correctamente siempre.

Por suerte, aunque no tenía muchas opciones para elegir un futuro distinto del que se esperaba para ella, lo cierto era que siempre había querido enseñar. Ella misma había recibido una buena educación. Solicitar un puesto de institutriz era lo primero que había decidido por sí misma y pensando en ella. Cuando le anunció a su madre que había aceptado un trabajo, esta se había puesto furiosísima. Sin embargo, la libertad que sintió al día siguiente, viajando sola por primera vez en su vida, lo fue todo para ella.

En Londres, nadie le preguntaba por qué no estaba casada ni le decía qué colores debía llevar o cuál era la mejor manera de peinarse para que le favoreciera más. Se relacionaba cuando quería, asistía a la iglesia cuando le apetecía y se peinaba como le gustaba. Disfrutaba enormemente de los niños a su cargo, leía libros, paseaba por los parques y disfrutaba de su propia compañía. Sin embargo, ahora estaba de nuevo en casa, con todo lo que eso conllevaba: la soltería de una hija, la preocupación de su madre, el proyecto de sus hermanos. Nunca era del todo buena. Nunca lo hacía todo lo suficientemente bien.

No se había dado cuenta de que su madre le estaba hablando y atendió justo a tiempo para tener que escuchar de nuevo lo ventajoso que sería que trabajara para su hermana y lo de siempre: que estaría cerca de su familia y tendría la oportunidad de relacionarse socialmente. Mantuvo una expresión atenta y escuchó amablemente mientras su madre cortaba dos rebanadas de pan y las untaba con mantequilla, que se derretía inmediatamente. Su madre hacía el mejor pan de la ciudad, todo el mundo lo decía, así que el estómago le sonaba por la expectación. De no haber estado tan hambrienta, quizá no habría tenido tanta paciencia para escuchar aquellos consejos cansinos… Tomó un bocado de pan y masticó lentamente, tratando de saborearlo. Luego se lo tragó y sonrió a su madre.

—Está delicioso.

La mujer sonrió y se le hincharon las mejillas, pero sus ojos, del mismo color azul claro que los de ella, no mostraban sino preocupación. Terminó de comerse el pan mientras la sonrisa de su madre se desdibujaba.

—Mi pobre niña —dijo a continuación, rozándole la mejilla con la mano.

Julia se apartó, sorprendiendo a su madre y a sí misma.

—Estoy bien.

Aquellas palabras mostraban tanta congoja como la que guardaba en el pecho. Apartó los ojos al darse cuenta de la preocupación que su madre mostraba. Dejó la rebanada de pan sobre la mesa; ya no tenía más hambre y no prolongaría esa conversación. Le puso a su madre una mano en el brazo y sonrió sin intentar ocultar su cansancio.

—Estoy cansada, mamá. Perdóname. Voy a descansar hasta la cena, si te parece bien.

Acto seguido, se levantó y se apartó del pan, de la mesa, de su madre y de la compasión. En Londres, se sentía cómoda y segura de sí misma pero, con solo volver a casa, volvía a ser «la pobre Julia». Incluso en casa de Louisa era «Julia, querida». ¿Por qué no podía ser simplemente «Julia»? ¿Por qué sus logros no significaban nada para las personas que se suponía que la querían más? ¿Cómo es que después de haber conseguido vivir durante cinco años de manera independiente eso no significara nada? ¿Por qué no cambiaban de opinión acerca de su capacidad para tomar sus propias decisiones?

Mientras subía las estrechas escaleras que conducían a su dormitorio, volvió a pensar en el señor Mayfield. Él también se había sentido decepcionado con ella, lo suficiente como para contratar a otra persona y despedirla sin pensarlo dos veces. Tal vez no era solo su familia la que no la veía. Tal vez nadie lo hacía.

Una vez en su habitación, se descalzó y, por segundo día consecutivo, se metió bajo las sábanas deseando poder aislarse del mundo por completo.

«Habrá otros puestos —se aseguró a sí misma tapándose la cabeza con la manta. Había solicitado tres y estaba esperando la respuesta de los otros dos—. Evidentemente, este no era el adecuado. Dios tiene un camino diferente para ti».

Estaba tan segura de que estaba destinada a tener un lugar en aquella familia…, pero todo había quedado en nada. Se sumergiría en la autocompasión y luego aceptaría lo que pasara.

Su padre solía decir:

—Sonríe, pase lo que pase.

Lo intentaría mañana.

Capítulo 4

AMELIA

Amelia Edwards Hollingsworth dejó escapar un fuerte suspiro cuando la puerta de la cocina se cerró. Oyó los pasos de su hija subiendo las escaleras, el crujido de las tablas del suelo y luego cómo se cerraba la puerta del dormitorio que utilizaba cuando estaba en casa, algo que ya no era habitual. Amelia amaba a su hija, tanto que le dolía por dentro, pero, en los veintisiete años que la había criado, seguía sin entenderla. ¿Por qué había querido ser institutriz en lugar de seguir buscando marido? ¿Por qué prefería cuidar a los hijos de una desconocida que a sus propios sobrinos? ¿Por qué se había alejado cuando hacía un momento había intentado ofrecerle consuelo? Se supone que una madre debe consolar a su hija, ¿por qué no le dejaba que hacer su trabajo?

Con el corazón encogido, comenzó a ordenar la cocina, envolviendo la barra de pan en un paño y guardando los moldes. Había abierto las ventanas para alejar el calor del horno del resto de la casa, pero el cielo gris se estaba oscureciendo, así que las cerró todas menos una. Luego se puso de pie y sintió el peso de aquella cocina vacía y silenciosa sobre ella.

Su vida no había resultado como había esperado al entrar en sociedad buscando un futuro o, mejor dicho, un marido. Había amado a un hombre que le rompió el corazón y, después de eso, había querido a otro, uno que se movía en unos círculos en que nadie susurraba a tus espaldas. Richard y ella habían sido felices, pero cuando él murió se quedó sola a cargo de sus hijos.

Estaba decidida a educarlos por encima de lo que era habitual para la clase media, a la que pertenecía por matrimonio, pero costear dicha educación no era barato precisamente, así que había tenido que ocuparse personalmente de buena parte de las tareas domésticas en lugar de pagar a una cocinera o tener un jardinero. Solo se había permitido pagar a una mujer que venía cuatro días a la semana y realizaba las tareas más laboriosas.

También solía llevar a los niños a la iglesia todas las semanas para que conocieran al Señor, y había tratado de anticiparse a sus necesidades antes de que ellos mismos se dieran cuenta de que las tenían. Había dirigido sus esfuerzos a que aprendieran el valor del matrimonio, la familia y el tener un objetivo en la vida. Quizá no formarían parte de la alta burguesía como ella cuando era niña, pero se convertirían en personas respetables y bien educadas. Simon y Louisa habían cumplido esas expectativas —Amelia tenía siete maravillosos nietos entre los dos—, pero luego estaba Julia.

Julia era la viva imagen de su padre, tranquila, reflexiva y alta como él. Se le parecía tanto que le gustaban más sus perros, odiosos y malolientes, que los vestidos y los lazos. Y, después de que su marido muriera... Bueno, todo había cambiado después de la muerte de Richard. Su hija había preferido la escuela a asistir a acontecimientos sociales, había preferido su propia compañía a la de las otras chicas de la parroquia, y daba largos paseos, durante horas y horas, con el bastón de su padre, lo que desde luego la hacía parecer tonta.

Cuando le dijo que había encontrado un puesto de institutriz en Londres, pensó que estaba bromeando. ¿Cómo iba a solicitar un trabajo así? Aunque los Hollingsworth eran de clase trabajadora, había una gran diferencia entre tener una profesión como la de Richard y trabajar como empleada en la casa de algún noble. Así que cuando se dio cuenta de que su hija hablaba en serio, intentó disuadirla, pero la chica estaba decidida. Y aunque jamás lo admitiría, en cierto modo se sintió un poco orgullosa de ella.

Se había consolado viendo lo feliz que parecía su hija una vez se hubo instalado en Londres. Sin embargo, aquel era un camino sin matrimonio, ni hijos, un camino que siempre le había parecido algo que hacer a corto plazo y ya está. Nunca creyó que Julia fuera a quedarse en aquel puesto durante cinco años y, sin embargo, así fue. Y ahora estaba decidida a encontrar otro puesto.

Ya tenía veintisiete años, pero era guapa y no los aparentaba. Aunque sus perspectivas de matrimonio eran escasas, aún había esperanzas para ella, a menos que insistiera en volver a trabajar para alguna familia noble que nunca podría apreciar lo que sacrificaba por ellos: seguiría siendo invisible y no se preocuparían por ella. Ella lo sabía por experiencia, pues había tenido una institutriz rechoncha de la que tanto ella como sus hermanas se reían cuando les daba la espalda así como una docena de sirvientes a los que nunca se molestó en conocer por su nombre. Había sido arrogante y había tratado con desprecio a aquellas personas, y ahora se sentía avergonzada, pero el hecho de que su hija fuera a convertirse en una de esas personas sin nombre que se movían sin hacer ruido por las casas de los aristócratas la llenaba de otro tipo de vergüenza.

Apoyó las manos en la encimera y dejó caer la barbilla sobre el pecho, maldiciendo la facilidad con la que la amargura podía surgir en su interior cuando se ponía a pensar en los giros que había dado su propia vida. Intentó alejar la tentación de volver a la primera vez que había sentido ese rechazo, hacía más de treinta años. No debería acordarse del dolor que sintió cuando lord Elliot la rechazó, y mucho menos con la nitidez con que lo hacía. Él había sido la primera de muchas pérdidas, y no lograba encontrar la manera de separar lo uno de lo otro: aquel noviazgo roto y la relación rota que mantenía con su hija.

«¿Cómo puedo ayudarla? ¿Por qué nunca me ha dejado que me acerque?», se preguntaba.

Capítulo 5

PETER

En el quinto día de trabajo de la señorita Lawrence, Peter empezó a cuestionar su elección.

—¿Por qué Leah no tiene medias adecuadas? —le preguntó la señorita Lawrence nada más salir del salón del desayuno aquella mañana. Le había estado esperando en el pasillo y la verdad es que se llevó un susto.

—Porque insiste en jugar en el barro y mi cuñada reservaba las medias para el domingo. Creo que las encontrará en el estante superior del armario, en una sombrerera de rayas rojas y azules.

La señorita Lawrence puso los brazos en jarras y en su cara, que lucía un ceño fruncido casi permanente, el ceño se le frunció aún más.

—¿Y por qué se le permite a Leah jugar en el barro?

—Porque lo felices que hace a mis hijas jugar en el barro es algo que dura mucho más que unas rodillas manchadas de barro.

Se cruzó de brazos y esperó a que el interrogatorio terminara. La verdad era que su cuñada había manejado a las niñas sin molestarlo con detalles absurdos, ¿por qué esta mujer no podía hacer lo mismo?

—Hay otras cosas que me preocupan, señor Mayfield. —No le dio tiempo de sugerir que fijaran una hora para hablar en su estudio, y desde luego no solía dar instrucciones al personal en el pasillo, pero ella siguió—: ¿Por qué las niñas siguen compartiendo la cama? No es bueno para su salud que estén tan apegadas la una a la otra.

Era el colmo. Sus hijas no tenían madre, así que no impediría que se tuvieran cariño. Él había compartido cama con Timothy hasta que se fue al colegio, y sus hijas eran mucho más pequeñas que él cuando lo hacía.

—Estoy satisfecho con esa disposición, señorita Lawrence. Ahora, si me disculpa…

La saludó con una fuerte inclinación de cabeza y se alejó. Pasó el resto del día en el patio donde estaban los perros, no solo porque siempre había mucho que hacer, sino también para evitar a aquella mujer. Seguro que no era tan quisquillosa con sus hijas.

No regresó a casa hasta la cena, y comió solo en la gran mesa del comedor, algo que había seguido haciendo durante los últimos cuatro años, salvo en las ocasiones en que su hermano Timothy o su tío o los hermanos de Sybil lo visitaban. Leyó el periódico del día entre bocado y bocado, tomando notas mentales sobre lo que tenía que hacer antes de la tarde del día siguiente. Para entonces, tenía que viajar a Swaffham para recoger a los nuevos perros.

Hasta hacía poco, se había dedicado sobre todo a la cría de sabuesos, una raza muy demandada en Inglaterra. Era un adiestrador excelente y se enorgullecía de criar los mejores perros de caza. Estos nuevos perros, sin embargo, eran galgos de carreras, aunque las cualidades que tenían como animales de compañía eran igualmente impresionantes. La primera pareja le había costado una libra, pero le entusiasmaba la idea de seguir ampliando su manada.

Este último año había empezado a criar sabuesos y había notado una gran diferencia. Hasta ahora había tenido tres camadas, y todas habían salido bien. También había comprado una hembra de collie justo después de Navidad y, en un momento de debilidad, accedió a que Marjorie le pusiera nombre a la perra: le puso nada menos que *Mermelada,* con lo que su orgullo había quedado para el arrastre.

Había cruzado a *Mermelada* con un macho de Northallerton y ahora esperaba su primera camada, para dentro de unas semanas. La popularidad de los collies había crecido en Escocia durante los últimos diez años, así que ya estaba preparado para cuando esa popularidad llegara a Inglaterra de la mano de los rasgos únicos de ese perro.

Queenie, su hembra foxhound, también esperaba una camada, la tercera desde que la adquirió. Con la pareja de galgos y las camadas de *Queenie* y *Mermelada,* duplicaría con creces el tamaño de su manada para el final del verano. Ya había vendido cuatro cachorros de la futura camada de *Queenie*... Su reputación estaba creciendo.

Terminó con la cena y después subió a dar las buenas noches a sus hijas y leer una revista sobre cría de perros que le habían enviado desde Londres, pero se topó con la señorita Lawrence en el pasillo, allí plantada como un fantasma, con esa cara huesuda y su vestido gris pálido, y no pudo evitar dejar escapar un grito por el susto que se llevó. ¿Le había estado esperando de nuevo? Ojalá solo estuviera allí de paso, mientras iba hacia otro sitio.

—Señor Mayfield, ¿podemos hablar?

—Por supuesto. ¿Por qué no nos reunimos en mi estudio?

Quería que la institutriz acudiera a él para preguntarle lo que fuera o exponerle algún problema, pero eso de que lo sorprendieran era algo que detestaba. Ojalá no se sintiera tan inseguro y cuestionado por aquella mujer… Su cuñada no le había exigido casi nada.

En el estudio, le hizo un gesto para que se sentara en la silla situada a un lado de su escritorio, y ella se sentó en el borde, con las manos cruzadas con fuerza sobre el regazo. Al apoyarse sobre la silla, esta chirrió y la mujer frunció los labios al oírlo. Parecía que todo le molestaba.

—¿De qué le gustaría hablar, señorita Lawrence?

—Me preocupan las oraciones de sus hijas. ¿Es consciente de que Leah no reza el Padre Nuestro correctamente? ¿Y de que las dos se inventan palabras que añaden a la oración?

—Sí, señorita Lawrence, soy consciente.

Leah decía «papá» en vez de «Padre», pero lo encontraba adorable y, aunque no seguía estrictamente el Libro de Oración, las niñas eran demasiado pequeñas para entenderlo. Su mujer y él se habían puesto de acuerdo hacía años, no querían que las niñas memorizaran sin más, olvidándose de los verdaderos valores y, aunque su cuñada no había compartido del todo aquella falta de rigidez, siempre le había apoyado.

—No me parece bien —declaró la señorita Lawrence—. Es casi como no rezar eso de añadir palabras a la oración. De haber sabido que estas niñas no estaban siendo criadas como buenas cristianas yo…

Peter levantó una mano para interrumpirla.

—Mis hijas están siendo criadas como buenas cristianas. Asistimos a la iglesia todos los domingos, rezamos cada mañana y cada tarde y conocen las historias de la Biblia.

Eso también se lo podía agradecer a Lydia, que sentía un gran amor por el libro sagrado. De hecho, cuando la señorita Lawrence llegó a su casa, le había pedido que siguiera contando a sus hijas historias de la Biblia, pero la mujer no hacía otra cosa que leer directamente del Nuevo o del Viejo Testamento. De acuerdo, lo había aceptado creyendo que sería buena idea que las niñas se familiarizaran con las escrituras, pero lo cierto era que se quejaban de lo difícil que era entender así aquellas historias. Además, la señorita Lawrence no ponía voces a los personajes. Echaban de menos la voz que ponía Lydia cuando representaba a Goliat. Sin embargo, él les había pedido paciencia y esperaba que se adaptaran. Ahora, no obstante, se planteaba que quizá había aceptado demasiado rápido la situación.

La señorita Lawrence abrió la boca, pero él continuó antes de que ella pudiera decir palabra.

—Y, sí, añadimos algunas palabras al final de nuestras oraciones, pero eso no nos convierte ni a mis hijas ni a mí en paganos. ¿Hay alguna otra cosa que le preocupe?

—Necesito algo de tiempo para organizar mis pensamientos —dijo, frunciendo el ceño aún más—. Volveré mañana a las diez, si le parece bien.

Se levantó y salió de la habitación.

Peter se recostó en su silla y dejó escapar un fuerte suspiro. ¿Debería haber elegido a la señora Grimshaw? Lo más probable es que no hubiera sido tan estricta con las niñas en lo relativo a la religión. Entonces, le vino a la mente la imagen de Julia Hollingsworth. Se la imaginaba siendo amable y cariñosa con sus hijas. Como Lydia. Como una madre. Se sacudió ese pensamiento de la cabeza. No tenían madre ni la tendrían.

Cuando llegó a la puerta del dormitorio de las niñas, se detuvo unos instantes para poner mejor cara y dejar atrás la de empleador enfadado y poner la de padre cariñoso. Luego, giró el pomo de la puerta y asomó la cabeza al abrirla.

—¿Reciben visita las damas? —preguntó. Era un juego que las niñas disfrutaban mucho cuando les daba un beso de buenas noches.

—Sí, papá —dijo Leah.

Entró en la habitación y sonrió al verlas con el camisón puesto y el pelo recogido para moldear los tirabuzones, metiéndose bajo las sábanas a toda prisa para hacerle creer que no habían estado jugando.

—Ahí están mis bichitos, acurrucados bajo las mantas.

Las niñas soltaron una risita. Él se tumbó a los pies de la cama y se apoyó en un codo para quedar frente a ellas.

—¿Con qué creéis que soñaréis esta noche?

Marjorie frunció el ceño.

—La señorita Lawrence nos ha hecho estar sentadas y muy quietas durante media hora antes de ir a la cama.

—¡Durante dos horas! —corrigió Leah.

Marjorie frunció el ceño en dirección a su hermana.

—La mitad de una hora. —Se volvió hacia Peter—. Sin embargo, parecieron dos horas.

—¿Sentadas y quietas? —Intentó mantener la mente abierta—. Pensemos en algunas situaciones en las que estar sentado y quieto puede ser beneficioso.

Enumeraron la iglesia, los paseos en carruaje y, cuando fueran mayores, las visitas. Entonces, Leah añadió:

—Cuando vayamos en busca de ranas. —Y todos se echaron a reír y empezaron a planear su próxima aventura para atrapar ranas.

A veces, los sábados por la tarde, disfrutaban de un pícnic y otras actividades, pero hacía tiempo que no organizaba uno, pues habían llegado los perros nuevos y justo su cuñada se había marchado. Y no quería ni pensar en lo mucho que la señorita Lawrence frunciría el ceño si aparecía por casa con un cubo lleno de renacuajos.

A la mañana siguiente, a las diez en punto, la institutriz llamó a la puerta de su estudio. Se armó de valor antes de pedirle que entrara. Había pedido a Colleen, una criada, que cuidara de las niñas durante la reunión. La señorita Lawrence se sentó en la misma silla que había ocupado la noche anterior y se dedicó a enumerar agravios varios durante los cuarenta minutos siguientes: no había que permitir que Marjorie eligiera su propio vestido, Leah era demasiado pequeña para llevar el pelo trenzado, Marjorie se reía demasiado fuerte, Leah lloriqueaba con demasiada frecuencia y las dos se negaban a comer riñones para desayunar.

Peter no dijo nada, solo dejó que se desahogara y se desahogara un poco más, con la esperanza de que purgar todas las observaciones negativas que había hecho durante esta primera semana le permitiera ver mejor los aspectos positivos. Cuando terminó, le sonrió de manera forzada.

—¿Acaso no ha entendido que debe cuidar de estas niñas, señorita Lawrence? Se supone que debe enseñarles modales y el comportamiento apropiado para su clase.

No buscaba que les dijera simplemente que se sentaran erguidas, sostuvieran el tenedor de cierta forma y no se rieran tan fuerte, pero sí protocolo, y la mayoría de las quejas de la señorita Lawrence parecían centrarse en sus errores. Si aprendían las habilidades de las que obviamente carecían, tal vez aquella tendría menos de qué quejarse.

—¿No cree que es necesaria una dosis de paciencia por su parte mientras aprenden lo que se espera de ellas? La señorita McCormick era una niñera, más que una institutriz, y mis hijas necesitan instrucción, por eso la contraté.

Para su sorpresa, aquello pareció calmarla.

—¿Así que tengo su permiso para enseñarles esas cosas?

Peter suspiró y se puso en pie.

—Sí, ese es su trabajo. Ahora, si me disculpa, tengo asuntos en Swaffham.

Cuando llegó para recoger a los galgos, vio que estaban asustados, y no era de extrañar. Aún más cuando los metió en la caja ya cargada en la parte trasera del carro. Cuando regresó a casa esa noche, los perros ya se habían calmado, y pasó algún tiempo con ejercicios de obediencia, dándoles trozos de hígado como recompensa. Pudo comprobar con satisfacción que eran todo lo que el criador había dicho que eran: gozaban de buena salud, estaban bien entrenados y eran receptivos.

Al final, los dejó en un corral en concreto, en el extremo opuesto del patio donde había otros galgos, que parecían estar demasiado nerviosos al ver que habían llegado nuevas incorporaciones. Los galgos tenían dificultades para mantener el calor corporal, así que pidió a su adiestrador, Gregory, que montara una cama con mantas viejas para que pudieran mantenerse calientes. La entrada era lo suficientemente amplia para que pudieran pasar y estaba cubierta con un trozo de tela que los protegía.

Tendría que prestar más atención a los nuevos perros durante las próximas semanas mientras se adaptaban, pero, en lugar de sentirse abrumado, se sentía lleno de energía. Siempre había sido capaz de ocuparse de sus perros de una forma que no lograba en lo relativo a otros aspectos de su vida: disfrutaba de la paternidad, por supuesto, pero ¿qué sabía él de criar niñas?, y gestionar la finca le proporcionaba seguridad financiera, tener un centro de interés en la vida y hacía que se sintiera orgulloso, aunque no era tan satisfactorio como la cría de canes. Los perros suponían algo diferente. Los conocía bien, ellos lo conocían a él, y no le pedían nada más que lo que él era capaz de dar.

Era casi de noche cuando entró en casa por la puerta trasera y se quitó las botas embarradas. Le había dicho a la cocinera que llegaría tarde y se encontró un bol cubierto con un paño, junto con un poco de pan reciente y una jarra de cerveza en la mesa de servicio. Una vez estuvo saciado, se dirigió al cuarto de las niñas para darles un beso, aunque seguramente ya estaban dormidas. Se había entretenido demasiado con los galgos y quería meterse en la cama. Había sido un día largo, fructífero, pero largo.

—¿Reciben visita las damas? —susurró para no despertarlas, por si ya estaban dormidas.

—¿Papá?

Notó la tensión en la voz de Marjorie y se enderezó mientras empujaba la puerta para abrirla del todo. Se acercó a ella, evaluando con la poca luz que entraba desde el pasillo si Leah estaba dormida al otro lado de la cama.

—¿Qué ocurre?

La luz tenue se reflejaba en su rostro cubierto de lágrimas y él sintió una opresión en el pecho. Marjorie respiró hondo, tragando saliva, mientras él le apartaba los mechones húmedos de la cara.

—¿Qué ha pasado, pequeña?

Tres minutos más tarde, bajó las escaleras de servicio en calcetines y atravesó impetuosamente la puerta que conducía a las dependencias de la servidumbre y a las cocinas. El lacayo, Jacob, se levantó de golpe de una mecedora en la que descansaba en la zona común.

Se le ensancharon las fosas nasales.

—¿Dónde está la señorita Lawrence?

—En su dormitorio, creo. ¿Debo ir a buscarla?

—No está en su dormitorio —dijo Peter bruscamente, con la cabeza yéndole a mil. Su primera parada, después de que su hija acabara de contarle cómo había ido el día, había sido la habitacioncita que estaba junto a la de las niñas, donde había llamado a la puerta.

La señora Allen, el ama de llaves, salió de su habitación, situada más cerca de la zona común, tirando de la faja de su bata.

—Señora Allen, por favor busque a la señorita Lawrence. Jacob, haz que el mozo de cuadra prepare el carruaje —bramó Peter—. La señorita Lawrence se alojará en la posada de la Cruz y el Fuelle esta noche.

—¿Señor? —preguntó la señora Allen, con las manos entrelazadas—. ¿Ha ocurrido algo?

—Leah tiene moretones en el brazo y mis hijas han sido amenazadas con que las atarán a una silla si no usan la cuchara correcta. —Apretó las manos con una tensión incontrolable.

La señora Allen soltó un jadeo y el señor Allen se unió a ellos. Ya estaba en la cama, por cómo llevaba el pelo, pero se había echado un abrigo por encima del camisón.

—¿En qué podemos ayudarle, señor Mayfield?

La señora Allen le puso a su marido una mano en el brazo.

—Te lo explicaré más tarde. —Se volvió hacia Peter—. ¿Por qué no se retira a su estudio, señor Mayfield? Buscaremos a la señorita Lawrence y la llevaremos allí.

El hombre asintió, con la mandíbula dolorida de tanto apretar los dientes. Se dirigió a su estudio en el segundo piso, se tomó un vaso de *whisky* de un solo trago y comenzó a pasear frente a la fría chimenea mientras repasaba con profundo remordimiento lo que le había dicho a la señorita Lawrence en su reunión: que hiciera lo que considerara mejor, como si su aportación fuera un fastidio. ¿Qué clase de padre era?

Llamaron a la puerta y apareció el señor Allen con la institutriz detrás de él. Como de costumbre, estaba poniendo una cara de cuero viejo y pastoso. Sin embargo, la mezcla de miedo y desafío que reflejaban sus ojos mostraba a las claras que sabía por qué estaba allí. Dejó a un lado sus remordimientos por haberla tratado tan mal; necesitaba ser el padre que sus hijas merecían ahora que se había dado cuenta de la amenaza que pesaba sobre ellas.

—Señor Allen, por favor, permanezca en la sala para servir de testigo.

La señorita Lawrence abrió los ojos ligeramente y Peter no esperó a que el señor Allen respondiera antes de arremeter contra ella.

—¿Ha pegado a mi hija? Ha amenazado y levantado de la silla por la fuerza a una niña de cinco años.

La señorita Lawrence cruzó los brazos sobre el pecho, como si aquello no la afectara.

—Usted me aseguró que me había contratado para que recondujera su comportamiento. Sin la vara, se malcría a los niños. No he tardado mucho en darme cuenta de por qué eran tan maleducadas.

Se volvió como si fuera ella quien tuviera la potestad de decidir cuándo poner fin a aquella discusión. A Peter le hervía la sangre y habló con los dientes apretados.

—Haga las maletas. Stephen la llevará a la ciudad. Pagaré por su trabajo hasta ahora y por su habitación en la posada esta noche, pero nunca volverá a esta casa. Además, voy a escribir al señor Hastings para asegurarme de que nunca la recomiende para otro puesto.

Se volvió hacia él, con los ojos brillantes.

—No tiene ningún derecho…

—¡No! —gritó. El señor Allen se sobresaltó, pero Peter apenas se dio cuenta. Nunca había gritado así, nunca se había sentido así—. Usted no tiene ningún derecho, señorita, y no toleraré su presencia en mi casa ni un minuto más.

Cruzó los brazos sobre el pecho y la fulminó con la mirada.

—Supervisaré cómo recoge sus cosas y la acompañaré hasta el carruaje. Después, no volveré a verla nunca más.

Capítulo 6

JULIA

Durante su estancia en Londres, había disfrutado paseando por la ciudad antes de comenzar su jornada con los hijos de los Cranston. A pesar de la niebla y del ruido, en la ciudad había parques preciosos y, a las siete de la mañana, como todavía no había llegado la hora punta, las calles estaban casi vacías.

Había mantenido la costumbre de darse paseos matutinos desde su regreso a Feltwell, recordando lo mucho que disfrutaba caminando por el campo cuando era joven. Le gustaba aquel paisaje familiar, y también encontrarse con gente a la que conocía desde siempre, pero ya había enviado cuatro cartas más por medio del señor Hastings para solicitar un nuevo puesto. Sin embargo, su madre se dirigía a ella como si fuera a quedarse: «Los hijos de Simon vendrán a quedarse una semana en junio mientras él y Clara asisten a una boda en Gloucester. Tengo muchas ganas de tenerlos aquí con nosotras», «¿Prefieres pasar la Navidad con Louisa o con Simon? Simon tiene más espacio, pero no hay nada como pasar la Navidad con niños, y Louisa tiene más»...

Cuando volvió a casa después de su paseo, su madre no estaba. Lo más probable era que hubiera ido a visitar a la señora Harris, cuyo marido había fallecido la semana anterior. Le había dejado sopa, había horneado el pan y le había dicho de que estaría fuera unas horas para ayudar a poner en orden la casa de la señora Harris. La mujer había permanecido en cama durante días y no tenía criados ni hijos que la ayudaran.

Beth había salido a lavar la ropa de la semana y solo volvería para devolverla y preparar la bañera. Eran su madre y ella las que se ocupaban de limpiar la casa, algo que de hecho no le importaba, pues el día era demasiado largo para leer y caminar. Además, le gustaba tener algo que hacer. Era algo que ella y su madre tenían en común.

Se ató un delantal y procedió a ordenar la cocina, ya que su madre no había tenido tiempo para hacerlo ella misma. Mientras limpiaba, se puso a pensar en cada uno de los nuevos puestos que había solicitado, calculando cuánto tiempo tardarían en decirle algo en función de la fecha de inicio del puesto. Había uno que era para dentro de una semana, y como no había recibido respuesta todavía pensó que se lo habrían dado a otra candidata.

¿Acaso gustaba tan poco que nadie quería contratarla? O puede que fuera porque los Cranston la habían mimado mucho, se había quedado con ellos cinco años y de hecho había conseguido el empleo rápidamente. Quizá había tenido suerte y lo habitual era que esperaras, te rechazasen y tuvieras que escribir infinidad de solicitudes. Agotador.

Estaba limpiando la mesa de la cocina cuando oyó que llamaban a la puerta. Se secó las manos en el delantal mientras se dirigía a la puerta principal y la abrió, esperando la visita de una de las amigas de su madre, aunque era demasiado temprano.

—¿Señor Hastings? —dijo después de un momento de conmoción y, mirando más allá del primero, se dio cuenta de que se estaba poniendo colorada—. ¿Señor Mayfield?

—Buenos días, señorita Hollingsworth —saludó el señor Hastings mientras jugueteaba con la corbata, que desde luego llevaba demasiado apretada a juzgar por cómo el cuello se le abultaba alrededor de los bordes—. ¿Podemos hablar un momento?

Se desató el delantal, avergonzada y nerviosa por no estar preparada para recibir a unos invitados tan inesperados e intimidantes.

—Por favor, pasen —los invitó, guiándolos hacia el salón mientras se llevaba el delantal con una mano a la espalda—. Me reuniré con ustedes dentro de un momento.

En la cocina, El corazón se le aceleró mientras preparaba una bandeja de té, agradecida por contar con el pan que su madre había horneado, una cazuelita con mermelada y un hervidor que siempre estaba al fuego. Ni siquiera se tomó el tiempo de comprobar qué aspecto tenía, pues el espejo que había en el piso principal quedaba a la vista de sus inesperados invitados.

Regresó al salón a los cinco minutos y se disculpó por el retraso. Por la modestia de su casa y el tiempo que llevaba fuera, sospechaba que sabían que ella misma había preparado la bandeja y, aunque por lo general aquello no le causaría vergüenza, verlos de nuevo, especialmente al señor Mayfield, hizo que se sintiera incapaz, recordando su último encuentro. No había esperado volver a verlo.

Sirvió el té, pero ella no lo tomó, tenía miedo de que el temblor de las manos delatara lo nerviosa que estaba. Ojalá su madre la perdonara por servir el Darjeeling, que reservaba para sus invitados favoritos. Cuando hubo servido a todos, se recostó en la silla e hizo un gesto hacia la bandeja.

—Mi madre tiene fama de hornear un pan excelente, por eso lo servimos siempre con el té.

—Gracias, señorita Hollingsworth —dijo el señor Hastings, y dio un sorbo a su té.

El señor Mayfield no había dicho palabra y parecía tan incómodo como ella. Tomó un sorbo de té, giró la taza al dejarla y, cuando la levantó para dar otro sorbo, la volvió a girar. Por un momento, se preguntó si el hombre había venido a disculparse por su descortesía, pero ¿por qué iba a importarle? Él era un caballero, y ella, una empleada. No le debía nada, y ambos lo sabían.

El señor Hastings dejó su platillo y se aclaró la garganta.

—Mis disculpas por no haberla avisado de nuestra visita. Me temo que la situación es urgente y no hay tiempo que perder. —Julia posó su mirada en el señor Mayfield, que se la sostuvo mientras el señor Hastings continuaba—: El señor Mayfield necesita una institutriz, lo antes posible, y se preguntaba si usted podría estar interesada en el puesto.

Habían pasado casi tres semanas desde la entrevista que había acabado por hacer que se sintiera minúscula y rechazada.

—Tenía entendido que el señor Mayfield había contratado a otra candidata.

El hombre se removió en su silla y volvió a tirarse de la corbata.

—Bueno, sí, pero las cosas no han funcionado, así que necesita a otra ahora.

Quería levantarse y gritar: «¡Estaría encantada, más que eso, de aceptar el puesto!». Sin embargo, todavía oía en la cabeza la voz del señor Mayfield diciendo que contrataría a otra. Tan decidido, tan seguro.

—¿Y la otra aspirante? Imagino que ella sería la segunda opción del señor Mayfield —dijo en cambio.

El señor Hastings se movió incómodo y el señor Mayfield fijó la mirada en su taza... Así que la segunda candidata no había aceptado el puesto y ella era la última opción. En la cabeza se le acumularon toda una vida de sermones sobre el orgullo y la humildad. No le resultaba fácil organizar todos aquellos sentimientos, así que miró alrededor del salón, sintiéndose atrapada.

El señor Mayfield se aclaró la garganta, atrayendo de nuevo su atención hacia él.

—Siento ponerla en una posición tan difícil, señorita Hollingsworth.

Lo miró a los ojos y pudo leer la disculpa en ellos, y la desesperación, así que no dijo nada.

—Nuestra entrevista terminó mal, y le ofrezco mis disculpas por haber actuado de un modo tan poco amable. Creo que mis hijas se beneficiarían mucho de sus cuidados, y espero que acepte esta oferta tan poco convencional.

El señor Hastings parecía confundido, pero, claro, no sabía que la joven había oído las palabras del señor Mayfield aquel día. Sin embargo, Peter sí lo sabía y se había disculpado con sinceridad, o eso le pareció. Al ver que el hombre bajaba la guarda vio que en realidad no era tan duro. Ya se había dado cuenta durante la entrevista y ahora lo veía otra vez, aunque resultaba evidente que estaba incómodo. Podría trabajar para un hombre así, pensó, y en parte le apetecía demostrarle que, desde el principio, ella había sido la mejor candidata. Pero por lo demás, lo único en lo que pensaba era en salir corriendo de allí.

—Está bien, acepto la oferta.

El señor Mayfield sonrió, con una sonrisa amplia y brillante que hizo que levantara los ojos y que le iluminó todo el rostro. Así que no pudo devolverle la sonrisa.

El señor Hastings se aclaró la garganta.

—¿Sería posible que comenzara… ahora?

Rompió el contacto visual con el señor Mayfield y miró al otro hombre.

—¿Ahora mismo?

—Tan pronto como pueda hacer las maletas. La antigua institutriz del señor Mayfield y una criada han estado ayudando con las niñas, pero se trata de algo temporal y no es la situación ideal para ninguna de las partes. Si está dispuesta, podemos revisar su contrato de camino a la finca del señor Mayfield. Podríamos llegar esta misma tarde si no tardamos en salir.

«¿Ahora?», se repitió en su mente. Su madre no estaba en casa, podía imaginarse lo que diría. En cambio, si se marchaba antes, no tendría que escucharla.

Se levantó y los hombres hicieron lo propio.

—Denme media hora para que prepare la maleta.

—Volveremos dentro de una hora, si le parece bien, para darle un poco más de tiempo —dijo el señor Mayfield.

—Podemos ayudarla con su baúl cuando regresemos.

«Mucho mejor. Además, mi madre no volverá antes de esa hora», pensó.

—Se lo agradecería mucho.

El señor Mayfield sonrió, suavizando de nuevo los rasgos, e inclinó la cabeza.

—Muy bien, y gracias, señorita Hollingsworth.

—Llámeme señorita Julia, por favor, y esperen aquí en el salón si lo desean. No tardaré mucho. Además, el pan que hornea mi madre está rico de verdad.

Salió con decoro de la estancia, pero, en cuanto quedó fuera de su vista, subió corriendo las escaleras hasta su cuarto, abrió el baúl y comenzó a arrojar sobre la cama vestidos y zapatos de su armario. No se llevó ninguno de sus vestidos más elegantes, ya que no los necesitaría como institutriz, y metió todos sus artículos de aseo personal en una bolsa de lona, que también lanzó dentro del baúl. Una vez hubo guardado la ropa, dobló su colcha, que su madre le había hecho hacía años, y la colocó encima.

Solo entonces se planteó si estaba haciendo lo correcto. Después de unos instantes, suspiró, a sabiendas de que no lo era, pero estando segura de que, si se iba de aquel modo, se ahorraría una situación incómoda con su madre. Colocó su bolsa de costura y tres de sus libros favoritos sobre la colcha antes de cerrar el baúl. Luego se sentó a su escritorio, sacó un papel y escribió una nota para ella, a pesar de la presión que sentía en el pecho. Meditó cada palabra de cada oración, no quería que su madre se enfadara demasiado. Ni que aquello la hiriese mucho.

Capítulo 7

AMELIA

—¿Julia? —llamó la mujer al regresar a casa esa tarde. Tiró de las cintas de su sombrero con una mano mientras cerraba la puerta tras ella—. Me he encontrado con la señora Partridge y nos ha invitado a cenar. Su sobrino ha venido de visita desde Dover y…

La casa seguía inmersa en un profundo silencio. ¿Es que su hija había salido? Se había quedado demasiado tiempo en casa de la señora Harris, lo sabía, eran casi las cuatro, pero había sido necesario, la mujer no estaba llevando bien la muerte de su marido, y no podía culparla; nada preparaba a una persona para una pérdida así. Había doblado algo de ropa, que otra vecina le había lavado el día anterior, y había ordenado la cocina mientras la mujer le relataba lo terrible que había sido encontrarse a su marido muerto al volver de la iglesia.

—Fue porque no asistió al servicio, estoy segura —había dicho la señora Harris.

Amelia le ofreció palabras de consuelo mientras recordaba lo difícil que había sido para ella aceptar la muerte de Richard. Había contraído una neumonía, y ella había sabido unos días antes de su último aliento que no sobreviviría a la enfermedad. Había sentido cierta paz al atenderlo durante sus últimos días, de haberlo cuidado en sus últimos momentos.

Una noche, se metió en la cama junto a él y, aunque el hombre no se dio cuenta, lloró en su hombro por última vez. La angustia de ese momento, sabiendo que todos los retos futuros a los que se enfrentaría los tendría que afrontar sola, era algo que nunca olvidaría. Cómo lo echaba de menos… Qué diferentes habrían sido las cosas si él no hubiera muerto. Él hacía que ella mejorara. Ahora que no estaba, tenía la sensación de que se tambaleaba, aunque nadie lo diría al verla.

Sin duda, su hija también iba dando tumbos por la vida, y el miedo que sentía por el futuro de ella hacía que ambas acabaran agotadas. Si la joven se calmara… O tal vez era hora de que aceptara que Julia encontraría su propio camino. Después de la muerte de Richard, había tenido que controlarlo todo ella sola; ¿se estaría esforzando demasiado por controlar a su hija?

Colgó el gorro en la percha del vestíbulo y continuó hacia la cocina, fijándose en la tina de cobre que descansaba sobre un estante; Beth había terminado de lavar. Puede que todavía le quedara algo de sangre noble en las venas, porque desde luego se sentía orgullosa de no tener que lavar la ropa, aunque el hecho de no ayudar también hacía que se sintiera culpable. Se puso el delantal, deseando que Julia volviera pronto. Debían de estar en casa de los Partridge a las cinco en punto. El sobrino de la familia iba a ascender en la Marina Real y además, a la cena asistiría… Sí, su hija le recriminaría que intentara encontrarle pareja y haría que se sintiera incómoda… Quizá hubiera llegado el momento de hablar con Julia y decirle lo que estaba pensando. Dejar que no fuera a la cena si no quería.

Cuando iba de camino a la cocina, vio el papel, doblado y apoyado contra las bandejas, limpias y apiladas. Aquella nota no estaba allí cuando se había ido, pero lo cierto es que su hija y ella no acostumbraban a escribirse notas. La tomó y se dio cuenta de que era la letra de Julia antes de desdoblar el papel.

Querida mamá:

El señor Hastings, de la oficina de empleo, vino a casa con una oferta para un puesto de institutriz que había que cubrir inmediatamente y tuve que hacer las maletas en una hora. El puesto es exactamente lo que esperaba y está mucho más cerca de Feltwell que el de Londres. Voy a trabajar para el señor Peter Mayfield. Su finca se encuentra en las afueras de Elsing, donde vive con sus dos hijas, que lamentablemente no tienen madre, ya que esta falleció hace algunos años. Escribiré con la dirección exacta tan pronto como me haya mudado. Mientras tanto, que sepas que estoy bien y contenta con este giro de los acontecimientos. Espero que te alegres por mí, madre.

Con todo mi amor:
Julia

Amelia se quedó mirando la carta. Estaba acalorada pero tenía las manos frías. Había querido que su hija eligiera su propio camino, pero sus intenciones se esfumaron como la ceniza y el suelo parecía hundirse bajo sus pies.

—Mayfield… —susurró con incredulidad a la casa vacía. Elsing no estaba lo suficientemente lejos de East Ashlam como para permitirle pensar que podía tratarse de una familia diferente a la que le había venido inmediatamente a la mente. Por supuesto, había oído aquel apellido de vez en cuando —los escándalos de la familia eran bien conocidos—, pero aquello era lo de menos. Aquel apellido ejercía otro poder sobre su corazón.

Los viejos recuerdos y los desengaños amorosos la atormentaban, como si volviera a tener dieciocho años. Lord Elliott le había roto el corazón cuando le escribió aquella carta de despedida. Sin embargo, tras escuchar las habladurías de la gente respecto de aquella familia casi se había sentido afortunada de haberse librado de tener que cargar con semejante reputación. Nobleza no era sinónimo de moralidad, y ninguna familia lo ejemplificaba mejor que los Mayfield.

Soltó la carta sobre la encimera y se desplomó en una silla de la cocina. Durante años se había preguntado qué pasaría si su camino volvía a cruzarse con el de Elliott, pero con el tiempo su vida había evolucionado más que sus recuerdos y lo había olvidado. O eso creía... Ahora, forzada a enfrentarse con aquel recuerdo, se sentía paralizada y triste.

—No puede ser —susurró, con un ligero temblor en la voz. Se imaginó a su hija en una de las casas de los Mayfield, enseñando a los hijos de los Mayfield, comiendo comida de los Mayfield... Cerró los ojos y respiró. Tenía que haber alguna manera de impedirlo.

Había entrado en pánico al imaginar a su hija en una de sus casas, aunque quizá el señor Peter Mayfield no tuviera ninguna relación con lord Elliott Howardsford. Lo averiguaría, sin duda. Si no se trataba de ellos..., se inventaría algo, pero ¿y si se trataba de esos Mayfield? Pidió al cielo que no fuera así.

Capítulo 8

ELLIOTT

Elliott estaba a mitad de su desayuno cuando el mayordomo de Howardhouse le trajo una nota en una bandeja de plata. Brookshire, Brookie para abreviar, se acercaba a los ochenta años y había sido el mayordomo de la casa durante los últimos cuarenta. La mano con que sostenía la bandeja le temblaba ligeramente. No obstante, no pensaba sustituirlo.

—Gracias, Brookie —dijo, limpiándose las manos en la servilleta que tenía en el regazo y levantando la tarjeta de la bandeja. La letra no le resultaba conocida, pero sí pudo identificar que se trataba de una mujer y frunció el ceño en señal de sospecha. Aunque ya tenía sesenta años, seguía pensando que era un soltero elegible, especialmente ahora que se había establecido en Inglaterra, y no eran pocas las mujeres que le habían dejado claro que estarían encantadas de convertirse en esposa de un conde. Por eso, había evitado asistir a ciertos acontecimientos sociales, y también a la iglesia, los dos lugares donde más llamaba la atención. Sin embargo, de vez en cuando, alguien le invitaba con la esperanza de llamar su atención o de presentarle a alguna hermana, vecina, prima, amiga o hija. Sin ir más lejos, *lady* Aberline lo había sentado junto a su nieta de dieciocho años durante una cena la pasada Navidad, y la joven había coqueteado con él toda la noche. Humillante.

Que otra persona se ajustara a su estilo de vida le parecía agotador a su edad. Con solo pensar en el matrimonio con alguien más joven se daba cuenta de que aquello era una idea absurda.

Rompió el lacre y desdobló el papel, anticipando un rechazo cortés de la invitación. Cuando el señor y la señora Clemington lo habían invitado a su fiesta anual en el jardín de su casa en abril, se había excusado con el pretexto de que tenía previsto un viaje a Londres. Se había sentido tan mal que, para que no fuera mentira, se había ido a Londres de verdad. Estaba harto de tener que inventarse compromisos en ciudades alejadas para evitar asistir a cualquier acontecimiento social.

Querido lord Howardsford:

Me gustaría mucho reunirme con usted esta tarde para discutir el empleo de mi hija, Julia Hollingsworth, como institutriz de su sobrino Peter Mayfield. Me alojo en la posada de la Cruz y el Fuelle y me presentaré en su finca a las dos para que podamos discutir este asunto.

Atentamente:
Amelia Hollingsworth

¿Amelia?

Sacudió la cabeza. No podía ser «su» Amelia, desde luego. Tampoco es que fuera suya, ni lo había sido nunca. Se había casado con aquel banquero, «su» banquero, como pensaba a menudo de aquel hombre que lo había sustituido. No podía ser ella, se dijo, sintiéndose ridículo por pensar siquiera en Amelia Edwards. Había más Amelias en Inglaterra.

Dejó la tarjeta a un lado y cortó el filete de jamón que aún descansaba en su plato mientras contemplaba la extraña carta. Su sobrino había contratado a una nueva institutriz tras la entrevista en Norwich hacía unas semanas. La anterior, pariente de la difunta esposa de Peter, se había casado o algo así. Así que debía de haber contratado a la hija de la señora Hollingsworth. ¿Pero qué demonios tenía aquello que ver con él?

Simplemente enviaría un mensaje de vuelta explicando que no sabía nada del asunto y diciendo a aquella entrometida que no se preocupara por nada. Sin embargo, no podía soportar la idea de que aquello la empujara a incordiar a Peter, que ya tenía muchas responsabilidades. Y honestamente sentía curiosidad por saber por qué esa mujer había acudido a él. Tomó otro bocado de jamón y decidió aceptar la visita, aunque se tornara incómoda. Se mostraría agradable y educado, la escucharía y trataría de desviar sus preocupaciones. Solo esperaba que no fuera la reputación de su familia lo que había inspirado su inquietud. Su sobrino no se lo merecía y él estaba dispuesto a dejárselo claro a esa mujer, si se daba el caso.

¿Conocía a alguien de apellido Hollingsworth? Le resultaba familiar y quizá había conocido a alguien con ese nombre antes de partir hacia la India, pero no estaba seguro. ¿Por qué vendría sin su marido? Aunque sin duda sabría de su visita o tal vez el señor Hollingsworth le había pedido a su esposa que no fuera una entrometida, y ella venía sin su bendición. O quizá fuera viuda y, por lo tanto, solo así podía hablar de sus preocupaciones. Masticó más lentamente, analizando la carta, y otra idea irrumpió en sus pensamientos.

¿Podría tratarse de algún tipo de estratagema para asegurarse una entrevista con él? La situación que se había desarrollado con la sobrina de *lady* Aberline le había irritado, pero aquella no era la única forma en que las artimañas femeninas le habían causado molestias. Meses después de su regreso a Howardhouse, la mujer y su hija habían llamado a su puerta, alegando que su carruaje había perdido una rueda y preguntando si podían entrar a resguardarse de la lluvia. Incómodo con su efusivo agradecimiento, él, acompañado por un mozo de cuadra, había colocado la rueda en el carruaje. Ni siquiera ofreció a la mujer ni a su hija un té, pues prefería dar la impresión de que era hosco si con ello las disuadía de repetir algún otro intento parecido.

Semanas atrás, cuando estaba en la ciudad, otra mujer tropezó delante de él y se sintió obligado a ayudarla. Ella le invitó a cenar como forma de agradecimiento, a lo que se había negado rotundamente. Era rico. Era soltero. Eso era todo lo que necesitaban algunas mujeres para comportarse así en su presencia. ¿Y si la señora Hollingsworth era otra de esas mujeres y lo único que buscaba era su dinero y su estatus?

Para cuando terminó de desayunar, había decidido no esperar hasta las dos para que la señora Hollingsworth se asomara a su puerta. No tenía nada importante que hacer aquel día, así que podía dedicarse por completo a tratar aquel asunto. Cuanto antes informara a aquella mujer de que no tenía ninguna autoridad sobre la casa de su sobrino y de que no había razón alguna para oponerse a la posición de su hija allí, antes podría dejar cualquier preocupación de lado. La posada de la Cruz y el Fuelle estaba situada a pocos kilómetros al sur de Howardhouse, a las afueras de East Ashlam. Un caballero acudiría allí a caballo o en carruaje, pero a él le gustaba hacer ejercicio, y le dolía menos la rodilla los días que iba a pie. Caminaría hasta el pueblo e interceptaría a la señora Hollingsworth antes de que esta acudiera a él. Sería más apropiado encontrarse con ella en el lugar donde se hospedaba que dejar que fuera a su casa: ya que era un soltero que parecía todavía en edad de merecer, no quería verse atrapado entre las artimañas de una mujer. Debía cuidar de sí mismo.

Capítulo 9

AMELIA

Amelia salió de la posada a las diez en punto. Estaba nerviosa por su visita vespertina a Howardhouse y hacía tiempo que no iba a East Ashlam. No solía tener que viajar al norte a menudo, lo que la mantenía alejada de la zona del país donde se encontraba la mayoría de las fincas de Mayfield. Pero ahí estaba, así que aprovechó la oportunidad para familiarizarse de nuevo con la zona mientras esperaba que la visita autoguiada al pueblo la distrajera un poco de lo nerviosa que estaba.

Sin embargo, no había mucho que ver. En la tienda de la calle principal vendían lo mismo que en la que había en su propio pueblo. Tampoco le hacían falta un sastre, un abogado, un carnicero, un molinero o un herrero, que eran el resto de negocios que allí había. La iglesia parroquial era sencilla y moderna, con líneas limpias y grandes ventanas. Tras recorrerla y sentarse un rato con la esperanza de poder meditar sobre lo nerviosa que se estaba poniendo, salió por el patio lateral y se encontró con el cementerio, donde las infinitas hileras de lápidas hicieron que se le encogiera el corazón. Tanta pérdida.

Siguió el estrecho camino de grava, leyendo las lápidas y permitiéndose la melancolía de recordar a las muchas personas que había amado y perdido. Sus padres habían fallecido, y Richard se había ido hacía casi tanto tiempo como había compartido de matrimonio. Echaba de menos su firmeza, su seguridad, sus abrazos en la oscuridad. Cuando se habían casado, había pasado a formar parte de un conjunto, de un todo que se había fortalecido aún más con la llegada de sus hijos. Y luego él se había ido. Saber que sus hijos la necesitaban más que nunca había hecho soportable el dolor y, después de un tiempo, se había familiarizado con su estatus de madre sola. Solo una vez, desde la muerte de Richard, había atraído la atención de otro hombre.

Vincent Arrington era un granjero, cliente y amigo de su difunto marido. Le había ido bien, pero su esposa falleció cinco años atrás. Durante más de un año, habían asistido juntos a reuniones sociales, y él la había acompañado a casa desde la iglesia más de una vez. Sin embargo, había tenido un accidente en su granja, tras lo cual le amputaron parte de una pierna. Su hijo se hizo cargo del negocio, pero Vincent se vio como un hombre roto. Lo había visitado, le había llevado pan y le había dicho con bastante desparpajo que su lesión le daba igual, con la idea de que se casarían, pero él se había cerrado en banda y acabó trasladándose a Manchester para vivir con una hermana soltera. Tras el disgusto inicial, hizo las paces con la idea de que aquel no era su futuro, pero, cuando los días se volvieron solitarios y las noches se hicieron largas, no pudo evitar desear que lo que podía haber sido se hubiera hecho realidad.

Otros hombres le habían prestado algo de atención desde entonces, pero ninguno había despertado nada en ella.

Richard le había dejado la vida resuelta, por lo que no debía preocuparse por su futuro, aparte de Julia. Si su hija se hubiera quedado cerca de casa y le hubiera dado nietos que cuidar, no le faltaría nada. Sin embargo, que trabajara para un Mayfield, nada menos que el heredero de lord Elliott, acababa con toda posibilidad de que su hija encontrara su propio camino en la vida.

Recordando a qué había ido allí, salió del cementerio y volvió a la calle. Al pasar por delante de los escaparates de las tiendas, miró su reflejo en los cristales ondulados e inmediatamente se irguió, levantó la barbilla y echó los hombros hacia atrás.

«Estoy segura de que usted coincide conmigo —dijo en su mente, practicando cómo abordaría aquella conversación tan incómoda—. La idea de que mi hija trabaje para su sobrino es inaceptable para mí. Debe ayudarme a poner fin a esta situación».

¿Sería capaz de decirlo en voz alta?

Tendría que hacerlo, si se daba el caso.

Casi era mediodía cuando regresó a la posada, lo que le daría tiempo de sobra para ponerse el vestido de color rosa que había traído. Richard siempre le había dicho que ese color la favorecía y, aunque ya no tenía la belleza de su juventud, no había razón para no presentarse con el mejor aspecto posible, y más en el salón de la casa que un día pensó que sería su hogar. La idea le produjo un escalofrío, y volvieron a surgirle un sinfín de preguntas que creía enterradas.

¿Por qué Elliott había cortado con ella de un modo tan repentino? ¿Acaso había hecho algo malo que lo hubiera alejado? ¿O quizá al saber que heredaría su título pensó que sus perspectivas eran otras y ella se había convertido en poca cosa? ¿Solo había sido un juego para él?

Había dejado que la besara más de una vez, con mucho más ardor del que una mujer joven debería haber permitido. En aquel momento, estaba segura de que se convertiría en su esposa, y no quería que a él le quedara ninguna duda al respecto. De manera que, cuando se marchó, se sintió como una tonta, engañada por un maestro de la seducción. Y ahora iba a encontrarse con él cara a cara después de más de treinta años. ¿Se habría precipitado con aquella visita? Ya era demasiado tarde para arrepentirse, pues había enviado una nota solicitando que se reunieran para hablar de ese asunto.

—¿Señora Hollingsworth?

Un empleado dijo su nombre y ella se dirigió al mostrador, preguntándose de qué se trataría. Había pagado la habitación al llegar, las comidas estaban incluidas y se marcharía al día siguiente a primera hora. Nadie sabía dónde se hospedaba, así que no podía haber recibido correspondencia.

—¿Sí? —preguntó, disimulando bastante bien su impaciencia y su ansiedad. ¿Habría respondido Elliott a su nota? ¿Cuál había sido su reacción al ver quién era el remitente? Tampoco le sorprendería que no se acordara de ella, aunque sería humillante.

—Lord Howardsford la espera en el salón.

Se llevó una mano al cabello, que se le encresparía una vez se quitara el sombrero, y sintió cómo el rubor se subía por el cuello, de una manera lo suficientemente intensa como para estrangularla. Entonces dirigió su atención a su ropa, un sencillo vestido de paseo a rayas azules y grises con cuello alto. Parecía una viuda anciana con un vestido desaliñado y despeinada. Como si hubiera renunciado a la vida, a sí misma y…

—¿Señora Hollingsworth?

Otra voz pronunció su nombre. Ella se volvió, demasiado rápido y de un modo demasiado brusco como para que pudiera dar la impresión de despreocupación que le hubiera gustado. Pero esa voz y ese rostro... Se miraron fijamente, separados por seis metros y treinta largos años, y todos los sentimientos, buenos y malos, atravesaron a Amelia como un viento del norte.

Parpadeó. Y parpadeó de nuevo. Y entonces se recordó a sí misma que era una mujer madura y centrada y que no había razón para dejar que las emociones la superaran. Hacía años que había dejado atrás todo aquello. Pero tenía la boca seca y los pensamientos se le arremolinaban en la mente. Él estaba allí. De pie frente a ella. Un poco mayor, aunque seguía siendo atractivo, seguía siendo Elliott, con aquellos ojos amables, la postura recta, los hombros anchos. Le había dado miedo pensar en cómo reaccionaría al verlo y se sintió avergonzada al darse cuenta de la intensidad con la que había respondido todo su cuerpo. ¿Por qué su hija tenía que haber encontrado ese puesto precisamente? De no ser así, aquel hombre podría seguir formando parte de su pasado, y los Mayfield no serían más que una familia lejana que nada tenía que ver con la suya.

—Eres tú —murmuró Elliott, con los ojos muy abiertos.

«¿Es que no lo sabía?».

La conmoción retrocedió, lo que le hizo recordar cuál era la realidad y a qué debía aferrarse. De haber sabido que el mensaje venía de ella, no habría acudido allí ansioso por verla. Aunque tampoco deseaba que él estuviera ansioso por verla. Cerró los ojos por un momento para fingir que él no estaba allí, para recuperar la compostura, y dejó de lado su deseo de lucir lo mejor posible, recordando la razón por la que estaba allí. Abrió los ojos con las defensas de nuevo en su lugar.

—¿Podríamos hablar en privado, por favor? —Hizo una pausa, porque nunca lo había llamado por su título y le resultaba difícil no pensar en él como Elliott. Su Elliott. O así había sido mucho tiempo atrás—. ¿Lord Howardsford?

Pasó por delante de él antes de que respondiera, obligándose a no bajar la guardia. Él se volvió para seguirla, y ella analizó cada uno de sus movimientos y el ritmo de su respiración. Estuvo tentada de alisarse el pelo y revisar el dobladillo del vestido al entrar en el salón privado situado junto al vestíbulo de la posada, pero ya era demasiado tarde para la vanidad. Estaba ahí para proteger a su hija. Nada más.

Capítulo 10

ELLIOTT

Elliott siguió a Amelia, su Amelia o, más bien, la Amelia del banquero, hasta el destartalado salón de la posada. Pudo identificar una mancha oscura en la alfombra y que las sillas no hacían juego con el sofá. Ella no se sentó, sino que se volvió hacia él cuando llegó junto a la fría chimenea, que olía a ceniza húmeda.

—No esperaba verle aquí —intervino Amelia, con cara tensa.

—Yo no esperaba que la mujer de la nota fueras tú.

Pudo sentir el rubor en las mejillas.

—Pensé que reconocería mi firma.

—Si alguna vez supe tu nombre de casada, lo había olvidado. Mis disculpas.

Ella intentó mantenerse estoica, con el mismo tono que había utilizado en su nota, pero notaba en la piel que se estaba acalorando. Y él podía darse cuenta de lo nerviosa que estaba por cómo ponía los hombros y cambiaba el peso de un pie a otro.

La miró fijamente, sin poder evitarlo; Amelia estaba delante de él, y era sorprendente lo mucho que se parecía a ella misma. Tenía el pelo gris, peinado hacia atrás y recogido para mostrar su elegante cuello. Su piel mostraba los años que habían pasado desde la última vez que pudo estudiar su rostro, pero le pareció que seguía siendo suave y tersa. Tenía los mismos ojos, y la misma forma de cara, y aquellos labios carnosos que un día hicieran que se le acelerara el corazón.

Se obligó a desviar la atención y miró las cortinas descoloridas y polvorientas para volver a centrarse. ¿Es que le había afectado su encuentro? Probablemente no. Amelia había vivido una vida plena sin él: matrimonio, hijos, comunidad... Cualquier relación que hubieran tenido una vez le parecía infantil en comparación con el resto de su vida adulta.

—Supongo que está aquí para hablar del asunto de mi nota —se adelantó ella.

¿Estaba decepcionada? ¿Esperaba que la reconociera y acudiera a ella, ansioso por verla?

—Sí, preferí ahorrarle el viaje a la «señora Hollingsworth».

«¡Amelia está frente a mí!». Sintió que necesitaba repetirlo una docena de veces antes de poder creérselo. En cambio, resolver lo que sentía al verla le llevaría más tiempo y esfuerzo. No tenía previsto volver a verla, menos todavía en circunstancias como aquellas. E irónicamente le vinieron a la mente unas palabras de Napoleón, de entre todas las personas: «A veces es mejor abandonarse al destino».

El «destino» había enviado a Napoleón a una isla donde vivió el final de sus miserables días, mientras que Elliott había terminado en la India. Pero ahora estaba de vuelta. Y frente a Amelia. Y estaba más hermosa que nunca.

Separó esos encantadores labios lo suficiente como para respirar profundamente.

—Bueno, ha sido muy amable por su parte, lord Howardsford.

Elliott percibió que le costaba decir su título, que sonaba extraño entre sus labios.

—Por favor, llámame Elliott, Amelia. —Sonrió y la miró una vez más—. Me alegra verte de nuevo. Estás tan hermosa como siempre.

Ella tragó saliva.

—Gracias, lord Howardsford, pero debo dirigirme a usted como corresponde, y usted debería llamarme señora Hollingsworth.

El hombre dio un paso atrás mentalmente. ¿Qué quería decir? ¿Es que no eran amigos?

Se aclaró la garganta.

—Como decía en mi carta, Peter Mayfield, su sobrino, ha acogido a mi hija recientemente en su casa.

«Piensa, concéntrate». Necesitaba controlarse para no distraerse. Tomó aire y trató de acomodarse en una actitud casi profesional.

—La ha contratado como institutriz, así es.

—Sí, esa es su posición oficial, pero es una mujer joven en casa de un hombre viudo. De por sí, es una situación poco apropiada. Y el hecho de que sea su heredero la convierte en una situación insostenible. He venido aquí para remediar este asunto con su ayuda.

¿Remediar?

—No conozco los detalles… —Se interrumpió y señaló las sillas—. ¿Sería mejor que tuviéramos esta conversación sentados?

Tal vez podrían pedir un té, relajarse, hablar con calma. Puede que ella se relajara y abandonase aquella actitud. Estaba como si quisiera darle en la mano con una regla.

—No, gracias.

Elliott sintió una punzada de resentimiento, intencionado o no, y la conmoción y el asombro de verla después tantos años comenzaron a desvanecerse. No quería sentirse cómoda ni alargar la entrevista más de lo necesario. Aquella joven despreocupada de Londres, cuyos ojos se iluminaban cuando él entraba en una habitación y que lo había besado detrás de los setos apenas tenía algo que ver con la mujer que tenía delante.

—Muy bien —dijo—. Como ya he dicho, no conozco los detalles y, desde luego, no soy quién para meterme en la vida de mi sobrino, pero, si ha contratado a su hija, debe de ser porque ella ha solicitado el puesto. No veo ninguna razón por la que usted o yo debamos interferir, aunque sí lamento que no le parezca apropiado.

Amelia soltó un suspiro y sacudió la cabeza, cruzándose de brazos.

—Ella no sabe quién es.

Elliott frunció el ceño y sintió cómo le subía la sangre a la cabeza.

—Es Peter Mayfield, viudo y padre de dos niñas, un hombre respetable y temeroso de Dios. Me atrevo a decir que su hija tiene mucha suerte de trabajar para un hombre así. Y puedo dar fe de su buen carácter.

Ella entrecerró los ojos.

—¿Es que eso debería tranquilizarme?

Parpadeó.

—¿Perdón?

Amelia tragó saliva, mostrando lo incómoda que se sentía.

—Hablando claro, no quiero que mi hija tenga nada que ver con su familia, lord Howardsford. Aunque sin duda no comparte mis preocupaciones, al menos espero que muestre consideración por ellas.

—¿No desea que su hija tenga siquiera una relación distante conmigo? Está siendo ridícula.

La mujer ensanchó las fosas nasales y dejó caer los brazos a los lados.

—¿Cómo se atreve a decirme algo así?

—¿Cómo se atreve a formular semejante acusación contra mi sobrino?

—No he formulado ninguna acusación.

—Le está acusando de ser una amenaza para su hija —respondió Elliott.

—Eso es ridículo.

Le brillaron los ojos y el pecho se le hinchó de indignación, incluso cuando él se reprendió mentalmente. Entonces, levantó las manos en señal de paz.

—Mis disculpas, ha sido muy poco caballeroso de mi parte.

Ella lo miró fijamente, y él pensó que, de no haber sabido que se trataba de Amelia Edwards, no la habría reconocido, con aquel rostro tan duro y aquellos ojos furiosos. Seguía siendo encantadora, pero le pareció dura y ridícula, aunque no lo diría de nuevo.

—Es evidente que se trata de un asunto serio para usted —dijo diplomáticamente—. ¿Podríamos sentarnos para conversar con más calma?

—No. —Casi lanzó las manos al aire—. Está en deuda conmigo, lord Howardsford.

Se quedó mirándola un instante, esperando que le diera alguna aclaración respecto de aquella afirmación o que se lo explicara con más detalle. Sin embargo, cuando lo hizo, no tuvo más remedio que responder.

—¿Se supone que debo interferir en la vida de mi sobrino porque estoy en deuda con usted?

Ella asintió una vez y volvió a cruzarse de brazos, con la mirada fija. En otra situación, el rubor de sus mejillas y la seguridad que mostraba en la cara le habrían parecido impresionantes, pero ahora no.

—Disculpe, señora Hollingsworth, pero ¿por qué demonios cree que le debo algo?

Ella tragó saliva y miró hacia la ventana como reorganizando sus pensamientos. La había sorprendido con la guardia baja, lo que no hizo más que confundirle aún más.

—Una vez estuvimos relacionados, lord Howardsford, y aquello terminó mal, al menos para mí. Ya que existió esa historia entre nosotros y teniendo en cuenta el escandaloso comportamiento de muchos miembros de su familia, no me siento segura al tener a mi hija bajo el techo de los Mayfield. —Su expresión se suavizó, y en su voz se notó un cierto tono de súplica—. Julia es joven y temo por su futuro si se la relaciona con semejantes escándalos. Por favor, comprenda que no pretendo ofenderle a usted y a los suyos. Solo trato de proteger a mi hija con su ayuda.

—Porque se lo debo. —Elliott sintió que su mente se detenía en aquella afirmación, pero se obligó a seguir adelante cuando vio que la mandíbula se le tensaba de nuevo—. Soy el último en aprobar las acciones de algunos miembros de mi familia y lamento sus decisiones, pero mi sobrino Peter no merece esa censura. Es el hombre más respetable que he conocido. Aquellos que arruinaron la reputación de la familia ya no están aquí.

Una ola de odio atravesó los ojos de la mujer.

—No todos.

Se sintió como si le hubieran abofeteado. ¿Se refería a él? Tardó unos segundos en recuperarse.

—Aun así, Peter no merece que esos prejuicios le afecten. Es un buen hombre.

Amelia se acercó a la ventana y descorrió la cortina, pero él percibió que no miraba nada concreto en la calle. Esperaba que reflexionara sobre lo que había dicho y sobre lo injusto que era.

—Supongo que ya le habrá pedido a su hija que deje su empleo y ella se ha negado.

Aquello tampoco explicaba por qué había acudido a él, pero quizá le aclarara algún aspecto de la situación. Evidentemente, Amelia se sentía muy afectada, pero no entendía bien por qué. Si su hija trabajara para Teddy o Peter tuviera algún defecto moral, lo entendería, pero no era el caso. Aquello no tenía sentido.

Tomó aire y lo soltó, sin dejar de mirar a la nada a través de la sucia ventana.

—No deseo que mi hija cargue con los temores infantiles de su madre ni difundir chismes sobre su familia. Por ahora, ella no sabe nada de todo eso. Y no quiero que trabaje en esa casa. —Se volvió hacia él y, aunque su expresión volvía a ser decidida, bajó un poco la voz—. Si alguna vez te importó nuestra relación, Elliott, ayúdame. Dame la tranquilidad que necesito.

El hombre no había entendido cuánto la había herido hasta ese momento. Años atrás, le había roto el corazón hasta el punto de mantenerse separada no solo de él, sino de toda su familia. Elliott no podía separar la vergüenza que sentía de los prejuicios sobre su familia, y tampoco podía dejar de mirarla mientras lo miraba. Hubo un tiempo en el que cada pensamiento y sentimiento se reflejaba en su rostro, pero ya no. Aquella niña despreocupada se había convertido en una mujer temible.

Independientemente de cómo se sintiera, lo que pedía era injusto, tanto para su hija como para su sobrino. Era incapaz de encontrar palabras para rechazar su petición, pues eso significaría que aceptaba sus prejuicios, pero tal vez sí se lo debía o simplemente no quería romperle el corazón de nuevo. Aunque había cambiado y veía que, con los años, había perdido algunos rasgos, todavía existía una conexión entre ellos y sentía cierta curiosidad por saber qué había bajo aquella máscara de confrontación. Treinta y seis años. Si le daba lo que quería, ¿tendría la oportunidad de volver a verla?

—Puedo hablar con Peter y compartir estas preocupaciones con él. —No parecía especialmente satisfecha con esta solución—. No pretenderá que entre en la casa de mi sobrino y le ordene que despida a su hija. Eso sería un desastre. Pero hablaré con él y veré qué puedo hacer.

No tenía ni idea de qué sería ese qué. Amelia solo parecía querer que su hija dejara la casa, pero no estaba dispuesta a ir a ver a su hija en persona para pedírselo, por lo que tenía cierto poder en aquella situación.

—Es todo lo que puedo ofrecerle, aunque no puedo ir hasta la semana que viene. Tengo otros asuntos que atender.

Esta parte no era del todo cierta. Su otro sobrino y hermano de Peter, Timothy, vendría desde Londres para que pudiera hacerle su propuesta, pero sí podía pasar por Elsing y volver antes de que el joven llegara. Sin embargo, quería tiempo para pensar cómo enfocar el asunto y ver qué posibilidades había de que pudiera volver a ver a Amelia. Tal vez después de unos días de reflexión, ella volvería a pensar en lo que la había traído hasta allí o cambiaría de parecer.

—Gracias —dijo Amelia, con una mezcla de alivio y cautela en la voz.

—Después de que hable con él, ¿puedo ponerme en contacto con usted?

¿Había logrado que aquello sonara profesional, como si tal cosa? Ojalá no se diera cuenta de que, de un modo velado, estaba buscando poder verla de nuevo.

—Sí, eso estaría bien. Tal vez el mozo tenga un lápiz y un papel que podamos usar.

Inclinó la cabeza y se hizo a un lado para permitir que saliera del salón. Cuando pasó junto a él, el recuerdo de haberla acompañado por un sendero del jardín y haber tomado su rostro entre las manos se hizo tan real que olvidó dónde estaba. En aquel entonces, Amelia no había rehuido su atención, pero ahora ni siquiera podía mirarlo.

«¿Habría sido diferente si me hubiera quedado aquí en lugar de irme a la India?».

La siguió hasta el mostrador, donde pidió un lápiz y un papel al dependiente. No lo miró ni una sola vez mientras le escribía su dirección y, cuando terminó, le dio las gracias al empleado y se volvió hacia él con el papel en la mano. Sobresaltada al darse cuenta de lo cerca que estaba, dio un respingo antes de dar un paso atrás. Él tomó el papel y lo leyó.

—¿Vive en Feltwell?

No estaba cerca, a unos cincuenta kilómetros, pero tampoco quedaba lejos.

—Sí.

—¿De ahí es su esposo, entonces?

Había percibido que no había incluido el nombre de su marido en la dirección.

—Sí. —Y se detuvo ahí.

¿Estaba separada del señor Hollingsworth? ¿Era viuda? ¿O simplemente no quería compartir ningún detalle de su vida con él? Porque no se podía confiar en él… Porque no se podía confiar en su familia.

Elliott dobló el papel y lo metió en el bolsillo interior de su abrigo. Permanecieron un momento en el centro del vestíbulo, esperando a que el otro hablara, mientras el recepcionista los miraba con curiosidad.

—Me alegro de verla, señora Hollingsworth —dijo él por fin. Impulsivamente, extendió la mano y le tocó el brazo. Ella se apartó como si fuera a quemarla con la mano y se alejó un paso más de él. La mirada que le dirigió después le hizo ruborizarse.

—Mis disculpas —se precipitó a decir, avergonzado de su atrevimiento. No estaba seguro de la reacción que esperaba de ella, pero no se había esperado un gesto así.

—Esperaré su carta —dijo Amelia, desconfiada—. Le deseo un buen día, lord Howardsford.

—Igualmente, señora Hollingsworth.

Le sostuvo la mirada un poco más. Los prejuicios de la mujer lo frustraban y, sin embargo, algo le decía que no había cambiado tanto como parecía. La había herido, y esta era su reacción. Inclinó la cabeza y se apartó de ella.

«Dios mío, ayúdame a verla de nuevo».

Capítulo 11

JULIA

Se levantó el lunes por la mañana, su décimo día en casa de Peter Mayfield, firmemente convencida de la decisión que había tomado con respecto a aquel puesto: era perfecto para ella.

Se dirigió a su paseo matutino a través de aquel campo maravilloso. La finca daba a una zona boscosa enhebrada con senderos que esperaba memorizar algún día. A su regreso, se detuvo un instante a saludar a los perros, cepilló el largo pelaje de *Mermelada* y acarició los lomos largos y elegantes de los galgos, desde la cabeza hasta la cola. Con energía renovada, entró en la casa y despertó a las niñas a las ocho en punto.

La mañana transcurrió en lo que ya se había convertido en su rutina: vestirse, desayunar, leer, dar un pequeño paseo y luego jugar en el patio circular hasta escuchar la campana de fuera que anunciaba el almuerzo. Normalmente, la cocinera servía sándwiches y limonada, pero esta vez había servido una sabrosa ensalada de verduras, con pétalos de diente de león y prímula amarilla, y se había sorprendido al ver que Julia reconocía las flores, tras lo cual mantuvieron una conversación sobre aquellas plantas comestibles. Esperaba que aquello contribuyera a mejorar su relación, pues era solo la segunda vez que formaba parte del personal de una casa. Con los Cranston pasó un tiempo antes de sentirse aceptada y esperaba que ahora la transición fuera más rápida. Sin embargo, estaban muy ocupados y nadie tenía tiempo que dedicarse a hacer relaciones sociales.

—¿Podemos ver a *Mermelada* antes de entrar? —preguntó Marjorie.

—Desde luego —respondió Julia, tendiendo una mano a cada niña. Le encantaba sentir el calor de aquellas manitas suaves en las suyas mientras se dirigían al patio donde estaban los perros, donde el señor Mayfield mantenía a los sabuesos a un lado, y a las hembras preñadas y los nuevos galgos por otro. Menos mal que los perros estaban separados, pues la energía inagotable de los sabuesos ponía nerviosas a las niñas, que adoraban en cambio a los animales más tranquilos.

Mermelada era una preciosa collie de pelo largo, blanco y negro, la única de su raza que tenía el señor Mayfield, y estaba a punto de parir su primera camada. Marjorie no podía contener la emoción por conocer a aquellos cachorritos que casi consideraba suyos, así que no se atrevió a romper aquel corazoncito diciéndole que seguramente los venderían. Y a un buen precio, estaba segura.

En la revista que Julia había tomado prestada del estudio hacía unas noches, pues la señora Oswell le había dicho que podía leer cualquier cosa de entre las que tenía el señor Mayfield, había un artículo completo sobre el futuro de la tenencia de perros en Gran Bretaña. Los collies eran una de las razas cuya popularidad crecía más, aunque el señor Mayfield había tomado la decisión de incorporarlos meses antes de que se publicara la revista. Le hubiera gustado hablar con él sobre el asunto, pero el hombre solo se dirigía a ella cuando iba y venía de las visitas a sus hijas, que eran poco frecuentes.

La señora Oswell le había explicado que el señor Mayfield estaba demasiado ocupado con los perros para asistir regularmente a la hora de juegos, de cinco a seis de la tarde, y, a menudo, solo veía a sus hijas para darles un beso de buenas noches. Para entonces, Leah ya solía estar dormida.

Cuando llegaron al corral de *Mermelada*, la perrita no salió a recibirlas como solía hacer. Julia escudriñó el recinto hasta que la vio tumbada junto a su refugio con la lengua fuera. Jadeaba con fuerza, aunque no hacía tanto calor aquel día.

Mermelada estaba bien cuando la había visitado por la mañana.

—Oh, cielos —susurró.

—¿Qué ocurre? —preguntó Marjorie.

Mermelada se puso en pie, con dificultad, al oír sus voces y gimió ligeramente mientras se acercaban. Julia miró a su alrededor buscando a Gregory, el cuidador. ¿Es que no había reconocido que estaba de parto? Seguramente el señor Mayfield no la habría dejado sola de haberlo sabido.

La perrita pasó el hocico por la valla y ella le acarició las orejas. Dirigió la mirada más allá de ella hasta el cuenco de agua vacío y se acaloró por la irritación y la preocupación que le subía por el pecho. ¿Iba a tener cachorros sin ayuda y sin agua?

—Todo va a salir bien, *Mermelada* —dijo forzando un tono de voz tranquilizador y una sonrisa—. Vas a ser mamá.

—¿Va a tener sus cachorros? —preguntó Marjorie con alegría, con los ojos muy abiertos y llenos de ilusión.

—¿Hoy? —exclamó Leah.

—Creo que sí.

Julia evaluó visualmente a la perra lo mejor que pudo. Los cambios físicos que observó mostraban que la madre había superado la primera fase del parto. Mantuvo la calma, por el bien de todos, y le dio a la madre un beso en el hocico. Después, tomó a cada niña de la mano y las condujo fuera del patio en dirección a la casa.

—Tenemos que encontrar a vuestro padre —les dijo, debatiéndose entre la preocupación y el entusiasmo. Cuidar de sus perros con su padre había sido una de las cosas que más satisfacción le había dado en la vida. Hacía quince años que no disfrutaba a diario de estar cerca de esas criaturas, y mucho menos de ver nacer una nueva camada.

En cuanto entraron en la cocina, las niñas se soltaron de sus manos y corrieron hacia el estudio de su padre con tal energía que se estremeció. A la señora Allen, el ama de llaves, no le gustaba que las niñas corrieran por la casa, pero ya era demasiado tarde y la mujer no estaba a la vista. La cocinera, sin embargo, removía algo en la lumbre, y Julia se volvió hacia ella.

—¿Sabe dónde está el señor Mayfield, señora Burbidge?

—Todavía no ha regresado del pueblo. Fue a poner un anuncio para contratar un nuevo adiestrador.

—Pero Gregory… —comenzó Julia.

—Ayer lo despidió. El señor Mayfield no tolera comportamientos poco éticos.

No tuvo tiempo de reflexionar sobre las palabras de la cocinera, pues tenía la cabeza en *Mermelada*: sin agua, sin adiestrador, sin el señor Mayfield. Se puso aún más nerviosa.

—Oh, cielos.

—¿Señorita Julia?

Volvió la mirada hacia la cocinera.

—*Mermelada* está dando a luz a sus cachorros.

El ruido de unos pasos acelerados retumbó por encima de ellas. Las niñas no iban a encontrar a su padre en el estudio y volverían pronto.

—¿Dónde está la señora Allen?

—Va al pueblo los lunes por la mañana a hacer las compras de la señora.

Julia juntó las palmas de las manos.

—La perrita no debería estar sola, señora Burbidge, pero no estoy segura de qué hacer. Podría quedarme con ella hasta que regrese el señor Mayfield, pero necesitaría que alguien vigilara a la señorita Leah y a la señorita Marjorie.

La cocinera la miró con escepticismo.

—¿Tienes experiencia con el nacimiento de cachorros?

Julia asintió.

—Aunque no me atrevería a intervenir si hubiera alguien más adecuado. ¿Algún otro miembro del personal trabaja con los perros?

Contuvo la respiración esperando la respuesta. Quería ser ella la que estuviera en el parto, pero era importante no pasar por delante de alguien que tuviera más derecho que ella a estar allí. Todavía no entendía los entresijos del personal de la casa.

—No tanto como para asumir la responsabilidad de un parto. Esos perros son el orgullo del señor Mayfield.

—¿Alguna sugerencia sobre alguien que pueda vigilar a las niñas en mi lugar, entonces? No estoy segura de qué debo hacer.

El rostro de la cocinera se suavizó mientras golpeaba el costado de la olla con la cuchara.

—Yo me ocuparé de que estén atendidas.

Apartó la olla del fuego y se dirigió a las dependencias del servicio, al otro lado de la cocina.

—¡Colleen! La señorita Hollingsworth necesita que cuides a las niñas por un rato.

Julia no se quedó lo suficiente como para escuchar las quejas de la criada, Colleen, la que había tardado más en aceptarla, y solo se detuvo para agarrar un taburete de la cocina y un puñado de trapos del cubo que había junto a la puerta.

Todo saldría bien, pues los perros tenían un instinto increíble en aquellas situaciones, si bien era cierto que su padre siempre estaba con los animales cuando llegaba la hora de un parto.

—Nueve de cada diez veces, todo sale perfecto —le había dicho la primera vez que le permitieron ver un parto—. Pero quiero estar pendiente por si no es así.

El primer parto que presenció había sido la excepción. La perrita había empezado a convulsionar después de que naciera el tercer cachorro, y su padre le había encargado que rompiera la bolsa del cachorro mientras él intentaba sacar a los demás. Al final, perdieron a la madre y a dos de los cachorros. Julia había llorado durante horas, pero luego ayudó a su padre a alimentar al resto de los perros hasta que encontraron a la perra de un granjero con una camada de dos semanas que pudo hacerse cargo de ellos.

Su padre la había ayudado a asimilar lo sucedido y, en el siguiente parto, le había rogado asistir de nuevo. Sus padres habían discutido, pero, al final, su padre había convencido a su madre: si su hija se sentía capaz, no debían tomar la decisión por ella.

Aquel parto había transcurrido sin problemas, al igual que media docena de partos posteriores, pero, cuando otro parto fue mal, le ayudó con calma, frotando al último cachorro durante quince minutos, ya que la madre estaba demasiado agotada para reanimarlo. Esa fue la última camada que tuvieron antes de que su padre enfermara, y el cachorro que Julia había mantenido con vida fue vendido junto con el resto de los perros después de que este muriera, a pesar de que había rogado a su madre que conservaran al menos uno.

Mermelada estaba de nuevo en la esquina del patio cuando regresó. Entró y le susurró palabras de ánimo mientras se acercaba, atenta a cualquier señal por si la perra no la quería cerca. La perra golpeó el suelo con la cola varias veces, pero no intentó levantarse. Tranquilizó a la collie durante unos minutos y luego salió para echar un vistazo por el cobertizo situado entre el corral de *Mermelada* y el de *Queenie*. Esta última también daría a luz dentro de unas semanas.

Dentro del cobertizo encontró una pila de viejos sacos de grano y unas tablas largas con clavos en los extremos que podrían servir para los laterales de un paritorio. Había puertas a ambos lados del cobertizo que, según supuso, permitían el acceso controlado a cada corral, así que giró el pestillo y entró al de *Mermelada* antes de montar cama para el parto, de unos dos metros cuadrados, dentro del cobertizo.

Aunque aquel día no hacía demasiado frío, la pequeña estufa de hierro del rincón estaba encendida. En el cobertizo el aire estaba cargado y las gotas de sudor le recorrían la cara y la espalda tras acabar de colocar los sacos de grano al fondo. Colocó la manta más grande sobre los sacos y volvió al corral para animar a *Mermelada* a que entrase en el cobertizo.

La perra no quería moverse de donde estaba, pero insistió hasta que accedió, siguiéndola hasta la puerta. No podía entender por qué no habían preparado el cobertizo mucho antes. Más o menos ya sabían cuándo se produciría el parto.

La collie acababa de desplomarse dentro de cama cuando el primer cachorro nació.

—¡Bien hecho, *Mermelada*! —la animó Julia en voz baja para que no se pusiera nerviosa.

Mermelada apoyó la cabeza en lugar de atender al cachorro, así que Julia utilizó uno de los trapos que había traído de la cocina para levantar al pequeño y acercarlo a la cabeza de la madre.

—Vamos —dijo Julia, ansiosa de que los instintos de la perra entraran en acción—. Sabes qué hacer.

Mermelada se quedó mirando al cachorro que tenía delante un momento antes de inclinarse hacia delante, olfatearlo y luego lamerlo. Julia sonrió cuando la bolsa se abrió y el cachorro se retorció lleno de vida.

La collie se echó hacia atrás y la miró como si quisiera confirmar que eso era normal.

—Tienes un talento natural —susurró Julia. *Mermelada* comenzó a lamer al cachorro con más intensidad. Ella le acarició la oreja unos instantes antes de agarrar el taburete de fuera y llevarlo al cobertizo. Quería vigilar cómo iba todo sin distraer a *Mermelada* de la tarea que tenía por delante. Abrió la puerta del cobertizo para que corriera un poco el aire, aunque aquello no sirvió para aliviar el calor creciente tanto como le hubiera gustado.

Tuvo que acercarle también el segundo cachorro, como había hecho con el primero, pero, para el tercero, la madre pareció darse cuenta de lo que tenía que hacer. El sexto cachorro acababa de nacer cuando oyó unos pasos corriendo fuera del cobertizo segundos antes de que el señor Mayfield atravesara el vano de la puerta con un fuerte resoplido que le agitó el pelo alrededor de las orejas.

El hombre no llevaba ni sombrero ni abrigo, y Julia se fijó en su pelo despeinado mientras él no quitaba ojo de *Mermelada* y sus cachorros recién nacidos. Entonces, dirigió sus grandes ojos hacia ella, que olvidó los nervios que sentía en su presencia.

—Todo ha ido bien, señor Mayfield.

Intentó recogerse el pelo que se le había escapado del moño, para arreglar aquel desaliño.

—Seis cachorros hasta ahora.

—¡Seis!

Todavía respiraba con dificultad. Volvió a mirar a los cachorros y luego la miró a ella como si aún no entendiera lo que estaba pasando.

—¿Has asistido a un parto antes?

Julia no pudo evitar sentir orgullo como reacción a su sorpresa.

—Varias veces, señor Mayfield. *Mermelada* necesitó un poco de ayuda al principio, pero ahora todo va bien.

—Si no hubieras estado aquí... —Hizo una pausa para recuperar el aliento y su atención se centró de nuevo en la collie.

—Estoy aquí —dijo con coraje—. No hay necesidad de preocuparse.

El hombre observó el pequeño espacio que la institutriz había acondicionado a la perfección a pesar del poco tiempo del que había dispuesto. Otra oleada de orgullo la recorrió.

—Según mis gráficos —dijo el señor Mayfield—, no salía de cuentas hasta el día 17.

Mermelada se movió y gimió al oír su voz, intentando volverse para verle y sin hacer caso del cachorro más reciente.

—La está poniendo nerviosa —dijo Julia, levantando la mano para indicarle que bajara la voz y respirara más despacio—. Concéntrese en mantener la calma, pues ella debe esforzarse en parir y no en controlar su ansiedad.

Casi se atragantó con las últimas palabras. ¿Le estaba dando consejos acerca de cómo cuidar de su animal? Las mejillas se le pusieron coloradas de vergüenza. El hombre apenas le había hablado desde que había llegado a su casa… ¿y ahora ella le daba órdenes?

—Sí, claro, por supuesto.

Dio un paso atrás, pero siguió concentrado en la perrita.

Julia evitó mirarlo, esperando que en cualquier momento se sintiera ofendido por su descaro. Acercó el sexto cachorro a la perra y percibió un desgarro en el dobladillo del vestido que probablemente se había producido al arrastrarse a través de la entrada para perros. Por suerte, el señor Mayfield no había regresado a tiempo para presenciarlo.

Mermelada se calmó y se concentró en el recién nacido. Al cabo de unos minutos, Julia oyó el crujido del suelo detrás de ella y, aunque el señor Mayfield se había adelantado, alguien más estaba a la puerta del cobertizo. Se levantó lentamente y salió de allí, topándose con su empleador a mitad de camino y poniéndole una mano en el brazo. Él la miró sorprendido y ella lo soltó.

—Marjorie —susurró como explicación, y luego asintió por encima de su hombro. Él parecía confundido, pero luego se volvió para ver a su hija asomando por la puerta.

—Marjorie, vuelve a casa —le espetó.

—Señor. —Julia se quedó sin palabras.

El señor Mayfield se volvió hacia ella y enarcó las cejas. Los recuerdos de su padre se arremolinaron en su mente y no pudo contener las palabras.

—¿*Mermelada* no es de Marjorie?

La niña se había escabullido de alguna manera de la atención de la criada.

—¿Cree que debo permitir que mi hija vea esto?

Sonaba sorprendido, y ligeramente nervioso, como recordando que a Julia la habían expuesto al mundo natural de una forma impropia para la hija de un caballero. La mayoría de las jóvenes de alta cuna desconocían todo lo relativo a la cópula y el nacimiento, algo que a Julia le parecía ridículo, y más teniendo en cuenta que eran los cuerpos de las hembras los que obraban el milagro. No obstante, poco importaba lo que ella pensara.

—Mis disculpas.

Fijó la mirada en el suelo del cobertizo y rodeó al señor Mayfield, avergonzada por haber hablado de más. Aunque había disfrutado cada instante de su tiempo con *Mermelada* y sus preciosos cachorrillos, no podía permitirse el lujo de olvidar que su responsabilidad era cuidar de las niñas.

—La llevaré de vuelta adentro, señor Mayfield.

—Sí, eso sería lo mejor.

Marjorie levantó una mirada suplicante cuando Julia cerró la puerta del cobertizo tras ella y le tendió la mano. La niña la tomó con un suspiro y se alejó del patio de los perros.

—Solo quería ver a mis cachorros.

—Vendremos a ver a *Mermelada* y a los nuevos cachorros cuando tu padre lo permita, pero no deberías haberte escapado.

Marjorie frunció el ceño.

—Estábamos jugando al escondite.

—Pues no es que esté muy bien escaparse durante la ronda de juego. Cuando Colleen te cuida, está ocupando mi lugar y merece tu respeto. Deberás disculparte con ella.

Marjorie asintió, y Julia sonrió mientras le apretaba suavemente la mano. Era la primera vez que tenía que comportarse con severidad con una de las niñas. La pequeña debía entender los límites que no podía cruzar sin que eso las distanciara.

—Ahora mismo, los cachorros están sucios y no hacen nada divertido, así que da igual. Mañana será mejor, cuando *Mermelada* los haya limpiado un poco.

—¿Por qué están sucios?

—Bueno, eso no importa.

Abrió la verja y acompañó a la niña a través antes de cerrarla tras ellas.

Colleen estaba buscando a Marjorie, desesperada, cuando entraron en la cocina. La criada entrecerró los ojos y dejó escapar un suspiro. Entonces, la niña se disculpó y la criada lo aceptó, con gesto agotado.

—Gracias, Colleen —dijo Julia.

La mujer se volvió sin decir nada, y la joven anotó mentalmente que no volvería a pedirle ayuda si podía evitarlo.

Dejó la puerta abierta entre su habitación y el cuarto de las niñas mientras se refrescaba, escuchando a Marjorie leer a Leah. Era difícil concentrarse en sus lecciones después de los acontecimientos de la tarde, así que decidió alargar y adelantar la hora que dedicaban al silencio. Todas necesitaban tiempo para relajarse.

Las niñas jugaban en un rincón con juguetes y libros mientras Julia se dedicaba a ordenar el resto de la habitación infantil. Era increíble ver lo capaces que eran dos niñas pequeñas de introducir el caos en un espacio en tan poco tiempo.

Estaba empujando los bancos bajo la mesa de trabajo cuando vio una carta en la mesita colocada junto a la puerta. Se acercó a la carta y la recogió. El pecho se le encogió al reconocer en ella la letra de su madre en el anverso. Un fuerte sentimiento de culpa la asaltó. Le había prometido que le escribiría una vez se hubiera mudado, pero había retrasado el momento una docena de veces. El día anterior, domingo de Pascua, había tenido mucho tiempo y no tenía excusas, pero no se había decidido a utilizar su pluma. Vaya hija era…

MIró hacia las ventanas donde la brillante luz del sol parecía haberse atenuado junto con su estado de ánimo, pensando en que le gustaría ser capaz de fingir que la carta no había llegado. Pero ahí estaba. Evitó leerla durante unos minutos más mientras terminaba de ordenar y luego se acomodó en la mecedora junto a las ventanas del este, tomó aire y desdobló el papel.

Querida Julia:

No voy a fingir que no se me rompió el corazón cuando encontré tu carta, pero supongo que debes tomar tus propias decisiones. Espero que el nuevo puesto suponga todo lo que deseabas, pero me preocupa mucho tu seguridad. Espero que sepas que siempre serás bienvenida en casa. Escribe pronto y cuéntame más detalles sobre el puesto. Me alegro de que no esté tan lejos. Rezaré por ti.

Con amor:
Tu madre

Julia respiró más tranquila al ver que su madre no parecía enfadada ni le exigía volver a casa. Incluso parecía entender las razones que tenía para marcharse como lo había hecho. ¿Habrían cruzado por fin la línea que separaba a una madre de una hija y podrían crear un espacio donde existir como dos mujeres con sus vidas independientes? Volvió a leer la carta antes de dirigirse al escritorio para escribir su respuesta.

«Querida mamá…». Sonrió para sí mientras le escribía para contarle cómo le había ido la primera semana. Tal vez había subestimado a su madre. ¿No sería maravilloso que esto fuera el comienzo de una relación mejor entre ellas?

Capítulo 12

JULIA

—¿Cuándo podré ver a los cachorros? —preguntó Marjorie deslizándose bajo las sábanas por la noche. Julia contenía la emoción tanto como ella, pero trataba de no demostrarlo.

—Espero que mañana los veamos —respondió, apartando el pelo de la frente de la niña. Su madre debía de tener esos mismos ojos de color chocolate derretido, ya que los del señor Mayfield eran verdes, como los de Leah. Miró hacia el otro lado de la cama que compartían las niñas y sonrió. Leah se había quedado dormida antes de que terminara el primer cuento. Todas las velas, excepto una, se habían apagado, de modo que lo único que podía ver era a las niñas y la cama.

—¿Cuándo mañana? —la presionó Marjorie.

—Tal vez después del desayuno, y podemos pedirle una salchicha a la cocinera para dársela a *Mermelada* como regalo.

Tendría que preguntarle al señor Mayfield cuándo podrían visitar a los perros, y la idea la ponía nerviosa. Era un hombre imponente y sentía que se había comportado de un modo excesivamente audaz durante el parto de la perrita. Sin embargo, él había sido tan obediente y servicial... Había sido una interacción extraña, y no estaba segura de cómo manejarla. ¿Debía disculparse o fingir que no había pasado nada?

—¿Por qué papá no me deja verlos hoy?

—*Mermelada* necesita descansar para ocuparse de sus cachorros. Las niñas bonitas que hacen demasiadas preguntas pueden distraerla de una tarea tan importante.

Julia le dio un golpecito en la nariz, pero la niña no sonrió. De hecho, estaba pensativa y con la frente arrugada.

—¿Cómo llegaron los cachorros a la barriga de *Mermelada*?

Julia reprimió una sonrisa, recordando su propia confusión cuando era niña. Parecía que nadie se lo preguntaba hasta que presenciaba un nacimiento, y entonces las preguntas llegaban más rápido que las respuestas. Sin embargo, su padre había contestado sus preguntas. No fue hasta que su madre se enteró cuando aprendió que había que avergonzarse de saber aquello y desde luego nunca hablar de ello.

—Esa es una pregunta que tu padre responderá cuando crea que estás preparada. Por ahora, maravíllate con el milagro que *Mermelada* nos ha enseñado hoy.

Insatisfecha, pero dispuesta a dejarlo pasar, Marjorie se dejó caer en la almohada. Julia le plantó un beso en la frente, luego se levantó y se volvió, sobresaltándose al ver al señor Mayfield apoyado en el marco de la puerta. Julia se llevó volando una mano al pecho y retrocedió un paso, pero las mejillas se le encendieron al instante. El señor Mayfield estaba iluminado por la luz del vestíbulo y tenía los brazos cruzados sobre el pecho, lo que hacía que pareciera que tenía los hombros más anchos de lo que recordaba, como si fueran los de un obrero.

El hombre movió los ojos de su cara a la cama de las niñas mientras avanzaba. Al pasar junto a ella, asintió. Julia salió de la habitación y miró hacia atrás lo suficiente como para verlo arrodillado junto a la cama. El corazón le dio un vuelco en el pecho al recordar cómo su padre venía a arroparla por las noches… El día de hoy había estado repleto de recuerdos muy nítidos de su padre y le había dejado una sensación agridulce.

Bajó por la escalera de los criados hasta las dependencias del primer piso, donde la cocinera siempre le dejaba un plato de cena. Había comido con las niñas a las cinco, pero había sido algo ligero y, aunque tenía más ganas de ver cómo estaba *Mermelada* que de comer, sentía que ya se había excedido demasiado hoy.

La sala de servicio consistía en una gran habitación junto a la cocina. En uno de los extremos había una serie de sillas dispuestas alrededor de la chimenea, mientras que en el otro lado de la habitación había una mesa con bancos. Algunos miembros del personal estaban sentados junto al fuego, hablando, leyendo o cosiendo. Unos cuantos le sonrieron o asintieron al pasar. Colleen se apartó del grupo, levantándose, con un cesto de costura en la mano, y se alejó como si quisiera evidenciar algo. Todos la observaron y luego la miraron a ella. Estaba claro que la aversión de la criada hacia la nueva institutriz no era un secreto. Trató de hacer como que no se daba cuenta, pero aquella reacción de la criada la avergonzaba.

Sentada a la mesa del comedor, quitó el paño que cubría su comida, que consistía en una loncha de jamón, puré de nabo y un cuarto de pan, que por cierto, estaba muy lejos de parecerse al que horneaba su madre.

Había terminado con la mitad de su plato cuando la señora Allen dobló la esquina del salón principal. Se detuvo un momento, la vio y se acercó a ella.

—Oh, qué bien, no he tenido que buscarla, señorita Hollingsworth.

La señora Allen seguía llevando puesto su vestido color carbón, una versión del que usaba todos los días, y el cabello gris enredado en la base del cuello. Julia se limpió la boca con la servilleta y se puso de pie cuando la mujer llegó a la cabecera de la mesa.

—El señor Mayfield solicita que se reúna con él en el patio de los perros.

Aquella petición la sorprendió agradablemente.

—Sí, señora. Gracias.

Sin embargo, cuando se apartó de la mesa, una oleada de preocupación la invadió. ¿Y si había habido complicaciones con los cachorros? Seguramente se lo habría dicho cuando se había cruzado en la habitación de las niñas, pero no conocía al hombre lo suficientemente bien como para estar segura. Por lo que sabía, parecía tranquilo al darle las buenas noches a Marjorie, pero quizá se debiera a que estaba enfadado con ella. Si así lo decidía, acabaría en la calle antes de que finalizara el día.

—Espero que *Mermelada* esté bien —dijo la señora Allen, con cara de preocupación—. Si me necesita, estaré en mi oficina terminando el registro diario.

Ojalá se hubiera echado un chal para salir fuera, era de noche y hacía fresco, pero le preocupaba hacer esperar al señor Mayfield. Con la ansiedad que sentía se mantendría desde luego lo suficientemente acalorada como para no echar de menos el chal.

El señor Mayfield estaba en el cobertizo con la puerta abierta, sentado en el taburete que Julia había utilizado durante el parto, aunque lo había acercado a la puerta. No se atrevió a entrar sin invitación.

—La señora Allen dijo que quería verme, señor Mayfield.

—Sí, por favor, pase. —No se volvió a mirarla al hablar.

Tragó saliva y entró en el cobertizo. Lo tenía tan cerca que pudo percibir su olor, que no era del todo desagradable. Pero tampoco le molestaba el olor del lugar, así que quizá el problema lo tenía ella. En cuanto pasó junto a él, centró la mirada en la cama que había preparado para la perra durante el parto. Había una linterna que colgaba del gancho y mostraba a *Mermelada* descansando de lado, con una camada de cachorros blancos y negros retorciéndose y luchando por mamar. Sonrió al contemplar aquellos pequeños milagros.

—Han sobrevivido todos —comentó el señor Mayfield detrás de ella—. *Mermelada* lo ha hecho muy bien.

Julia no detectó enfado en su voz y respiró más tranquila.

—Me alegro mucho. ¿Puedo acariciarla? —Le devolvió la mirada, y él la sostuvo un momento con una expresión que ella no pudo leer antes de volver a mirar al animal.

—Si se deja…

Se acercó a *Mermelada* y se puso en cuclillas para poder frotarle la cabeza, con cautela al principio, pues algunas madres se inquietan cuando los humanos se acercan demasiado a sus cachorros, pero *Mermelada* se acurrucó en su mano, mientras le hablaba con voz suave, casi reverente.

—Bien hecho, *Mermelada*. Lo has conseguido.

Contó los cachorros, ocho en total. Solo dos más habían nacido después de que ella regresara a la casa con Marjorie.

—Llegaron temprano —dijo el señor Mayfield.

—Las primeras camadas son imprevisibles —dijo, queriendo acariciar a todos los cachorros a la vez—. Los cachorros están muy bien.

Uno de ellos era más pequeño que los demás y, tras moverse lentamente para asegurarse de que a *Mermelada* no le importaba, se lo acercó a la cabeza, donde recibiría más atención. A continuación, desplazó al resto para que estuvieran más repartidos.

—*Queenie* ha tenido dos camadas desde que la adquirí, ambas en el día previsto.

El señor Mayfield se inclinó hacia delante en el taburete, con los codos apoyados en las rodillas. Parecía cómodo y guapo, aunque apartó la mirada en cuanto se dio cuenta de lo que estaba pensando y trató de dejarlo de hacer.

—La mejor perra de mi padre, *Guinness,* daba a luz cuatro o cinco días antes.

—¿Y eso no le preocupaba?

Julia negó con la cabeza, encantada de ser capaz de responder a sus preguntas.

—Mientras los cachorros estuvieran sanos, no se preocupaba, pero llevaba un diario de partos, además de su propio libro genealógico. Con el tiempo, podía predecir cuándo una madre daría a luz con una precisión aterradora. Una vez se saltó la iglesia porque estaba seguro de que una perra daría a luz antes del mediodía. Parecía que siempre se ponían de parto por las mañanas, y sus partos eran rápidos. Cuando volvimos de la misa, había cinco cachorros esperándonos.

—Extraordinario.

—Sí, lo fue.

El señor Mayfield permaneció en silencio durante varios segundos, observándola, lo que hizo que, de repente, se sintiera al descubierto, así que apartó la mirada.

—¿Su padre tenía una cama para los partos similar a esta?

Julia se sentó y tuvo cuidado de cubrirse los tobillos mientras se ajustaba la falda.

—Mi padre era poco convencional. Las madres siempre parían en una habitación trasera que teníamos en casa.

Siguió rascando la cabeza de la perra, pero vio de reojo que él levantaba las cejas.

—¿Dentro de la casa?

Se sintió como una pueblerina y se centró en los cachorros para que él no viera que aquello la avergonzaba.

—Mi padre era un hombre trabajador y no quería arriesgarse a que las perras se quedaran solas durante el nacimiento de los cachorros. Se sentía especialmente orgulloso de que la mayoría de ellos sobrevivieran al parto gracias a la atención que recibían, algo desde luego difícil de negar. —Miró a su alrededor en el cobertizo—. Este lugar, sin embargo, está perfectamente acondicionado para cumplir su función.

El señor Mayfield asintió distraído y se pasó una mano por el pelo.

—Le agradezco que haya preparado el cobertizo y a *Mermelada*, aunque le pido disculpas porque haya tenido que hacerlo.

Eso le recordó algo:

—¿Tengo entendido que Gregory va a ser reemplazado?

El señor Mayfield tensó la mandíbula.

—Sí. Hoy he estado en la ciudad para buscar otro adiestrador.

—Ah —dijo en lugar de hacer más preguntas.

La cocinera le había dicho que el amo no toleraba comportamientos poco éticos. Sin embargo, no sabía muy bien cuáles eran esos comportamientos, aunque debía de haber sido algo muy grave lo que Gregory hubiera hecho, y más esperando de manera inminente la llegada de dos camadas. *Queenie* tendría la suya dentro de unas semanas.

Miró a su alrededor, pero entonces recordó que el cepillo para perros estaba en el corral de fuera. La nueva madre se merecía un poco de mimo.

—¿Puedo traer el cepillo de *Mermelada*? La he estado cepillando por las mañanas, cuando vengo a verla, y me gustaría seguir haciéndolo esta noche.

—¿La ha cepillado?

—Oh, ¿debería haberle pedido permiso?

—No, ni mucho menos. Solo me sorprende no haberme dado cuenta. —Parecía un poco decepcionado consigo mismo—. Lo traeré.

Cuando se fue, tomó aire y lo soltó lentamente, aunque seguía teniendo el corazón acelerado. ¿Se sentiría alguna vez cómoda con aquel hombre?

Volvió, con el cepillo en la mano, y se acercó a ella, todavía sentada junto a *Mermelada*. Cuando cruzó el cobertizo, la perra levantó la cabeza y echó el hocico hacia delante, gruñendo por lo bajo. Julia se sobresaltó, pero le puso la mano en la cabeza.

—No pasa nada, *Mermelada* —la tranquilizó, acariciándola hasta que volvió a tumbarse, sin quitarle ojo al señor Mayfield. Se dio cuenta de que este había dado un paso atrás y parecía preocupado por la reacción agresiva del animal.

—Está agotada, eso es todo.

—No me ha dejado acercarme a ella desde que usted se fue. Incluso me mordió.

—Oh.

No sabía qué decir. Se levantó y cruzó la pequeña habitación hacia él, quien le tendió el cepillo por las cerdas para que pudiera agarrar el mango. *Mermelada* seguía mirando fijamente al señor Mayfield, tensa.

—Sin embargo, responde muy bien a su presencia —comentó, como si el rechazo de *Mermelada* fuera un fallo personal.

—Solo hace unos meses que la tiene —le recordó Julia, cambiando el peso de un pie a otro. Resultaba extraño tranquilizar a un hombre, ya fuera su jefe o no, y que hubieran intercambiado más palabras en esos minutos que en más de una semana.

—Mi padre siempre decía que las madres primerizas responden mejor a las mujeres. —Se encogió de hombros, avergonzada de ponerse por encima del señor Mayfield de alguna manera.

Ella le había dicho en aquella primera entrevista que su padre pensaba que tenía un don con los perros. Se había arrepentido de haberlo dicho y no iba a repetirlo, pero seguía creyendo que era cierto, pues solía generar mucha tranquilidad en los perros, que siempre buscaban su atención y la obedecían.

Volvió al lado de *Mermelada* y empezó a cepillarle la cabeza y las patas delanteras. La perra se relajó, y los cachorros empezaron a tranquilizarse.

—Haré que Jacob atice el fuego en la estufa para que se mantengan calientes durante la noche —dijo el señor Mayfield.

—Es muy buena idea.

Se marchó y ella siguió cepillando a *Mermelada*. En un momento dado, la perra se tumbó sobre el lomo, dispersando a los cachorros. Se rio al tiempo que ayudaba a la madre para que encontrase una posición mejor y volvió a colocar a los cachorros.

Cuando llegó Jacob y preguntó cómo había ido todo durante el nacimiento. Ella le explicó lo sucedido, tratando de no darse importancia, aunque estaba orgullosa de su papel.

—Maravilloso —dijo, sonriéndole—. Estoy seguro de que el señor Mayfield habrá apreciado mucho su ayuda.

Sintió que las mejillas se le arrebolaban.

—Gracias.

Después de que Jacob se ocupara de su tarea y se marchara, ella ajustó el regulador de tiro para evitar que el cobertizo se calentara demasiado. Después de quedarse todo el tiempo que pudo, aunque se hubiera quedado mucho más de no haber sido porque el resto de la gente de la casa pensaría que era una especie de adicta a los perros, dio las buenas noches a la perra y salió, llevándose la linterna. Cerró la puerta y se volvió para encontrarse al señor Mayfield apoyado en la pared de fuera del cobertizo. Retrocedió un paso.

El hombre le quitó la linterna de la mano sin decir nada, se dio la vuelta y se dirigió hacia la casa. Julia caminó a una distancia apropiada detrás de él, pero, una vez que salieron del patio, se dio cuenta de que él iba a paso más lento. ¿Estaba enfadado con ella? ¿Quería que lo alcanzara?

—Le habla a *Mermelada* como si pudiera entenderla —comentó el señor Mayfield cuando ya estaba casi a su lado.

—Claro que puede —dijo—. O, al menos, puede entender el tono de voz. Hablar con calma es el primer paso para tener a un perro tranquilo.

Dieron unos pasos más en silencio.

—¿Qué edad tenía cuando vio su primer parto?

—Seis años.

—¡Seis años! —Por la forma en que lo dijo, parecía sorprendido, y quizá no en el buen sentido—. ¿No le resultó perturbador?

Ella tragó saliva, sintiendo cómo disminuía su confianza de nuevo.

—Bueno, sí, pero porque la madre tuvo una crisis y tanto ella como dos cachorros no sobrevivieron. Tuve que ayudar a mi padre, tuvimos mucho trabajo.

—Cielo santo.

—No me arrepiento —se precipitó a decir, volviéndose hacia él para que sintiera que lo decía con sinceridad—. Fue difícil, pero no me traumatizó. Mi padre me ayudó a asimilar la muerte de la perra y los cachorrillos. Desde esa vez, el resto de nacimientos que he presenciado me han parecido bastante fáciles en comparación.

Se quedó callado otro poco.

—¿En cuántos nacimientos ha participado?

—Una docena, más o menos, aunque han pasado años.

Asintió, pensativo.

—¿No le parece que da lugar a cuestiones delicadas?

—Desde luego. —Se aseguró de que mantener un tono de voz tranquilo, pues, aunque no le avergonzaba tener aquellos conocimientos acerca del nacimiento de los perros, hablar de ello era diferente—. Mi padre respondió a mis preguntas conforme a mi edad.

—Comprendo.

Continuaron en silencio hasta llegar a la puerta de la cocina. Cuando él se detuvo, ella hizo lo propio.

—Le agradezco su ayuda hoy, señorita Julia.

—Me alegra mucho haber podido ayudar, aunque *Mermelada* es lista. —No se había dado cuenta de lo mucho que buscaba que se lo agradeciera y que la valorase hasta ese momento—. Cuidar de los perros de mi padre ha sido una de las cosas que más me ha gustado en la vida y todavía hoy guardo recuerdos maravillosos de aquello.

—Falleció cuando era joven. —No era una pregunta, se lo había dicho cuando se conocieron en el escobero del despacho del señor Hastings.

—Tenía trece años —dijo Julia, cayendo en la cuenta de que su padre había estado fuera de su vida más tiempo que en ella—. He interactuado poco con perros desde entonces.

El señor Mayfield le dirigió una mirada pensativa.

—Nunca había conocido a una mujer interesada en la cría de perros.

Ella volvió la cabeza para sonreírle.

—Bueno, yo tampoco.

La más leve de las sonrisas se dibujó en la comisura de la boca del hombre, algo que a Julia le hizo sentir orgullosa, había conseguido que sonriera.

—Si necesita mi ayuda, cuente con ella. Buenas noches, señor Mayfield. Felicidades por tan excelente camada.

Se acercó a la puerta.

—He encontrado a alguien para ayudar con los perros —se apresuró a decir y, cuando ella se volvió, él hombre estaba mirando al suelo, alisando la tierra con el zapato—. Empezará el viernes, y espero que pueda hacerse cargo de todos los cuidados para finales de la semana que viene, aunque no tiene la experiencia que me hubiera gustado.

¿Por qué le decía esto? A ella le daba igual, aunque se alegraba, pero aquello no encajaba con el carácter del hombre que había conocido hasta ahora. Bueno, en realidad no lo conocía, ni mucho menos.

—Me alegro de que haya conseguido contratar a un sustituto.

Levantó la vista, pero no dijo. Pasaron unos segundos incómodos. Luego se aclaró la garganta y dijo rápidamente:

—¿Estaría dispuesta a ayudarme con *Mermelada*? Puedo arreglármelas para cuidar a los otros perros con algo de ayuda del mozo de cuadra hasta que empiece el nuevo adiestrador, pero deseo que la perra esté cómoda, y conmigo no lo está. Tal vez podría ayudarme con lo básico: comida, agua y cepillado, y comprobar la salud de la camada un par de veces al día. Hacia finales de semana ya no hará falta que sean tantas veces.

Abrió la boca para decir que le encantaría ser de ayuda, pero se detuvo. Pensó un momento y, tras unos segundos, se alegró de haberse contenido y no haber respondido de buenas a primeras.

—¿Podrán ayudarme las niñas? —No se estremeció de manera visible, pero sí por dentro—. Les encanta pasar tiempo con los perros y parecen entusiasmadas por participar. Además, me resultaría incómodo dejarlas solas mientras estoy con *Mermelada*.

Probablemente tendría que pedirle a Colleen que las cuidara mientras, y sabía que la criada no se lo tomaría bien. El señor Mayfield sopesó su petición durante tanto tiempo que estuvo a punto de retirarla, pero entonces habló:

—No quiero que se dediquen a tareas demasiado «delicadas». —Es decir, no quería que recibieran la misma educación que Julia había recibido cuando era joven.

—Por supuesto.

—Entonces, sí, no hay problema. Y gracias. Si es tan amable de encontrarse conmigo en el patio a las ocho de la mañana, le mostraré lo que necesita saber.

—Sí, señor. —Asintió con la cabeza y él se adelantó para abrirle la puerta.

Ella sonrió, tímida ante la cortesía que él le ofrecía, pero él le devolvió la sonrisa. Sus ojos se conectaron al pasar por la puerta y, al darse cuenta, ella apartó la mirada. Él entró detrás de ella, cerró la puerta y se dirigió a sus habitaciones.

Le observó marcharse antes de ceder a la alegría que la desbordaba. Le había pedido que ayudara con los nuevos cachorros y le había dado permiso para que las niñas participaran. Si fuera de las que bailan, danzaría de camino a su habitación y, aunque no era así, tenía muchas ganas de bailar.

—Será mejor que tengas cuidado.

Levantó la vista y se topó con Colleen de pie, entre las sombras del pasillo que conducía a las habitaciones del servicio.

—¿Perdón? —preguntó Julia, tragándose la alegría.

—El señor Mayfield te despedirá a la mínima.

—¿A la mínima? —Frunció el ceño. ¿A la mínima por qué?

—No tolera el coqueteo entre el personal y no aceptará que alguien como tú coquetee con él.

¿Coquetear con él? La cara se le puso roja como la grana, como si fuera culpable de algo.

—Puedo asegurarte que no tengo tales intenciones, Colleen. Estoy aquí para cuidar de Leah y Marjorie, y el señor solamente me ha pedido que ayude con la nueva camada.

La criada entrecerró los ojos, rígida, con la mirada brillante.

—Solo te contrató porque las otras no funcionaron. No hay otra razón.

¿Las otras?

—No sé de qué estás hablando —dijo Julia, confundida y ofendida.

—La institutriz anterior trató mal a Leah, y la segunda ya tenía otro trabajo. Incluso trató de contratar a una mujer de la iglesia, pero esta partirá para Londres el mes que viene, por un empleo allí. No quedaba nadie más que tú.

Julia tragó saliva, le dolía comprobar que su sospecha había resultado ser cierta. Sin embargo, no supo qué decir. No estaba acostumbrada a que la odiaran.

—Será mejor que tengas cuidado —dijo Colleen de nuevo antes de desaparecer.

Julia repasó las palabras de la criada mientras tomaba la escalera de servicio hacia el tercer piso. ¿Acaso aquella criada pensaba que tenía planes de seducir al señor Mayfield, su jefe? ¿Es que el hombre ya tenía experiencia en relacionarse de manera indebida con el personal y aquello era una advertencia? No era tan ingenua como para creer que ese tipo de relaciones no se daban en casas aristocráticas, pero lo cierto era que ella nunca había vivido nada parecido. Los amos siempre habían sido educados y se habían comportado de manera adecuada con ella.

En su habitacioncita, situada junto a la de las niñas, solo había espacio para una cama estrecha, un armario desparejado y un tocador con lavabo. Tuvo que ponerse de pie para soltarse el pelo y luego se lavó la cara a la luz de la lámpara de aceite. Se deslizó bajo las sábanas limpias y cerró los ojos para no pensar en lo que Colleen le había dicho, aunque sabía que durante las próximas horas repasaría todas las veces que había estado con el señor Mayfield para asegurarse de que nada de lo que había hecho o dicho fuera malinterpretado por nadie.

Capítulo 13

PETER

—Tío Elliott —saludó al entrar en el salón, ajustándose el atuendo. Se había cambiado el abrigo y las botas para estar presentable ante la inesperada visita de su tío. Este le había enviado un mensaje, pero no lo había leído hasta después de haber sacado a pasear a los perros bajo la lluvia aquella mañana. No habían vuelto a hablar desde aquella incómoda despedida en el estudio hacía ya casi un mes. Sin embargo, no guardaba rencor a su tío por aquello y quería volver a verlo.

—Es un placer verte. ¿Qué te trae a Elsing?

—Estaba por la zona y pensé en visitarte para ver qué tal va todo.

Se dieron la mano y al hacerlo se dio cuenta de que estaba algo nervioso. Sin embargo, no dejaría que nada se interpusiera entre ellos.

—Debería haberte enviado una carta antes asegurándote que, aunque salí de tu despacho muy airado, ya no me siento ofendido. Sé que al organizar todo esto estás siendo muy generoso con cada uno de nosotros y no me cabe duda de tus buenas intenciones.

—Oh, te refieres a lo de los matrimonios.

Peter arrugó la frente. ¿A qué otra cosa iba a referirse?

—Debería haber traído tu carpeta desde Howardhouse —continuó su tío.

—No hace falta —dijo Peter tratando de mantener un tono amable—. No estoy interesado, pero ojalá mi hermano y mis primos sí lo estén.

—Ojalá —dijo el tío Elliott—. Espero que sepas que, si alguna vez cambias de parecer, solo tienes que pedírmelo y haré que te envíen tu carpeta de inmediato.

—Entonces, puedes estar tranquilo y guardarla. No la necesito. Para nada.

Se alegró de que pudieran hablar sin resentimientos, aunque aquello no dejaba de resultarle incómodo. Quería que los demás fueran felices, pero no creía en los matrimonios de conveniencia. ¿A qué mujer le motivaría saber que su marido recibiría dinero por casarse?

Lord Elliott se echó a reír, quizá demasiado fuerte, lo que aumentó sus sospechas acerca del motivo de su visita.

—¿Cómo van las cosas contigo y con las niñas? —le preguntó tras unos segundos de silencio incómodo.

—Todo va bien. Disfrutamos de la primavera y salgo con los perros casi a diario. La primera camada de collies llegó antes de lo previsto, pero todos los cachorros están bien.

—Me alegra saber que lo de los perros va viento en popa. ¿Y tu casa? ¿Funciona bien?

«¿Mi casa?».

—Sí —afirmó Peter, con cierta sospecha. ¿Le había preguntado antes por la marcha de su casa?

Su tío paseó el pulgar por el reposabrazos de satén y arrastró los pies sobre la alfombra antes de volver a establecer contacto visual.

—El mes pasado comentaste que estabas entrevistando a nuevas institutrices. ¿Has logrado cubrir el puesto?

—Ah, sí, he contratado una nueva. La señorita Hollingsworth. Lleva casi quince días cuidando de las niñas. Fue un poco complicado encontrar a alguien adecuado para el trabajo y mi primera elección fue un error, pero ya lo he resuelto.

—¿La primera no funcionó?

Asintió, sin querer discutir los detalles. Todavía le ardía el estómago cuando recordaba los moratones que le había hecho a Leah en el brazo.

—¿Y las niñas la han aceptado?

—Sí, y muy bien. Su padre criaba perros, lo que la hace idónea para la casa; incluso está ayudando con esta nueva camada.

Aunque al principio había dudado en si dejar a las niñas ayudar con los perros, por miedo a que su estatus o su reputación se vieran manchadas, las niñas le contaban por las noches lo contentas que estaban y su entusiasmo era contagioso. Gran parte de lo que contaban empezaba con : «La señorita Julia me enseñó a…», o «La señorita Julia dijo que si yo…».

Sonrió para sí al pensarlo.

—Qué suerte haber encontrado una mujer tan adecuada para su casa.

El interés del tío Elliot parecía algo forzado, pero la verdad era que no lograba ver adónde quería llegar. Entonces, cayó en la cuenta y se enderezó en su silla.

—Tío —empezó con cuidado—, si estás preguntando por mi nueva institutriz debido a ese proyecto tuyo de casamentero, será mejor que te vayas ahora mismo.

El hombre se apartó.

—¿Qué? No.

Aquella reacción tan sincera lo calmó un poco, pero seguía tenso y hablaba en un tono duro.

—Nunca me casaría con una empleada.

—Por supuesto que no —dijo el tío Elliott, y luego negó con la cabeza—. Mi visita de hoy no tiene absolutamente nada que ver con lo que estoy organizando. Además, para eso haría falta que fuera una persona apropiada. ¿Por qué demonios te pones a la defensiva?

Era una buena pregunta, y no sabía cómo responderla. La atracción inicial que había sentido por la señorita Julia en aquel escobero no era lo único que lo inquietaba. Aunque intentaba convencerse de que formaba parte de su masculinidad, temía que el hecho de relacionarse con ella más a menudo ahora que cuidaba de las niñas desembocara en una fantasía, como había temido al principio. Pero él no era como su padre.

La señora Allen trajo una bandeja de té, y ambos se sentaron mientras ella les servía el té. Se tomó el tiempo suficiente para relajar el cuello de manera consciente, así como los hombros. Cuando el ama de llaves hubo salido, miró a su tío.

—Si tu visita no está relacionada con esa campaña matrimonial que te traes entre manos, ¿por qué ese interés por mi casa?

El hombre tomó un respiro, luego un sorbo de té y un bocado del pastel de carne picada que tenía en el plato. Con movimientos prudentes, volvió a dejar la taza en el plato y la equilibró sobre la rodilla antes de mirar a su sobrino a los ojos.

—Me temo que tus sospechas pueden ser menos ofensivas que la verdad.

Otra vez se estaba poniendo tenso. El tío Elliott tomó otro sorbo de té y dejó escapar un suspiro.

—He recibido una visita de la señora Hollingsworth de Feltwell.

Peter permaneció inmóvil.

—¿Una visita? ¿Con qué propósito?

El tío Elliott movió su taza y el platillo hacia la bandeja, como si lo que tuviera que decir a continuación requiriera toda su atención.

—La señora Hollingsworth no tiene muy buena opinión de la familia Mayfield y le preocupa la reputación de su hija después de que uno de los Mayfield la haya contratado.

«Nunca me libraré de lo que hicieron mis padres».

Peter dejó su propia taza y se agarró a los brazos de la silla.

—Entonces la despediré antes del fin de semana.

Elliott se sobresaltó.

—Creo que es una conclusión precipitada, Peter.

—No seré la causa de la preocupación de nadie por la reputación de una hija.

Se levantó, negándose a reconocer su incomodidad, y en su lugar enumeró mentalmente lo que tenía que hacer, empezando por escribir otra carta al señor Hastings. Después, hablaría con la señora Allen sobre cómo organizarían el cuidado de las niñas hasta que se encontrara una nueva institutriz. Colleen había estado dispuesta a ayudar aquí y allá, pero era una criada, no una institutriz. ¿Podría Lydia venir provisionalmente como lo había hecho después de la salida de la señorita Lawrence? El corazón se le estaba poniendo a mil. ¿Por qué nada podía ser sencillo? No le apetecía nada que sus hijas sufrieran otro cambio.

—Siéntate, Peter.

Casi había olvidado que su tío estaba allí, pero obedeció.

Lord Elliott se inclinó hacia delante.

—Esto no tiene nada que ver contigo y no hace falta que te precipites. —Hizo una pausa, se sentó en su silla y dejó escapar un suspiro—. Me temo que los prejuicios de la señora Hollingsworth son en gran parte culpa mía.

—¿Cómo?

El hombre procedió a contarle una historia que nunca había oído. Aunque era consciente de que su tío se había ido a la India para ayudar financieramente a su familia después del fallecimiento de su padre, no sabía nada de que hubiera tenido intención de casarse antes de cargar con las deudas de la familia y tampoco que él mismo había sido concebido en aquella época.

—Cuando quedó claro que, en términos económicos, no estaba en condiciones de casarme y que su familia no aprobaría la unión tras conocer el escándalo de Teddy, la única opción que me quedó fue pedir paciencia a los acreedores de mi padre e irme a la India con la esperanza de salvar algún retazo de la vida que había dado por sentada durante tanto tiempo. No podía soportar volver a ver a Amelia, así que le escribí una carta y subí a ese barco rumbo a Bombay. Hice todo lo posible por dejarlo todo atrás. Cuando volví dos años después con los medios necesarios para pagar las deudas, ella se había casado con otro y se había convertido en madre. No tenía ninguna razón para pensar que hubiera renunciado a ninguna oportunidad por mí.

Su tío se encogió de hombros con un gesto de despreocupación que no le convenció lo más mínimo.

—Amelia mencionó los escándalos de nuestra familia, que sin duda son ciertos, como la razón principal de que no le guste que su hija tenga nada que ver con alguien de nuestro apellido, pero no me cabe la menor duda que, el modo en que la traté en el pasado ha sido la gota que ha colmado el vaso. Lo siento mucho. No te mereces que la forma en que manejé una relación cuando era joven te afecte a ti ahora. Sin embargo, no malinterpretes mis disculpas: aunque respeto sus prejuicios, no estoy seguro de que su actitud sea correcta.

Peter se quedó mirando la alfombra que los separaba mientras reflexionaba y digería todo aquello.

—Mi padre arruinó tu oportunidad de casarte. —Aunque, en su mente, quería decir: «Yo arruiné tu oportunidad». Cerró los ojos mientras una ola de ira le subía desde el estómago y le invadía todo el cuerpo—. Lo siento mucho, tío.

—No tienes la culpa y tampoco me arrepiento. Me enorgullece haber conseguido devolver la seguridad y el honor a nuestra familia, algo a lo que tú también has contribuido. Si no hubiera ocurrido nada, quizá también habría caído en desgracia. —Se encogió de hombros—. El pasado es el pasado.

No podía perdonar tan rápido a su padre ni a sí mismo, pero no discutió.

El tío Elliott continuó:

—Mi preocupación en este momento es por ti. No quiero que Amelia, la señora Hollingsworth, haga acusaciones contra ti o cuestione tu honor. Le dije que hablaría contigo, pero me gustaría encontrar una manera de convencerla de que sus temores no son razonables.

—Encontraré una nueva institutriz.

El hombre dejó escapar un suspiro colmado de frustración.

—Peter, eres un buen hombre, honorable, y parece que la señorita Hollingsworth es perfecta para tu casa. Encontremos una solución.

—No hay solución. Encontraré una sustituta.

Ya estaba redactando mentalmente una carta para el señor Hastings.

—No me expondré ni al más mínimo atisbo de escándalo, tío. La semana pasada despedí a mi encargado tras enterarme de que tenía una relación con una mujer del pueblo.

Su tío hizo una pausa.

—Sin duda, cómo el personal se comporta fuera de tu casa es algo que está fuera de tu alcance, Peter.

Este negó con la cabeza, aferrándose a su determinación.

—Les pago bien y les ofrezco alquileres apropiados si se casan para que permanezcan empleados, pero sí prohíbo cualquier relajación sexual. Y no mantendré a la señorita Julia bajo mi techo si su madre está preocupada por su reputación.

—No he venido aquí para aconsejarte semejante reacción, Peter, solo para avisarte de la conversación que tuve con su madre.

Hablaba en un tono duro, amargo, pero Peter no se dejó convencer.

—Tenía dudas sobre ella desde que la vi en la primera entrevista, si te digo la verdad. Pero lo cierto es que las otras dos candidatas no funcionaron y tuve que reaccionar a la desesperada.

—¿Qué había en ella que la convertía en una candidata que tan poco te gustaba?

Tomó aire, se movió incómodo, pero no habló. Estiró el brazo por el respaldo del sofá, golpeando con los dedos la madera y debatiendo si admitir la verdad. Tal vez si confesaba su debilidad, ayudaría a su tío a entender mejor sus razones a la hora de despedir a una institutriz que, por lo demás, era absolutamente fantástica.

—¿Tan difícil es decirlo en voz alta? —le presionó—. Me has asegurado que encaja a la perfección en esta casa, ¿no es así?

Peter sacudió un poco de polvo inexistente del respaldo del sofá.

—Para ser sincero, tío, era demasiado joven y bonita para mi gusto. Me pareció inapropiado, así que elegí a otra candidata. Cuando eso no funcionó, intenté contratar a otras dos mujeres, otra que ya había entrevistado y una mujer de la parroquia.

—¿Demasiado joven y bonita, dices?

—Desde que Sybil murió, no me he fijado en otras mujeres.

Sintió que el calor le subía por el cuello y deseó no haber dicho nada. Aquello hacía que pareciera que tenía intenciones disimuladas hacia la señorita Julia, y no era así.

—Ah —dijo el tío Elliott, asintiendo.

El tono de complicidad en la voz de su tío hizo que se encogiera y se sintiera como un colegial sorprendido mirando por encima de los arbustos a una mujer en ropa interior.

—Sí, bueno. —Peter se aclaró la garganta—. Tal vez las preocupaciones de su madre sean otra señal de que esto no puede ser. Creo que sacarla de mi casa será lo mejor para todos.

Se imaginó diciéndole que no podía quedarse y dejó escapar un fuerte suspiro. Estaba seguro de que ella era tan feliz como él de tenerla ahí. Y las niñas…

—Deberías pensarlo un poco más, Peter. Que la señorita Hollingsworth sea atractiva no es un defecto fatal, y tampoco lo es una madre prepotente que proyecta su ira contra mí en ti. Déjame hablar con Amelia para ayudarla a entender. Tal vez tu voluntad de despedir a la señorita Hollingsworth sea suficiente para demostrarle que eres un hombre íntegro y digno de confianza. Especialmente si entiende lo bien que está la señorita Hollingsworth y que sacrificarías tu comodidad de todos modos por su honor.

Él apretó la mandíbula. Ojalá pudiera confiar en sí mismo tanto como lo hacía su tío. Con Lydia había sido diferente. Ella era de la familia, mayor y hogareña. «Cielo santo, ¿soy tan superficial?». La madre de Julia no estaba ciega, como él, a su predisposición.

—No la despidas todavía —insistió su tío—. Déjame hablar con su madre. Veré si puedo suavizar su posición un poco.

Había algo en el tono del tío Elliott… ¿Ansiedad? ¿Querría reunirse de nuevo con la señora Hollingsworth? Trató de ver más allá de la expresión inocente de su tío. Había dicho que no se arrepentía de nada y que había dejado atrás a Amelia en cuanto se fue a la India, pero ¿es que había cuestiones más profundas en juego? ¿Ver a aquella mujer después de tantos años le habría hecho revivir sentimientos que había enterrado? No podía aceptar tales conjeturas.

—Me llevará algún tiempo encontrar una sustituta —admitió Peter—, pero no puedo permitirme esperar. Tardé más de un mes en encontrar una para Lydia, y tres semanas más en contratar a la señorita Julia.

Y solo llevaba con ellos dos semanas. La idea de volver a empezar otra vez con eso era agotadora. Y se sintió mal ante la perspectiva de decirle a la joven que ya no la necesitaba.

—Te sugiero que esperes por lo menos a contratar una sustituta, pero sigo pensando que es precipitado. Apelar a la razón de su madre puede ser la solución más fácil.

Peter tomó aire y lo soltó, cansado, abrumado, frustrado y triste. La señorita Julia era perfecta en todos los sentidos menos en uno, pero era suficiente.

—La señorita Hollingsworth no sabe de la relación entre su madre y yo —continuó el tío Elliott—. Amelia preferiría que nunca lo supiera; sin embargo, no estoy convencido de que eso sea justo.

—La señorita Julia no debe enterarse si podemos evitarlo —intervino Peter, negando con la cabeza—. Sé demasiado bien lo que es sentirse avergonzado por las acciones de tus padres, y no quiero tener nada que ver con eso en su caso.

Lord Elliott lo observó un momento y luego se removió en su silla, incómodo.

—Te queda claro que la relación que tuve de joven con su madre fue apropiada, ¿verdad, Peter? No la comprometí en ningún sentido ni rompí ninguna promesa. Ella se sintió herida, sí, pero ambos éramos jóvenes y después se casó con un hombre respetable. No arruiné su reputación ni nada por el estilo.

—No he querido insinuar tal cosa.

Pero, al decirlo, se dio cuenta de que tal vez sí había supuesto lo peor. Después de todo, su padre y sus tías habían tenido una vida escasamente moral. Quizá por eso había acabado por pensar que su relación con Amelia Hollingsworth había sido su «desliz».

—Me alegro de oírlo.

Por su todo, quedaba claro que había acertado y se sentía ofendido, aunque no se lo iba a rebatir. Se quedaron en silencio, incómodos, frustrados.

—Entonces… —intervino su tío cuando el silencio se volvió del todo insoportable—. ¿No la echarás hasta que haya hablado con su madre?

El joven dudó un instante, pero luego asintió. Lo más sensato era mantenerla en casa hasta encontrar una sustituta, aunque la situación fuera tan incómoda. Si llegaba a la conclusión de que ella podía quedarse sin generar un mal ambiente en la casa cuando supiera que estaban buscando a otra, así lo haría. Pero si se sentía herida y la situación se complicaba, podría irse.

—¿Me presentarás a la joven Hollingsworth antes de que me vaya?

—Oh, tío —dijo Peter con un suspiro, cerrando los ojos—. ¿De qué puede servir eso?

El hombre se inclinó hacia delante y le dio una palmada en la rodilla.

—Dale ese gusto a tu viejo tío, hijo mío. Me gustaría conocer a la hija de Amelia.

Su sobrino no se levantó inmediatamente, sino que se quedó mirando a su tío mientras intentaba pensar en una excusa. Pasaron varios segundos sin que se le ocurriera nada.

—Muy bien —dijo rendido, levantándose de la silla y dirigiendo a su tío una mirada severa—. Pero será mejor que te comportes como si nada y que esta conversación quede entre nosotros.

El rostro del hombre se ensombreció un instante.

—Por supuesto.

Capítulo 14

JULIA

—¿Señorita Julia?

La joven levantó la vista y se puso en pie, casi tropezando con la falda al hacerlo de repente. Hacía frío y el día estaba húmedo, por lo que ella y las niñas se habían quedado en casa en lugar de salir al aire libre como acostumbraban. Estaban construyendo una ciudad con casi cualquier cosa que hubiera en la habitación de las niñas bloques, libros, zapatos…

El señor Mayfield nunca aparecía por allí durante el día, y el hombre que se encontraba a su lado no le resultaba conocido. De inmediato le preocupó que algo anduviera mal con los cachorros. Era la única razón que se le ocurría por la que tratara de localizarla, aunque incluso en ese caso, lo habitual hubiera sido que hubiese enviado a un miembro del servicio a buscarla.

Se inclinó ligeramente.

—Buenas tardes, señor Mayfield.

Las niñas apenas levantaron la vista de una carretera que estaban construyendo, que en ese momento consistía en unos calcetines colocados uno tras otro. ¿Por qué no se había presentado cuando les estaba enseñando a leer o a comportarse en sociedad?

—Señorita Julia, me gustaría presentarle a mi tío, lord Howardsford.

La joven lo miró y saludó con una inclinación.

—Encantada de conocerle, lord Howardsford.

—El placer es todo mío.

Él hombre extendió la mano y ella se dio cuenta, tardíamente, de que estaba pidiendo la suya. Se la tendió y él la tomó, para besarle el dorso a continuación. Era un gesto propio de los salones de baile y de la sociedad, no algo que soliera hacerse cuando te presentaban a una institutriz. Trató de no retirar la mano demasiado rápido, pero, una vez la soltó, se llevó las manos a la espalda. Estaba acostumbrada a pasar desapercibida, como si fuera un mueble, pero este hombre parecía observar cada detalle de su rostro.

—Peter me ha dicho que eres de Feltwell.

Miró al señor Mayfield, recordando que su nombre de pila era Peter. Le venía como anillo al dedo. No parecía dispuesto a añadir nada a la conversación, así que Julia miró a lord Howardsford.

—Sí, aunque he vivido en Londres los últimos cinco años.

Quería que él supiera que era una institutriz con experiencia, no una chica de campo que no sabía nada del mundo.

—¿Cinco años? —Alzó las cejas, negras y pobladas, ya canosas—. No creo que tengas más de veinte años.

Ella le contestó con un movimiento de cabeza, pues no le gustaba que le dijeran que parecía una niña. Era una solterona de veintisiete años y merecía un reconocimiento por haber logrado semejante hazaña.

—Eso es todo, señorita Julia —dijo el señor Mayfield con una sonrisa cortés, aunque cauta—. Puede volver a sus juegos.

¿Qué había en aquel tono de voz? ¿Estaba disgustado?

—La lluvia ha impedido que saliéramos a pasar un rato al aire libre, como de costumbre, así que hoy hemos aprendido las letras y los números por la mañana. También hemos visitado ya a los perros —se justificó, no quería que se notara que estaba a la defensiva.

El hombre tensó la mandíbula y ella se preguntó si había metido la pata... «Los perros», pensó; no debería haber mencionado que ella y las niñas cuidaban de los perros delante de su tío. El señor Mayfield había dejado claro que le preocupaba que esa tarea estuviera por debajo de lo que correspondía a sus hijas, aunque no de ella.

—Parece un uso muy inteligente del tiempo y el espacio —dijo lord Howardsford, señalando con la mano la ciudad que estaban construyendo, que sin duda resultaba un tanto anárquica.

Apreció que aquel hombre intentara echarle una mano, pero lo cierto es que acabó por dar un paso atrás.

—Sí —dijo el señor Mayfield, que luego le puso una mano en el brazo a su tío para llevárselo hacia la puerta—. Volveré esta noche para los cuentos de las niñas.

Julia asintió con la cabeza y luego observó a los dos hombres marcharse. Dejó escapar un suspiro y volvió con las niñas, preguntándose a qué se debía la tensión que había sentido durante la conversación.

Llevaba varios días cuidando de *Mermelada* y sus cachorros, y ella y el señor Mayfield habían interactuado varias veces cuando atendían a los animales en el patio de los perros. Se cuidaba muy mucho de que aquellos encuentros se mantuvieran en un ámbito profesional, pues la advertencia de Colleen no dejaba de retumbarle en los oídos. Sin embargo, aquella visita había sido diferente, colmada de una tensión distinta, como si ella hubiera hecho algo malo. Y su tío… ¿por qué tenía tanto interés en conocerla?

—¡No puedes poner una casa ahí, Leah! Está en medio de la carretera.

Se volvió a tiempo para ver cómo Marjorie lanzaba una bota a un lado, presumiblemente la casa de su hermana.

—Hay demasiado camino. —Leah hizo un puchero, estirándose a por la bota.

Volvió al suelo junto a ellas y movió ligeramente los calcetines.

—Este sería un buen lugar para una plaza, creo.

Leah volvió con la bota y la colocó en su nuevo lugar.

—Necesitamos más edificios.

Marjorie se levantó de un salto y volvió con una cesta, dos zapatos más, un gorro y un pequeño joyero. Una vez que Julia tuvo la caja en sus manos, se dio cuenta de que era demasiado elegante como para ser un juguete de niños. En la parte superior, con incrustaciones, estaba tallada una letra 'S'. Pasó el dedo por la letra.

—¿Qué es esto? —preguntó a la niña.

—Papá dice que eso era de mi mamá, pero ahora es mío.

Volvió a mirar la caja, con renovado interés. Nadie hablaba de la difunta señora Mayfield; ella ni siquiera sabía cómo se llamaba. Las niñas le contaban algo sobre su madre de vez en cuando, siempre precedido por: «La señorita McCormick decía…».

Leah solo tenía dos años cuando murió su madre, pero Marjorie tenía cuatro, así que seguro que debía de tener recuerdos de su madre aparte de las historias de su antigua institutriz.

La curiosidad se apoderó de ella. Retiró el delicado cierre del joyero, que no era mucho más grande que la palma de su mano. En su interior había un precioso anillo de plata y un colgante de rubí que apenas cabían en la caja. No se atrevió a tocar ninguno de los dos. De hecho, sintió que se entrometía de alguna manera y cerró la tapa. Volvió su mirada hacia Marjorie, pero la miró con cariño.

—No creo que esto sea para jugar, Marjorie.

La niña le dirigió una mirada rápida pero culpable.

—Necesitábamos edificios.

—¿Dónde estaba? —preguntó Julia.

—¡Yo te lo enseño!

Leah se puso en pie de un salto, corrió hacia el pequeño escritorio situado bajo las tres ventanas y levantó la parte superior, revelando una tapa que Julia no había advertido antes.

Tomó a la niña de la mano y la siguió. Dentro del escritorio había un collar de cuentas barato, un pañuelo con el monograma «SMK» en la esquina y un pequeño retrato de una mujer encantadora con rizos castaños amontonados en la cabeza y ojos color chocolate, como los de Marjorie. También había algunas piedras, conchas y lo que parecía un grillo seco. Los tesoros de un niño, aunque algunos eran demasiado finos para ese escondite.

—¿Guardas las cosas de tu madre aquí?

Marjorie la miró en silencio, con ojos tristes y algo confusos, como si no entendiera por qué había puesto esas cosas allí. Pero Julia lo sabía, y eso hizo que los ojos se le llenaran de unas lágrimas que no podía permitirse. Se sentó en el suelo y atrajo a las dos niñas a su regazo. Sin dejar que supieran que estaba pensando en su propio padre y la forma en que había atesorado los restos de su vida después de su muerte, hizo que apoyaran la cabeza en ella y las meció suavemente, como haría una madre. No había nada que pudiera decir para aliviar semejante pérdida, pero sí podía recordarles que todavía había calor y amor en el mundo.

Capítulo 15

PETER

Después de acompañar a su tío a su carruaje a primera hora de la mañana siguiente, Peter se puso su ropa de trabajo y zapatos y salió al patio de los perros. Parecía que iba a ser otro día frío y húmedo, el típico día de primavera de esa parte de Inglaterra, pero no quería que los sabuesos se volvieran perezosos y, si no hacía que corrieran en los días de lluvia, rara vez lo harían. Henry, el nuevo adiestrador, llegaría al mediodía para comenzar su entrenamiento, y quería supervisarlo.

El suelo lleno de barro le manchaba las botas a cada paso que daba hacia el cobertizo. Todas las mañanas se asomaba a ver a *Mermelada,* pero seguía gruñéndole si se acercaba demasiado y no le dejaba tocar a los cachorros, mientras que Julia y las niñas podían sostenerlos en su regazo. No era justo, pero solo un colegial diría eso. Se empeñó en practicar ese tono de voz suave que Julia siempre utilizaba con la perra, aunque le hiciera sentirse como un tonto; estaba mucho más acostumbrado a dar órdenes tajantes. Pero quería ganarse la confianza del animal de la misma manera que había hecho la institutriz; como lo habían hecho sus propias hijas.

Aparte de breves visitas desde el fuera de los corrales, las niñas nunca habían interactuado mucho con los perros antes de que llegara su nueva empleada. El hecho de que hubiera permitido que Marjorie le pusiera nombre a su primer collie había sido un error. Le había puesto *Mermelada*... Pero había querido que las niñas participaran más, aunque eso no había supuesto una gran diferencia. Luego, la señorita Julia había llegado y había empezado a llevarlas a ver a los perros todos los días, así que ahora ellas conocían a los perros antes que él y les ponían nombres ridículos que ni siquiera se planteaba considerar: *Gotitas de Leche, Mariposa* y *Bollito*. Compartir su amor por los perros con sus hijas era algo que nunca se había planteado hasta que la señorita Julia lo había hecho realidad, pero él también quería cuidar de los cachorros.

Abrió la puerta del cobertizo y se acercó, dándose casi de bruces con la señorita Julia. Se levantó del taburete de la cocina donde estaba sentada, acunando un cachorro blanco y negro en sus brazos mientras la madre y los demás cachorros dormían.

—Buenos días, señor Mayfield. —Habló en un susurro.

Peter se quitó el sombrero, que goteaba.

—Buenos días, señorita Julia. Solo estoy comprobando cómo está *Mermelada*. Parece que todo va bien. —Asintió con la cabeza y se volvió para salir del cobertizo.

—Un momento.

Aunque siguió en un susurro, su tono era autoritario. Julia cruzó el espacio que les separaba y le tendió el cachorro. El hombre se quedó inmóvil, deseando con todas sus fuerzas tomarlo y acariciarlo.

—*Mermelada* me gruñe cada vez que intento tocar a los cachorros.

—Ya es hora de que se acostumbren a usted —replicó la institutriz, acercándole más al cachorro.

La criaturita, que apenas era como un panecillo que se retorcía, lloriqueó un poco, y *Mermelada* levantó la cabeza al instante.

—No le preste atención —dijo la señorita Julia con esa misma voz suave y tranquilizadora—. Sosténgalo, apóyelo contra su pecho y tranquilícelo mientras ella mira.

El hombre se quitó los guantes y los guardó en los bolsillos de su abrigo. Luego agarró al cachorro, sintiéndose ridículo por necesitar la guía de Julia y, a la vez, ansioso por la oportunidad. Acarició la sedosa cabeza del cachorro, que se acurrucó en su pecho. *Mermelada* lo observó con atención desde su cama, pero no gruñó. El cachorro empezó a curiosear, y entonces Peter le acercó el dedo meñique a la boca. Le lamió la yema al instante. Eso le hizo sonreír al instante, antes de recordar que la señorita Julia lo estaba observando, por lo que se obligó a ponerse serio otra vez. No era prudente que se sintiera demasiado cómodo en su presencia.

«¿Cómo diablos voy a despedirla?», pensó.

—Ahora puede devolver el cachorro a *Mermelada* —murmuró la joven, haciendo un gesto hacia el animal.

Dudó y luego se limpió las botas en la alfombra lo mejor que pudo antes de hacer lo que le había indicado. Sabía que ella mantenía limpio el cobertizo, a pesar de que él le había asegurado que no era necesario. Había colocado clavos para colgar sombreros y abrigos, había reorganizado los trastos que se habían añadido al cobertizo en los últimos años y había doblado las viejas mantas en un cajón.

«El toque de una mujer —pensó—. En un cobertizo de cría».

—Después de dejar al cachorro con su madre, intente acariciar a *Mermelada*.

El hombre asintió con la cabeza mientras colocaba al cachorro con suavidad donde estaba. *Mermelada* le observó sin reaccionar. Hizo una pausa y luego llevó la mano lentamente a la cabeza de la perra, pero ella gruñó y él la retiró al instante. Una mano más pequeña y suave le agarró la muñeca, impidiendo que se retirara del todo. La institutriz se había acercado sin que se diera cuenta, lo que lo dejó de repente sin respiración. No era un contacto íntimo, se dijo a sí mismo, y sin embargo lo era. Tragó saliva, sin saber qué hacer.

—No, *Mermelada* —intervino la señorita Julia en un tono más firme que el habitual—. Es hora de que recuerdes quién es tu amo.

La joven cambió de posición hasta que la palma de la mano de él quedó apoyada en el dorso de la suya y luego movió las manos de ambos hacia delante. *Mermelada* volvió a gruñir desde lo más profundo de su garganta, y Julia se detuvo para reprender al perro de nuevo, pero no se echó atrás.

El cobertizo estaba lo suficientemente fresco como para que pudiera sentir el calor que irradiaba la señorita Julia a su lado. Tragó saliva y, a pesar de su buen juicio, se volvió para mirarla. Tenía el rostro cerca del suyo, pero su atención estaba centrada en el perro. Nunca la había mirado tan de cerca, pero la suavidad de su piel y la forma perfecta de su nariz y su barbilla le impresionaron por su belleza. Llevaba el pelo rubio recogido en un moño trenzado que brillaba con la tenue luz de la mañana que entraba por el ventanuco.

Un repentino deseo de tocarle el pelo le tomó por sorpresa e inhaló profundamente, lo que no sirvió más que para que los pulmones se le llenaran con el aroma de su perfume. Algo picante, pensó. El aroma a vainilla de Sybil había permanecido en su almohada durante meses después de su muerte, pero ya había desaparecido. A veces olía algo que se cocinaba en la cocina y se transportaba a aquellos días en los que pasar el resto de sus vidas juntos había sido algo que daban por sentado.

Miró de nuevo a *Mermelada* mientras se alejaba de la señorita Julia lo máximo que podía, apenas unos centímetros. Pero no fue suficiente. La joven le guio la mano hacia delante y él se esforzó por concentrarse en el perro. Aparte de los abrazos de sus hijas, nadie había estado tan cerca de él tras la muerte de Sybil.

Desde luego, nadie le había hecho sentir así. ¿Se sentía culpable? No. ¿Pero debería?

Acarició pelaje de la perra, que seguía observándole, atenta.

—Déjela ahí un momento —añadió la joven institutriz.

Julia tenía unas manos pequeñas, delicadas y femeninas. Dejó una sobre la de él mientras acariciaba a *Mermelada* en la cabeza. Podía oír su respiración y, por un instante, se imaginó que daba la vuelta a la mano para que las palmas de las manos de ambos se tocaran y sus dedos encajaran. Ella le miraría las manos, y luego a él, preguntándose algo con esos ojos del color de un cielo de verano, y todo cambiaría entre ellos. Justo lo que temía la madre de la joven. Lo mismo que un día pasó entre sus padres. La nuca le empezó a sudar.

Peter se puso en pie de un salto, sobresaltando a Julia, que retrocedió bruscamente, haciendo que *Mermelada* ladrase. No ofreció disculpa alguna, simplemente se dio media vuelta sobre sus talones. No sucedería… Las palabras de su tío le habían disgustado, pero ahora veía los prejuicios de la señora

Hollingsworth como una bendición. Los hombres Mayfield habían demostrado ser incapaces de controlarse ante las mujeres bellas.

Se dirigió al establo y preparó su caballo. Necesitaba hacer correr a los sabuesos, no, a los sabuesos y a los galgos juntos, decidió en ese momento. Sentir la lluvia en la cara y el viento frío azotándole la piel mientras los perros corrían era exactamente lo que necesitaba para distraerse. Y Henry tendría que hacerse cargo del cuidado de *Mermelada* lo antes posible. La señorita Julia debería quedarse en la habitación de las niñas, donde podría evitarla.

Le había prometido a su tío que no la echaría de inmediato, sino que la despediría en cuanto encontrara una sustituta. Tenía que hacerlo. Escribiría al señor Hastings esa misma tarde. El corazón se le encogió en el pecho, sus hijas se llevaban muy bien con ella.

—Señor Mayfield. —El hombre se volvió desde donde estaba ajustando la brida. Ella estaba de pie en la puerta del granero, con un abrigo con capucha para la lluvia.

—¿Qué ocurre? —dijo con brusquedad.

«¿Qué digo si me pregunta por qué he salido corriendo del cobertizo?». Sintió una oleada de pánico.

—Me preguntaba si podía hablar con usted un momento sobre sus hijas, sobre Marjorie concretamente.

Si se tratara de cualquier otro asunto, probablemente habría podido inventar una excusa para evitar aquella discusión cuando se sentía tan vulnerable, pero al mencionar a la mayor de sus hijas el corazón dejó de latirle tan deprisa y la joven logró atraer su atención.

—Puedo programar una hora para reunirnos si lo prefiere —ofreció Julia.

«Dios, no», pensó. La anticipación de una reunión más formal sería insoportable.

—Ahora es un momento tan bueno como cualquier otro. ¿De qué quería hablar?

Dio unos pasos hacia el granero y se echó la capucha hacia atrás para que él pudiera verle la cara mejor; ojalá se hubiera mantenido en la sombra. Le habló del joyero y de los demás objetos que había encontrado en el escritorio. No dijo que fueran de Sybil, pero él lo supo de inmediato, por su delicada forma de hablar.

—Anoche, después de que las niñas se durmieran, trasladé los objetos a la parte superior de la estantería de su habitación, donde no pudieran verlos. Pensé que podría recogerlos y ponerlos en su sitio.

—Gracias —dijo, y la incomodidad se desvaneció al imaginarse a Marjorie entrando a hurtadillas en su habitación, encontrando la esfera en el cajón donde había guardado las pocas cosas de Sybil que significaban algo para él. Durante los meses posteriores a su muerte, dejaba sus cosas sobre la cómoda como recuerdo: el colgante de rubí que le había regalado el día después del nacimiento de Marjorie, los pendientes de su abuela que Sybil había llevado el día de su boda... Hacía tiempo que no miraba ninguno de esos recuerdos y, al parecer, su hija mayor se había encargado de recordar a su madre por él.

—Yo hice algo parecido —relató la mujer, atrayendo su atención—. Después de la muerte de mi padre, busqué cosas suyas: unos gemelos y un cuaderno de bocetos de cuero negro con filas de números que no entendía. Los escondía bajo mi cama, temiendo que, si los perdía, perdería mis recuerdos de él, supongo.

—No creo que ninguna de mis hijas pueda recordarla.

Nunca lo habían hablado y, dado que hablar de su difunta esposa le hacía echarla aún más de menos, evitaba hacerlo.

—Pero saben de ella —dijo la señorita Julia—. Saben que tuvieron una madre y que ya no está aquí. Marjorie es una niña maravillosa. —Lo dijo con una sonrisa suave y cálida, como si hubiera conocido y querido a sus hijas toda la vida—. E intuyo que su deseo de tener esos objetos cerca de ella era más fuerte que el hecho de saber que estaba mal que se los llevara.

Al hombre se le encogió el pecho de… ¿arrepentimiento?, ¿miedo? ¿tristeza? Sentía la garganta espesa y se encontraba repentinamente cansado, como si se hubiera visto envuelto en una semana de pensamientos en una sola mañana. Se aclaró la garganta.

—¿Eso es todo, señorita Julia?

—Bueno, hay una cosa más —dijo, mirando al suelo del establo y luego hacia él de nuevo—. Sus hijas echan de menos la hora que pasaba con ellas después de la cena.

Estaba confundido.

—¿Mi hora con ellas?

—Sí, la hora que pasaba con ellas. —Él apretó la mandíbula, tenso, y Julia continuó, aunque lo dijo todo rápidamente, lo que significaba que pronunciar aquellas palabras le causaba ansiedad—. La señora Oswell me dijo que a veces estaba demasiado ocupado, pero, bueno, llevo aquí dos semanas y solo ha venido a darles una vez un beso de buenas noches.

—Eso no es cierto —dijo a la defensiva—. Pasé a verlas después de la cena justo… —Trató de recordar—. La semana pasada.

La institutriz parecía dudar. ¿Realmente no había estado con ellas más que a la hora de acostarse? A lo sumo se quedaba con ellas un cuarto de hora cuando las veía por la noche, pues no quería mantenerlas despiertas demasiado tiempo y a menudo estaba ansioso por irse a la cama. También quería evitar a la nueva institutriz.

—He tenido unas semanas con mucho ajetreo.

—Oh, sí, lo sé —se apresuró a decir—. Y no pretendo echarle una reprimenda. Solo me preocupa que el comportamiento de Marjorie refleje quizá la falta tanto de su madre como de su padre.

La joven se encogió ligeramente al decir esto último, y solo por eso él lo escuchó de corazón. Si lo estuviera acusando sin más, se habría opuesto con vehemencia, pero lo cierto era que aquella era una petición sincera que tenía como objetivo el bien de su hija.

—Trataré de mejorar en ese aspecto —dijo al fin. En realidad, pasar una hora con las niñas había dejado de ser prioritario durante el último año, ya que los perros le exigían más tiempo. Lydia nunca se había quejado de que fuera así.

—Gracias, señor. —Se inclinó ligeramente y se dio la vuelta para marcharse, subiéndose la capucha del abrigo.

Peter abrió la boca, pero ¿por qué? ¿Para llamarla? ¿Para agradecerle que se lo hubiera dicho? ¿Para pedirle consejo sobre cómo manejar la situación? Desapareció por la puerta antes de que se le ocurriera qué decir, y mucho menos que le diera tiempo a pensar si debía decir algo. Se quedó mirando el lugar donde ella había estado y luego volvió a ensillar su caballo.

Intentó recordar la última vez que había pasado más de quince minutos con sus hijas al final del día. Se sintió defraudado de sí mismo al darse cuenta de que había sido la noche anterior a la salida de la señorita Lawrence, cuando habían hablado de pescar ranas. Nunca llegaron a hacerlo y hacía tiempo que no organizaban un pícnic. Cuando pensaba en sus prioridades, siempre ponía a sus hijas en primer lugar, pero desde luego eso no se traducía en el tiempo que pasaba con ellas. Tenía que hacer más por las niñas, estar más con ellas y hablarles de su madre ahora que ya eran lo suficientemente mayores como para hablar de esas cosas.

Pero aun así escribiría al señor Hastings. Los acontecimientos de esa mañana le habían convencido de que, por el bien de todos, la señorita Julia no podía quedarse en su casa. Por mucho que todos desearan que así fuera.

Capítulo 16

ELLIOTT

Lord Elliott se quitó el sombrero y llamó a la puerta, echando un vistazo al modesto barrio. Todo aquello le parecía impensable. Estaba en casa de Amelia, donde había criado a sus hijos, cuidado su jardín, vivido toda su vida… ¿Habría pensado alguna vez en él durante todos esos años? ¿Aunque fuera un poco?

Era un error esperar eso de ella, pues había seguido adelante con su vida y solo quería apoyarla. ¿Pero habría pensado ella en él? ¿Se habría preguntado alguna vez por él, especialmente desde que la vio de nuevo la semana pasada? ¿Y si su padre hubiera estado de acuerdo con su matrimonio? ¿Y si ella hubiera viajado a la India con él? ¿Y si hubieran tenido hijos juntos, hubieran compartido experiencias y aventuras, y él hubiera vuelto a casa, a sus ojos azules y a sus brazos de bienvenida?

El sonido de unos pasos que se acercaban desde el interior le hizo enderezarse y, cuando la puerta se abrió, le recibió una mujer con un vestido gris, un delantal sucio y una cofia.

—¿Sí? —preguntó de manera un tanto áspera.

—Lord Howardsford, vengo a ver a la señora Amelia Hollingsworth.

La expresión de la mujer cambió de inmediato.

—Oh. Sí, por supuesto.

Conocía de sobra el cambio que se producía cuando alguien se daba cuenta de que era un noble.

—Adelante, señor.

Se inclinó ligeramente antes de recorrer a toda prisa el pasillo y, sin recoger su sombrero ni su abrigo, le hizo pasar a un salón bonito y bien decorado. Había un piano frente a la ventana —¿Es que Amelia tocaba? No lo recordaba— y un sofá con dos sillas a juego frente a la chimenea. Una alfombra se extendía casi de pared a pared y una serie de cuadros llenaban los espacios verticales. Todo estaba limpio, sin polvo, perfectamente ordenado y resultaba acogedor.

Un retrato de un hombre de perfil que colgaba sobre la chimenea le llamó la atención y dirigió la mirada hacia ahí. Richard Hollingsworth, tenía que ser él...; llevaba un uniforme oscuro, acorde con su profesión de banquero. Había investigado durante la última semana y se había enterado de que el señor Hollingsworth había fallecido hacía quince años. Sin embargo, se resistía a reflexionar sobre la naturaleza de aquella noticia... Era una pregunta a la que no podía aproximarse con claridad y honestidad.

Julia se parecía tanto a Amelia que temía haberla incomodado ayer con sus atenciones. Tenía los ojos de su madre, brillantes y claros. Casi se atrevía a reconocer que eran fascinantes. Sin embargo, también podía reconocer en el retrato los rasgos que había heredado de su padre.

Su padre.

Se apartó del retrato del que se había convertido en el esposo de su Amelia, de quien había cuidado de sus hijos y vivido la vida que él un día creyó que sería la suya.

Unas pisadas le hicieron volverse hacia la puerta, con el sombrero aún en la mano. Amelia se detuvo a la entrada, ataviada con un sencillo vestido de rayas verdes y blancas con el escote cuadrado, sobre el que lucía un relicario que llevaba al cuello. ¿Había sido un regalo de su marido? ¿Lo guardaba como un recuerdo de la vida que habían compartido? Tal vez guardara dentro una foto de él. Amelia llevaba el pelo recogido en una trenza suelta y su expresión era de cautela.

Aun así, sintió una emoción en las venas al verla de nuevo que lo animó a hablar:

—Estás preciosa, Amelia.

Había un destello de algo en sus ojos: ¿suavidad?, ¿arrepentimiento? Pero luego se refirió a su expresión con un aire formal.

—Por favor, diríjase a mí como señora Hollingsworth. —No dio un paso más en la habitación—. ¿Qué puedo hacer por usted, lord Howardsford?

—Mis disculpas tanto por la forma casual de dirigirme a usted como por haber venido sin avisar —dijo él, inclinando la cabeza—. Había planeado escribir una carta, pero Feltwell no quedaba tan lejos de mi camino. Espero no haberme tomado demasiadas libertades.

No había pensado en ello y se dio cuenta, sintiendo una enorme vergüenza, que jamás había hecho una visita no anunciada o sin invitación a una mujer de la nobleza. Estaba por encima de ella, pero eso no significaba que tuviera derecho a tratarla con menos respeto.

—Si lo prefiere, puedo volver en otro momento. Debería haber avisado de mi visita.

Ella pareció considerar sus palabras, luego miró el sombrero que tenía en la mano y dejó escapar un suspiro.

—Disculpe nuestra falta de modales. Beth no siempre tiene clara la forma de hacer las cosas. Su trabajo se centra en el mantenimiento de la casa, no en la gestión de las visitas.

Finalmente cruzó la habitación, deteniéndose solo un momento frente a él antes de tomar su sombrero, y luego le indicó que se quitara el abrigo. Una vez que se lo entregó, se dio la vuelta y salió de la habitación.

Quiso preguntarle si le había resultado difícil adaptarse a su nueva clase social. ¿Era Beth su única sirvienta? ¿Era quien mantenía las cosas impecables, o era Amelia la que quitaba el polvo y cuidaba del jardín? ¿Quién se encargaba de la preciosa cenefa de flores amarillas que bordeaba el camino hacia la puerta principal? Hacía un día gris y fresco, pero aquellas florecillas amarillas casi brillaban con luz propia. Por supuesto, no dijo nada de todo eso en voz alta.

Amelia regresó un minuto después sin sus cosas, y él se imaginó su sombrero descansando en un gancho junto a su gorro. Cruzó hasta una de las sillas y se sentó, haciéndole un gesto para que se acercara al sofá. Él cumplió la orden y luego volvió a mirar el retrato.

—¿Es ese su marido?

Ella no levantó la vista y se concentró en colocarse los pliegues del vestido.

—Sí.

Cuando por fin lo miró a los ojos, quiso preguntarle: «¿Lo querías?». Por supuesto que sí. Tal vez lo que realmente quería saber era si lo había amado a él. Tal vez los sentimientos que él creía que habían compartido no habían sido amor ni mucho menos y se habrían marchitado con el tiempo. Se aclaró la garganta para recordarse a sí mismo que debía mantenerse centrado. Era un hombre demasiado mayor para prestar atención a las hipótesis sobre su vida, sin forma de saber lo que habría o no habría pasado.

Todo lo que tenía eran hechos: él se había marchado, ella se había casado con su banquero y le había dejado muy claro que ya no sentía nada por él. Bien. Era justo. Él tampoco sentía nada por ella, ¿por qué habría de ser de otra manera? No era el mismo hombre que había sido entonces, como tampoco ella era la misma mujer. ¿Por qué dejaba que sus pensamientos se perdieran por tierras movedizas?

—Tuve ocasión de hablar con Peter, mi sobrino.

Ella suspiró aliviada y relajó los hombros.

—Oh, maravilloso. —Se retorció en la silla y la tensión de su rostro desapareció en parte—. ¿Cuál fue su respuesta?

—Favorable, supongo —dijo, ligeramente entristecido—. No desea causar daño alguno a la reputación de su hija y se ofreció a despedirla en cuanto pudiera encontrar una sustituta.

Amelia parpadeó.

—¿Despedirla?

—Bueno, sí. ¿No es eso lo que quería?

La mujer se quedó callada un momento y luego asintió, aunque lentamente.

—Supongo que sí, pero…

—No deseaba que trabajara en la casa de un Mayfield —le recordó Elliott, aprovechando sus titubeos—. Eso es lo que me dijo.

—Así es —afirmó ella, levantando la barbilla con una confianza renovada—. Eso es lo que deseo. A la larga será mejor para todos nosotros, aunque despedirla suene algo drástico. Tal vez el señor Mayfield podría decirle que se trataba de un contrato temporal.

—Eso sería falso.

Amelia asintió, con el cuello ligeramente sonrojado.

—¿Cuánta verdad se le dirá?

—Supongo que eso dependerá de usted. Mi sobrino encontrará una sustituta y no tiene intención alguna de interferir en su relación con su hija. Que ella conozca los detalles de esta decisión dependerá de usted. Y me parece muy generoso por su parte que haya cedido tan rápidamente a su petición.

Ella levantó la mirada bruscamente, con un destello de ira en los ojos. Sin duda, había leído sus vanos intentos por ocultar la decepción que aquella situación le causaba. Elliott continuó antes de que pudiera ponerle palabras a aquella mirada fulminante.

—Sin embargo, es una pena —dijo el hombre, acomodándose en su silla—. Su hija es muy apta para el puesto, y me imagino que el hecho de que la rechacen será muy duro para ella. Es muy cariñosa con las hijas de mi sobrino.

—Es muy buena con los niños. —El tono de Amelia denotaba cierto pesar—. No sé por qué está tan decidida a cuidar de los hijos de otros en lugar de tener los suyos.

«¿Por qué Julia no había hecho lo que se esperaba de ella? —reflexionó Elliott—. Era guapa, le encantaban los niños y había sido criada por buenos padres, por lo que sabía. Entonces, ¿por qué no se había casado con algún joven de la zona y había hecho feliz a su madre? Dudaba que Amelia conociera la respuesta. Tal vez su hija tampoco la tuviera.

—También es muy buena con los perros de mi sobrino —añadió Elliott—. Le ha estado ayudando con una nueva camada; al parecer, la madre responde con ella mejor que con Peter.

Amelia suspiró y sacudió la cabeza.

—Perros —murmuró, para luego añadir en voz alta—: ¿Su sobrino tiene perros?

Aquel tono de voz se había vuelto ligeramente extraño, como si el hecho de criar perros demostrara que veía en su sobrino algún defecto más, aparte de ser un Mayfield. Una especie de «debería haberlo sabido» que tenía muy poco sentido para él.

—Entrena perros de caza, sobre todo, pero desde hace poco también se dedica a la cría —dijo Elliott, sorprendido de que la mujer no lo supiera—. Se apasionó por la cría de perros tras la muerte de su esposa. Creo que eso lo mantiene ocupado, tanto física como mentalmente. También gestiona casi doscientas hectáreas y mantiene al día la finca de Howardsford, que algún día será suya. Es un hombre ambicioso, señora Hollingsworth, y está decidido cuidar lo que casi se pierde en generaciones anteriores.

Amelia no parecía estar escuchando.

—Julia no debería cuidar perros. Es una institutriz.

—Al parecer, se ofreció a ayudar con la camada y parece disfrutar del trabajo. Es una joven muy capaz. Es una pena que no pueda continuar en un puesto tan adecuado a sus intereses y habilidades.

—No va a ser posible —exclamó Amelia, sentándose más erguida. La forma en que pareció hincharse para parecer más fuerte ante su adversario le recordó a un gato.

—Sí, eso parece.

La observó atentamente, tratando de diferenciar entre su gesto defensivo y su gesto de preocupación, intentando determinar cuál era más fuerte.

—Le pedí a Peter que no tomara una decisión definitiva todavía. Esperaba que tal vez reconsiderara su posición.

Ella negó con la cabeza, apretando los labios.

—No he acudido a usted por capricho, lord Howardsford.

—La despedirán de un puesto para el que está más que cualificada —resumió Elliott, consciente del tono de su voz y sin importarle que ella lo detectara—. Y todo por culpa de sus prejuicios. ¿Cómo va a justificar algo así?

Abrió los ojos de par en par.

—¿Mis prejuicios? Como madre, es mi deber protegerla.

—Pero eso no es lo que está haciendo —replicó el hombre, pues aquella reacción no servía sino para probar lo que estaba pensando—. Está orquestando una situación que la perjudicará, personal y profesionalmente, ya que tendrá que explicar a cualquier futuro empleador por qué permaneció tan poco tiempo en ese puesto. Que el cielo nos ampare, no vaya a ser que encuentre trabajo con un empleador que a usted le parezca bien pero que no la respete, como sí hace Peter.

A Amelia se le puso el cuello, que ya tenía rojo, más rojo aún. Lord Elliot no sabía si estaba enfadada por sus comentarios o avergonzada de sí misma; podía vivir con una pequeña dosis de ambas cosas. Tras ver pasar unos segundos en el reloj de la chimenea, la mujer levantó la vista, con cara serena, y se dirigió a él sin tapujos:

—Sé que no estás de acuerdo conmigo, Elliott, pero no puedo permitir que mi hija siga en una situación que considero insegura. Es muy joven y, a pesar de que cree conocer el mundo, no es así. No permitiré que le hagan daño.

¿Daño? Y, entonces, en un instante de lucidez, Elliott comprendió. Aquello no tenía que ver con los escándalos de la familia Mayfield, ni siquiera con el brusco final de su relación hace tantos años.

—Esto no tiene nada que ver con su reputación, ¿verdad, Amelia? Te preocupa que le rompan el corazón. Crees que se enamorará de Peter.

Ella se puso rígida.

—¡Eso no es lo que he dicho!

Una especie de irritación triunfante se despertó en el pecho del hombre.

—Es exactamente lo que has dicho. Crees que se enamorará de mi sobrino de la misma manera…

Se detuvo, pero era demasiado tarde. Las palabras no pronunciadas resonaron en la habitación tan fuerte como un grito: «De la misma manera que tú te enamoraste de mí». Inmóvil, lord Elliott sintió como si su mente se arrastrara por la orilla de un río fangoso mientras intentaba reconstruir los fragmentos de la conversación.

Por su parte, su interlocutora cerró los ojos como si quisiera refugiarse, y luego se miró las manos, que tenía sobre el regazo. El silencio se interpuso, solo se oyeron tres suspiros del hombre.

—No quiero que mi hija viva bajo el techo de su sobrino —dijo, recuperando las formas, echando los hombros hacia atrás y levantando la barbilla—. No es apropiado que una joven institutriz trabaje en la casa de un viudo.

Ya no podía reconocer a la joven que había sido Amelia en la cerrazón de la mujer que tenía delante. ¿Es que la vida le había endurecido el carácter? ¿Sería él en cierto modo responsable de eso? Quería desmenuzar el pasado para ver cuándo había pasado de ser una joven feliz y despreocupada a convertirse en la mujer calculadora que llegaba incluso a actuar a pesar de perjudicar a su hija. Quizá la atracción que sentía por Amelia desde que la vio la semana pasada en Ashlam no era más que nostalgia. Tal vez no quería conocer a la mujer en la que se había convertido, dispuesta a hacer daño a su hija por venganza y justificándolo con la preocupación de madre.

—Siento mucho haberte hecho daño, Amelia. Fue una situación imposible y…

—No me hizo ningún daño —respondió ella—. Y, por favor, llámeme señora Hollingsworth.

Él respiró hondo para no pedirle de nuevo que se quitara aquella máscara tan dura y que hablaran como adultos.

—Quizá si me permitiera explicar las circunstancias que me llevaron a marcharme hace tantos años.

Se rio con dureza y gesto despectivo.

—No necesito que me explique nada. Todo eso está pasado. Lo importante ahora es el presente y los intereses de mi hija. Haría esto mismo si ella estuviera en otra casa con la misma reputación que la de su sobrino.

—Pero no habría acudido a su tío y le habría pedido ayuda para arreglarlo.

—Si lo conociera y sintiera que me debe dicha consideración, sin duda lo habría hecho.

Lord Elliott se levantó cuando Beth entró en la habitación con una bandeja de té. Se hizo a un lado mientras ella dejaba la bandeja, pero no volvió a su silla. Si se quedaba, Amelia y él seguirían discutiendo. Era demasiado dura con él para escuchar lo que tenía que decir, y él no podría soportar su amargura mucho más tiempo sin perder los nervios. La criada lo miró dubitativa y luego salió de la habitación. Amelia no sirvió el té, sino que se limitó a mirarlo desde su asiento. Él le sostuvo la mirada un momento, intentando encontrar a la joven de su pasado.

—Consideremos el favor que le debo pagado en su totalidad, entonces, señora Hollingsworth. He hecho lo que me pidió, y mi sobrino despedirá a su hija por el bien de todos. Espero que su decisión no dañe su relación con su hija, aunque creo que es imposible, dadas las circunstancias. Buenos días.

Capítulo 17

PETER

Peter estaba de pie en la ventana de su estudio, contemplando los terrenos de su pequeña aunque adecuada finca, paseando la mirada desde el horizonte hacia los alrededores de la casa. A su derecha veía el patio de los perros y, a su izquierda, estaban los establos y los techados para guardar los carruajes. Justo a sus pies se extendía una zona de hierba rodeada por un sendero ribeteado de rosales y de árboles de hoja perenne. Sybil lo llamaba «el patio circular», y sus hijas jugaban allí siempre que el tiempo lo permitía.

Hoy, la señorita Julia había llevado a *Mermelada* y a los cachorros al patio circular. Los perritos, con casi dos semanas de vida, eran todavía ciegos y torpes, pero las niñas los sostenían en su regazo, acariciándolos y colmándolos de besos, mientras *Mermelada* descansaba en la hierba y tomaba el sol. Desde la ventana, pudo ver cómo Julia enseñaba a Marjorie a sujetar a un cachorro; ambas lo sujetaban del estómago y se lo pegaban al pecho.

Había pasado una semana desde que la institutriz le dijo que Marjorie escondía las cosas de Sybil y le había sugerido que estuviera más atento. Apenas había hablado con ella desde entonces, pero había recuperado las cosas de su difunta esposa de lo alto de las estanterías y solo había fallado un día en la habitual hora con sus hijas porque había tenido que ir a la ciudad y no había vuelto hasta la noche.

El sábado anterior habían retomado la tradición de ir de pícnic después de meses de pausa y habían disfrutado de un almuerzo junto al viejo estanque del molino. Él les había arremangado las faldas a las niñas para que pudieran caminar por el barro y atrapar un cubo lleno de renacuajos que ahora descansaba en el cobertizo a la espera de que estos se convirtieran en ranas. Las niñas habían disfrutado enormemente y, durante unas horas, se había olvidado de todo excepto de ellas.

En el proceso de pasar tiempo con sus hijas, se había dado cuenta de lo cómodo que se había vuelto con la cantidad de responsabilidad que recaía en la institutriz, primero Lydia y ahora la señorita Julia. Hasta cierto punto, había estado funcionando más como una figura decorativa que como un padre. ¿Qué habría pensado Sybil de eso? Se lo había preguntado una docena de veces, y se respondía a sí mismo con la verdad: se sentiría decepcionada y triste, con todo y por todos.

Así que, durante la hora que pasó con sus hijas el lunes, había sacado cada uno de los objetos que Marjorie había escondido, contando la historia que había detrás de cada pieza de joyería y cuándo la había usado su madre. Las niñas se habían quedado embelesadas, lo que lo convenció de lo mucho que necesitaban sentirse vinculadas a su madre y a él. Cada día era más fácil, y él disfrutaba más del tiempo. Sin la señorita Julia, quizá nunca se hubiera dado cuenta de lo mucho que él también las necesitaba.

Pero aun así se tendría que ir, independientemente de lo que él o ella quisieran, o de lo que fuera mejor para sus hijas. Visto así, no tenía mucho sentido, pero desterró aquel pensamiento de su mente. No permitiría el más mínimo murmullo de escándalo. No sería justo para nadie, especialmente para la señorita Julia. Ya hacía una semana que había recibido la carta del tío Elliott donde relataba su encuentro con la madre de la señorita Julia:

Para mi decepción, la señora Hollingsworth no cambió de posición, pero sí te animo a que te pienses bien lo que has decidido. Los temores de la señora Hollingsworth no son justos para ninguno, especialmente para Julia. Con el tiempo, creo que se dará cuenta por sí misma. Tienes mi apoyo decidas lo que decidas, por supuesto, pero sería una pena que la señorita Hollingsworth se marchara ahora que parece estar prestando un servicio tan valioso para tu casa.

A él también le entristecía el hecho de dejarla marchar, y sus sentimientos aumentaban cada día, pero solo había una dirección correcta que tomar y, por esa razón, había enviado una carta al señor Hastings hacía varios días. La respuesta había llegado aquella mañana en la que describía lo decepcionado que estaba por el hecho de que la señorita Hollingsworth no hubiera funcionado, pero daría prioridad a la búsqueda de nuevas candidatas lo antes posible. Aunque no especificó que no quería una joven guapa, sí pidió explícitamente una mujer madura y con experiencia.

Una mirada al reloj le hizo despegar los pies del suelo y dirigir la vista a la escena que se desarrollaba en el patio circular. Se dirigió a su alcoba para recuperar su abrigo azul; aunque el corte no le parecía tan cómodo, quería lucir lo mejor posible en el menor tiempo posible.

Jacob se reunió con él a mitad de la escalera.

—La señora Oswell le espera en el salón, señor.

—Gracias —dijo sin detenerse. Cuando llegó a la puerta, se inclinó ligeramente ante la antigua cuidadora de sus hijas, y prima de su difunta esposa, antes de sonreír y de cruzar la habitación hacia ella. La mujer se inclinó con suavidad y luego ambos se sentaron el uno frente al otro.

—Tiene buen aspecto, señora Oswell. Parece que el matrimonio le sienta bien.

Ella sonrió. Su rostro alargado, su mentón prominente y sus ojos casi circulares se veían eclipsados por la amabilidad y la seguridad en sí misma que tanto admiraba.

—Creo que sí, señor Mayfield. ¿Cómo están las niñas? Hablé con Julia después de la iglesia la semana pasada, y parece que se están adaptando. Es una joven encantadora.

—Las niñas están bien —respondió—. Y, sí, la señorita Julia es encantadora.

Nada más decirlo, sintió la necesidad de especificar que su comportamiento le resultaba encantador, no su aspecto, pero aquello solo serviría para empeorar las cosas. Se aclaró la garganta y trató de adoptar una pose informal que ocultara la tensión que lo embargaba.

—Tal vez puedas verlas durante tu visita. Estoy seguro de que les encantará.

—Me gustaría mucho —dijo Lydia, sonriendo y mostrando el amplio espacio que se abría entre sus dos dientes delanteros—. He echado mucho de menos a las niñas, pero he mantenido las distancias para no interferir en el proceso de adaptación de la señorita Julia en su casa. ¿Le va bien?

—Sí —afirmó Peter, y luego tomó un largo respiro antes de continuar—, pero me temo que no puedo mantenerla a mi servicio, por eso le pedí que viniera. Me encuentro en un pequeño aprieto.

Lydia frunció las cejas al escuchar que la madre de la señorita Julia estaba en contra de su empleo y que él no quería crear discordia entre madre e hija. Había practicado el discurso y estaba bastante satisfecho con cómo lo había pronunciado: no culpaba a nadie, ni siquiera a la entrometida señora Hollingsworth, no llamaba la atención sobre el escándalo de su nacimiento ni traicionaba la antigua relación que un día existió entre la señora Hollingsworth y el tío Elliott. Fue profesional, pensó, y justo.

—Me temo que necesito despedir a la señorita Julia lo antes posible, pero no tendré institutriz hasta contratar a otra. La oficina de empleo está reuniendo candidatas, pero esperaba que tal vez usted pudiera atender a las niñas durante el intermedio.

—Ahora soy una mujer casada, Peter, con tres hijos que cuidar.

—Pensé que tal vez un parroquiano podría cuidarlos, como cuando me ayudaste después de que la señorita Lawrence se fuera. Solo me llevará unas semanas encontrar una sustituta permanente.

Lydia le sonrió como si fuera un niño adorable.

—Tal vez debería buscar un parroquiano que cuide de las niñas.

Peter negó con la cabeza.

—Las niñas se sienten cómodas contigo, y conoces las costumbres de esta casa. Traer a una persona nueva no serviría de nada, por no hablar de las dificultades que eso generaría para las niñas. Te pagaría, por supuesto, y compensaría a quien cuidara de tus hijos.

La última parte la añadió como muestra de su generosidad. En realidad, no había pensado mucho en lo que haría Lydia con sus hijos, aunque debería haberlo hecho.

—Más allá de lo difícil que sería conciliar este puesto con mi familia, creo que es una situación injusta para la pobre señorita Hollingsworth. ¿Sabe ella algo de tus intenciones?

—Quería tenerlo todo listo antes de informarla —dijo Peter—. Le escribiré una carta de recomendación y la oficina de empleo la ayudará a encontrar un nuevo puesto. Dejaré que su madre explique su participación, si así lo desea.

—Pero tendrás que darle un motivo relevante cuando la despidas.

Tampoco se había parado a pensar en eso, pero por supuesto era cierto.

—Simplemente le diré que no nos conviene.

Desgraciadamente, su primer encuentro había terminado casi de la misma manera cuando ella le había oído elegir a la señorita Lawrence. Era horrible decirle esencialmente lo mismo por segunda vez, pero ¿qué opción tenía?

—Pero no es cierto que no convenga.

Peter resopló y dejó caer los hombros.

—Tengo pocas opciones, Lydia. No puedo hablar mal de la madre a la hija directamente.

—¿Insinúas que la razón del despido recaiga únicamente sobre los hombros de la señorita Hollingsworth? —Ella negó con la cabeza y frunció los labios—. Siempre te he hablado con franqueza, Peter, debido en parte al hecho de que a veces solo ves una cara de la moneda sin considerar otros aspectos. ¿Has pensado en cómo afectará a la señorita Hollingsworth este cambio de circunstancias? ¿Has considerado lo difícil que será para ella, profesional y personalmente, que se le dé la espalda de esta manera?

—No puede quedarse —dijo bruscamente, haciendo caso omiso de lo que había dicho Lydia. No podía pensar en cómo esto podría afectar a la señorita Julia—. No tengo más remedio que creer que esto también es lo mejor para ella. Su madre tiene razón: su reputación profesional está en juego si sigue trabajando en mi casa.

—No estoy de acuerdo.

Peter frunció el ceño.

—¿Le hablas así a tu marido?

Ella sonrió ampliamente.

—Por eso se casó conmigo. Algunos hombres necesitan una mujer que les hable claro. Tú y él parecéis compartir ese requisito.

Se inclinó en su dirección.

—Olvidas que estuve en el puesto de la señorita Hollingsworth durante cinco años. Trabajar para ti no dañó mi reputación en lo más mínimo: me casé con un vicario, por el amor de Dios. Lo que su madre apunta es una mezquindad, y tú estás actuando como lo haces por miedo.

La verdad tenía una forma curiosa de atravesar los tímpanos, pero Peter trató de justificar su posición de todos modos. El silencio se prolongó lo suficiente como para recordarle el objetivo de esa reunión, que no era convencer a Lydia de lo que haría. Él era el jefe de la casa y, por lo tanto, responsable de todas y cada una de las personas relacionadas con ella. La elección era suya, no de ella.

—Aprecio tu consejo, Lydia, pero debes confiar en que deseo lo mejor para mi familia. Me ocuparé de los detalles y realmente creo que todo saldrá bien para todas las partes. Pero necesito una respuesta sobre el cuidado de Marjorie y Leah antes de seguir.

Intentó parecer suplicante, pero no desesperado.

—Te agradecería mucho la ayuda, por el bien de mis hijas.

Le sostuvo la mirada porque quería que ella viera que estaba siendo sincero. Lydia lo estudió durante varios segundos y luego se puso de pie bruscamente.

—Tendré que pensar en ello. ¿Puedo ver a las niñas antes de volver a la vicaría?

—Por supuesto. Estaban jugando afuera la última vez que las vi. —No le dijo lo que pensaba, que estaba siendo fría con él, que se trataba del bien de las niñas, pero nunca había entendido bien a Lydia. O a la mayoría de las mujeres, en realidad. Pensaban de forma tan diferente a los hombres, y en especial, pensaban tan diferente de él.

Las niñas seguían en el patio circular cuando su padre y Lydia las vieron desde el camino de grava. Parecía que jugaban al pillapilla, un juego enormemente injusto, ya que Marjorie era mucho mayor que Leah. Sin embargo, a medida que se acercaban, se dio cuenta de que no estaban corriendo, sino que movían piedras de un lado a otro, se las llevaban a la señorita Julia para que las colocara formando el nombre de Marjorie. *Mermelada* seguía en la hierba, pero fuera del alcance de las niñas. Los cachorros se retorcían, algunos comiendo, otros disfrutando del sol como su madre. En cuanto Peter pisó la hierba, la perra levantó la cabeza, pero la bajó sin gruñir. Una buena señal.

Leah los vio primero y llamó a Lydia antes de correr a sus brazos. Marjorie era más reservada, pero no mucho. La señorita Julia estaba de pie, con una sonrisa en la cara y las manos a la espalda, esperando pacientemente… ¿qué? ¿Reconocimiento? ¿Volver al juego? Al ver a ambas institutrices con sus hijas se dio cuenta de lo fácil que había sido la transición entre ellas. Las niñas parecían tan cómodas con la señorita Julia en unas pocas semanas como lo habían estado con Lydia después de haber pasado toda su vida con ella. ¿Podía atreverse a esperar que la sustituta de la señorita Julia fuera una transición tan suave como había sido aquella? Incluso con esa esperanza, sabía que ninguna otra institutriz podría ser tan adecuada para su casa como lo era aquella joven.

Una vez que Lydia hubo saludado a las niñas, tomó a cada una de ellas de la mano y se dirigió hacia la señorita Julia. Se sentía incómodo sabiendo lo que planeaba hacer mientras ella permanecía en la ignorancia.

—Buenos días, Julia —dijo Lydia.

—Buenos días, señora Oswell.

—Oh, llámame Lydia cuando no estemos en la iglesia.

La antigua institutriz sonrió a las chicas.

—¿Y cómo te tratan Leah y Marjorie?

—Son extraordinarias —dijo la señorita Julia con tal sinceridad que Peter se estremeció por dentro. Les tenía tanto cariño… Pero no podía quedarse.

—Realmente lo son —coincidió su predecesora.

Leah se apartó y corrió hacia las piedras del otro lado del patio circular. Con dos de ellas en la mano, corrió hacia el lugar donde se deletreaba el nombre de su hermana.

—Disculpe —dijo la señorita Julia y se dispuso a colocar las piedras para terminar el nombre de Marjorie.

—Estamos enseñando a Leah algunas letras.

—Ya sé deletrear mi nombre —dijo Marjorie, pero soltó a Lydia de la mano y volvió a mover las piedras.

—¿No deletreas el nombre de Leah? —le preguntó Lydia a la señorita Julia mientras ambas seguían recogiendo piedras.

La joven bajó la voz, haciendo que el padre de las niñas se adelantara para escuchar lo que tenía que decir.

—Marjorie solo quería jugar si era su nombre.

—Ah —dijo Lydia—. Inteligente.

Las dos mujeres siguieron hablando de las niñas mientras la señorita Julia colocaba más piedras. Peter cambió su peso de un pie a otro.

—¿… señor Mayfield?

Levantó la vista, determinando rápidamente que Lydia era quien había dicho su nombre, pero no se dirigieron nunca a él. La señorita Julia los miró a ambos antes de responder.

—Estoy disfrutando mucho de mi posición aquí.

El rostro alegre, la honestidad y la gratitud le impactaron mucho. Imaginó cómo le cambiaría la cara cuando le dijera que la dejaban marchar. Sin que ella tuviera la culpa. Ni él. En cambio, eran sus padres, su tío y la madre de ella quienes tenían la responsabilidad. No era justo.

—¿Incluso de los perros?

El rostro de la señorita Julia se iluminó y no pareció darse cuenta de que Marjorie le entregaba dos piedras más.

—Adoro a los perros.

Pasó las piedras de una mano a otra.

—¡*Mermelada* tuvo cachorros! —exclamó Leah, regresando también con piedras en la mano.

—Señorita Julia —interrumpió Marjorie, mirando su nombre en las piedras—. Falta una 'e' al final.

—Oh, sí —dijo la institutriz, tendiéndole las piedras—. ¿Quieres terminar? Muéstrale a tu papá lo bien que sabes deletrear.

La pequeña frunció ligeramente el ceño, pero la señorita Julia levantó las cejas y niña cambió de cara. ¿Tanto mando con una sola mirada? Marjorie se arrodilló en la hierba antes de colocar cuidadosamente las piedras al final de su nombre.

Lydia miró a Peter.

—¿Cuántos cachorros?

—Ocho —dijo él, aunque ella misma podía contarlos ya que estaban allí mismo.

—¿Y todo fue bien? Sé que estabas preocupado por la primera camada de *Mermelada*.

—El parto no podría haber ido mejor. La señorita Julia estuvo allí para ayudar.

Lydia levantó las cejas mirando a la aludida.

—Esa historia no me la quiero perder, contádmela.

Tanto el señor Mayfield como la institutriz permanecieron en silencio, cada uno esperando que el otro comenzara. Finalmente, Julia se agachó para ayudar con la 'e', aconsejando a Marjorie que siguiera una línea recta y explicando lo que significaba «perpendicular».

Peter comenzó la historia y, aunque habría deseado tener un rol más heroico, debía relatar la verdad. Mientras lo hacía, expresó su gratitud por todo lo que Julia había hecho por *Mermelada*. La vio ayudando a completar el nombre de Marjorie entre susurros y dando un toquecillo en el brazo a la niña. Leah se había acercado a los cachorros, pero él notó cómo la señorita Julia miraba a menudo en esa dirección, vigilante pero dejando a la niña a su aire. Una vez terminado el nombre, la institutriz se puso en pie, llevando a Marjorie de la mano, y lo miró rápidamente, con una suave sonrisa en el rostro, antes de dirigirse hacia Leah.

—Es una historia extraordinaria —dijo Lydia.

Estaban el uno al lado del otro mientras la señorita Julia empezaba a escribir el nombre de Leah, y el sonido de su voz se arrastraba en la brisa de la tarde como los pétalos de una flor. Se tragó su creciente arrepentimiento, incluso cuando las palabras de su cuñada volvieron a él: «Solo ves una cara de la moneda».

¿Había otra perspectiva? Si era así, no podía verla.

—¿Me acompañará hasta el carruaje, señor Mayfield?

—Por supuesto.

Miró más allá de ella y sonrió a sus hijas.

—Las veré a ustedes, encantadoras damas, esta noche.

—Sí, papá —dijo la más pequeña sin levantar la vista de los cachorros.

Marjorie se levantó de un salto para darle otro abrazo a Lydia y luego corrió de vuelta sin dirigirle una mirada a su padre. Él se encogió de hombros, y tanto Lydia como la señorita Julia se echaron a reír. ¡Esa risa! Sí, tenía que irse. Se despidieron de la institutriz y se volvieron hacia la parte delantera de la casa.

Una vez que salieron del patio circular, Lydia dijo:

—He tomado mi decisión con respecto a tu propuesta.

¡Gracias a Dios!

—¿Me ayudarás, entonces? —Qué alivio que aceptara su forma de pensar.

—No. —Levantó su prominente barbilla—. En realidad, no lo haré.

—¿Qué quieres decir? —dijo él, nervioso y descontento. Necesitaba su ayuda. No había otra forma de sentirse bien con lo que había que hacer a menos que estuviera ahí para ocuparse de las niñas.

—No lo haré —repitió ella, sin mirarle. Se levantó la falda, pero no aminoró el paso al llegar a la ligera pendiente del camino del este.

Llegaron al frente de la casa, donde su carruaje esperaba para devolverla a la vicaría. Se sintió un poco sin aliento cuando se detuvieron junto a la puerta del carruaje, que mantenía abierta el mozo de cuadra, que también hacía las veces de conductor cuando era necesario.

—No quiero formar parte de este plan —explicó Lydia, agitando su mano enguantada sobre su cabeza como si quisiera abarcar toda su casa y sus terrenos. No es que fuera muy explícita, pero hablaba de un modo cortante. Se inclinó hacia él y bajó la voz, lo que no hizo sino enfatizar lo que decía—. No hay ninguna institutriz en el mundo que pueda encajar mejor en tu casa, Peter, y me niego a tomar parte en el cambio de lo que creo que es una situación perfecta para los cuatro.

—P-pero... —le espetó—. No puede quedarse aquí. Su madre...

—Invita a su madre a cenar —dijo simplemente—. El vicario y yo la acompañaremos, si quiere. Que su madre vea lo que yo he visto.

—No lo entiendes —dijo él, tentado de dar un pisotón, aunque sabía que era más que infantil—. Hay otros asuntos que deben tenerse en cuenta. Ella no puede quedarse.

—Explícame entonces cuáles son esos asuntos que deben tenerse en cuenta.

No se llevó las manos a las caderas, pero por la cara que ponía y por su tono de voz, todo abocaba a aquella postura. El señor Mayfield sintió que le subía el calor por el cuello.

—Tendrás que confiar en mí.

No le diría por nada del mundo que lo que le pasaba era que, cuando Julia entraba en una habitación, los ojos se le iban hacia ella con demasiada frecuencia. Ni le diría que, desde que murió Sybil, aquella joven era la única que le había hecho sentir como un hombre, pues con solo pensarlo le entraba el pánico. Decir todo aquello en voz alta era inimaginable.

Lydia no le presionó, gracias a Dios, pero esbozó una sonrisa extrañamente dulce, casi condescendiente.

—Voy a hacerte una oferta —dijo con decisión—. Tenemos una habitación extra en la vicaría para invitados o feligreses que lo necesiten. Julia es bienvenida a quedarse con nosotros cuando tal arreglo se considere oportuno. Podría venir aquí todos los días para cuidar a las niñas; estoy segura de que podrías ocuparte fácilmente de su traslado a diario.

El hombre juntó las cejas.

—Eso no es una solución.

A menos que, tal vez, lo fuera. Si la joven no dormía en su casa, ¿satisfaría aquello a su madre? Sacudió la cabeza. Seguiría trabajando en un hogar Mayfield, seguiría siendo joven, bonita y le desarmaría. No, tenía que dejar su casa y marcharse a un puesto en algún lugar como Nueva York. O, mejor aún, Edimburgo o Dublín. Lejos, muy lejos. ¿Pero por qué su cuñada le había ofrecido una habitación de invitados? ¿Qué quería decir con «cuando tal arreglo se considere oportuno»?

—Tendrá sentido con el tiempo —dijo Lydia y aceptó la ayuda de Stephen para subir al carruaje. Antes de que la puerta se cerrara, se inclinó por la abertura—. Espero de verdad que invites a su madre a cenar antes de tomarte la molestia de buscar una sustituta. Si existe la más mínima posibilidad de que con eso su madre se contente, ¿no crees que valdrá la pena el esfuerzo?

Peter soltó un suspiro, pero no dijo nada. Invitar a la señora Hollingsworth a cenar solo resolvería un aspecto que cada vez resultaba más irrelevante en aquella situación.

—Creo que ya es hora de que organices algo, y me encantaría conocer a esta señora Hollingsworth.

A su cuñada le brillaron los ojos por la anticipación.

—Podrías montar una fiesta.

Capítulo 18

AMELIA

Elliott.
Julia.
Pan para la señora Poughtan.
Un asado para el domingo: la familia de Louisa vendrá a cenar.
Y patatas.

Ella no horneaba los domingos, lo que significaba que tendría que reservar dos panes del sábado. Uno para la cena con la familia de Louisa y otro para que se lo pudiera llevar.

Elliott.
Julia.
Elliott.
Julia.

—¿Qué puedo ofrecerle, señora Hollingsworth?

Miró al carnicero.

—Medio kilo de carne para hacer un asado y media panceta, por favor.

—Sí, señora.

Elliott.
Julia.
Elliott.
Julia.
Elliott.

Amelia no había tenido noticias de lord Elliott desde su visita de la semana anterior. No podía imaginarse lo que debía de haber pensado de su casa, una casa que cabría doce veces en la mansión Mayfield. Desde luego, le avergonzaba, y eso hacía que se pusiera a la defensiva.

Siempre había vivido cómodamente, pero su estilo de vida era muy diferente al de lord Elliott. Lo sabía bien, del tiempo en que fueron novios. Su padre había sido funcionario del Parlamento, pero se había perdido en el juego y la había enviado a Londres con la esperanza de que encontrara una pareja que lo salvara de sus acreedores. Y, al final, así fue. Al salir de Londres con el corazón roto y humillada, había pasado una temporada con su tía en Feltwell, donde se reencontró con Richard Hollingsworth, el hijo de un banquero que era hijo de un orfebre que era también hijo de un orfebre. «Ya hace treinta y seis años de eso», se recordó a sí misma. Se sentía orgullosa de la vida que había llevado desde que Elliott Mayfield había desaparecido, y no tenía nada de lo que avergonzarse, pero le inquietaba el mal ambiente que se había creado entre ellos. Sabía que había dado la impresión de ser punitiva e insensible, a pesar de que él había hecho lo que le había pedido y de que su sobrino había accedido a despedir a su hija.

¿Por qué no se sentía mejor ahora que había conseguido exactamente lo que quería?

—Aquí tiene, señora.

Tomó los dos paquetes y le dio las gracias al señor Boyce. Añadiría la cantidad a su cuenta, y el señor Kendrick, el abogado de Richard, pagaría la deuda a final de mes. Metió las carnes en la bolsa y se dirigió a la tienda de ultramarinos. Necesitaba tomillo para las patatas, pues las matas que tenía habían acabado desenterradas por el perro de un vecino, azúcar, nata y un paquete de sal. La puerta sonó con fuerza cuando entró y reconoció al señor Bates, que estaba ayudando a la señora Preston. Amelia buscó algunas cosas, añadió una barrita de menta para cada uno de los hijos de Louisa y esperó su turno.

El asunto de Elliott se había terminado de momento, o eso esperaba, pero entonces se puso a pensar en otra cosa, que le resultaba igualmente angustiosa: su hija. La idea de que estuviera viviendo en la casa de un Mayfield seguía haciendo que apretara los dientes y, sin embargo, sabía que tenía culpa en parte de que hubiera huido de su lado cuando tuvo la oportunidad.

Se sabía prepotente y que estaba tan dispuesta a ayudar que a menudo se echaba encima de la gente, sobre todo de las personas que, como su hija, no siempre se hacían valer. Había intentado controlarse, pero el hecho de haber enviudado a los treinta y ocho años y de tener que ocuparse de todo desde entonces había hecho que esos defectos crecieran en lugar de suavizarse. Y eso estaba alejando a Julia. O, más bien, ya lo había hecho.

«Si fuera cualquier otra casa, lo aceptaría», se dijo a sí misma con la esperanza de apaciguar su conciencia, puesto que cada vez se sentía peor. Al fin y al cabo, había apoyado a su hija cuando aceptó un puesto adecuado en Londres, y eso que estaba lejos y que no le permitía verla a menudo.

¡Qué daría ahora por que su hija aceptara un puesto en Londres! Le encargaría vestidos nuevos con sombreros a juego y le prepararía el baúl ella misma con tal de alejarla de Peter Mayfield. Estaba convencida de que ese hombre sería la ruina para su hija, igual que su tío lo había sido para ella. Sacudió la cabeza. No, Elliott no la había arruinado. Había vivido una buena vida. No se arrepentía de nada. Ahora solo sentía frustración y un fuerte deseo de proteger a su hija.

Elliott la había dejado con apenas una palabra. ¿No se merecía después de todo vivir la vida sin tener nada que ver con él o con su familia? Parecía que lo menos que podía hacer era desaparecer de su mundo, como había hecho antes, y llevarse a toda su familia con él. Eso era todo lo que quería: nada de Mayfield. Sin embargo, todo aquello le sonaba ridículo incluso al pensarlo.

—… ha decidido alquilar su casa de Brighton. El viaje de vuelta era demasiado difícil, y ahora prefiere estar más cerca de su familia todo el año, aunque no me cabe duda de que echará de menos los suaves inviernos que allí disfrutaba.

Amelia escuchó el final de la conversación en lugar de enfrascarse en sus propios y desagradables pensamientos.

—Claro, una decisión lógica, sin duda —dijo el señor Bates mientras colocaba los últimos paquetes de la señora Preston en la bolsa de la mujer.

—Correré la voz por si alguien busca un puesto así. También podría hablar con el vicario. Ha ayudado en estos asuntos en el pasado.

¿Un puesto?

—Excelente sugerencia —dijo la señora Preston—. Gracias por su ayuda.

La señora Preston se volvió y se fijó en Amelia por primera vez.

—Oh, buenos días, señora Hollingsworth.

Habían trabajado juntas para la iglesia en diferentes proyectos, el más reciente de los cuales había consistido en confeccionar colchas para un hogar de huérfanos en Manchester.

—Buenos días —saludó Amelia con una leve inclinación de cabeza.

Quiso preguntar de qué hablaban, pero le pareció demasiado brusco. En lugar de eso, conversaron sobre una reunión social que ambas estaban organizando: Amelia hornearía cien tartas y la señora Preston se encargaría de la decoración.

—Como es primavera, he pensado que sería perfecto colocar prímulas en macetas a juego. Ya sabes que simbolizan la juventud y la dulzura.

—Efectivamente... —coincidió Amelia—. Es perfecto. Y todo amarillo, ¿qué opinas?

—Quizá podríamos añadir algunas violetas, para complementar.

—Una sugerencia excelente —dijo Amelia—. Podríamos colocar prímulas en algunas de las tartas para que combinen con la decoración. Son comestibles, ¿sabes?

—¿Lo son, de verdad? —preguntó la señora Preston, sorprendida—. Qué maravilla. Mi madre solía tomar infusión de prímula para aliviar el dolor de cabeza.

Hablaron unos minutos más sobre la infusión de onagra, el aceite y el vino. Y, cuando la hija adolescente de la señora Preston entró para preguntar si había terminado, se despidieron.

Esperó a que la campana repicara suavemente, lo que indicaría que la señora Preston había salido de la tienda, antes de preguntar al señor Bates por el puesto del que habían estado hablando. Le rondaba la cabeza que quizá aquel puesto fuera una posibilidad.

—Una dama de compañía para la madre de su marido, la señora Berkinshire. Hasta ahora, pasaba el verano en Brandon y los inviernos en Brighton, pero parece que se le ha quedado pequeño. Debe de tener unos setenta años.

Añadió los artículos que había comprado a su cuenta, que el administrador dejaría pagada a finales de mes.

«Dama de compañía», repitió para sí. Ese puesto era similar al de una institutriz. Julia podría mantener cierta independencia y estar más cerca de casa. Podrían reunirse para tomar el té una o dos veces por semana, y también para ir a la iglesia los domingos. Tal vez incluso lograra tener los domingos por la noche libres para poder disfrutar de la cena juntas, con Louisa y su familia.

Estando más cerca, quizá pudiera mejorar la relación con su hija, ser mejor madre y que aquella situación, que tanto la inquietaba, mejorase. Lo mejor de todo es que Julia se alejaría de Peter Mayfiel y de su cuestionable influencia. Además, eso le permitiría olvidarse de lord Elliott de nuevo. Si su hija se alejaba del sobrino de aquel hombre, ella se libraría también de él para siempre. Sofocó rápidamente hasta el más mínimo atisbo de duda o de arrepentimiento. Por supuesto que no caería de nuevo en el hechizo de Elliott.

Metió sus compras en la bolsa y salió a la calle en busca del tocado azul de la señora Preston. La vio en la puerta de la sombrerería, conversando con otras mujeres de su edad, y se dirigió hacia ella. La mujer salía de la tienda con una caja de sombreros en la mano cuando la alcanzó.

—Señora Preston —dijo sin aliento—. Siento no haber abordado este asunto antes, pero me preguntaba si podría hablarme un poco del puesto del que la oí hablar con el señor Bates. ¿Tendría tiempo de tomar el té en casa de Oliver, por casualidad?

Capítulo 19

PETER

Se despertó de un sobresalto, respirando profundamente mientras parpadeaba con la vista clavada en el techo y trataba de orientarse. En su cama, en su casa. «Hoy es miércoles, veintisiete de abril. Debo entrenar algunas órdenes con los galgos, atender los libros de cuentas y…».

Los detalles de su sueño se apelotonaron en su mente y se tapó la cara con una almohada. ¿Era así como su padre se había desviado? ¿Sintió primero cierta atracción por la joven doncella, luego empezó a soñar con ella, los sueños habían llevado a la fantasía, la fantasía al coqueteo, y el coqueteo a…?

Lanzó la almohada a un lado y se levantó de la cama: necesitaba distraerse. Abrió las cortinas y frunció el ceño. El cielo nocturno apenas comenzaba a diluirse con la luz del día y la lluvia se deslizaba por el cristal. No podría entrenar tan temprano.

—Bueno, me ocuparé primero de los libros —dijo en voz alta, dispuesto a comenzar su día. El desayuno aún no estaba preparado, pero, una vez en su despacho, llamó para pedir un té. Diez minutos más tarde disfrutaba del calor del té y los bollos calientes mientras calculaba la cosecha de aquella temporada.

El mundo fuera de la ventana cobraba vida mientras él trabajaba y la habitación se iluminaba a medida que los minutos avanzaban. Hacia las siete, unas dos horas después de haberse despertado, se levantó, se estiró y se sirvió otra taza de té, aunque la tetera estaba fría. Sin embargo, el té lo despertó.

Se volvió hacia la ventana, contemplando las hectáreas de terreno y los pastos que constituían las granjas de sus arrendatarios. Había heredado la finca de su abuelo, el cuarto vizconde Howardsford, y había sido un legado para el primer descendiente del segundo hijo. El hecho de que fuera el presunto heredero del título de su tío no estaba relacionado, pero el hecho de ser el heredero de ambas herencias hacía que se sintiera indigno, casi ilegítimo; su madre estaba a punto de dar a luz cuando se casó con su padre. Un hombre nacido de tal escándalo no debería obtener ninguna recompensa.

Cuando la señorita Sybil Bordin llamó su atención y le correspondió, se quedó asombrado. La pregunta de por qué el cielo lo había bendecido así lo persiguió hasta pasados cinco años de su matrimonio, mientras le sostenía la mano y ella se iba enfriando lentamente. Había sentido la muerte de Sybil como una expiación, como si él y Dios estuvieran ya en paz: había perdido al amor de su vida como penitencia por los pecados de sus padres y las inmerecidas bendiciones que había recibido.

La vida había seguido adelante: administró la tierra que sus padres habían descuidado y la volvió rentable de nuevo, empezó a criar a sus perros, vio crecer a sus hijas… Había encontrado la felicidad donde había podido y estaba satisfecho.

Un sueño volvió a él, un sueño que no tenía que ver con Sybil, sino con la institutriz de sus hijas. Ella bajaba la escalera de su casa con un vestido color champán, sonriéndole con un ramo de flores amarillo pálido en la mano y sus hijas siguiéndola, con coronas de laurel en la cabeza. Recordarlo le hizo gemir por dentro.

Incluso sin la interferencia de su madre, Julia había materializado exactamente el temor que le asaltó en el escobero. Ella le hacía sentir que no estaba solo al mismo tiempo que le recordaba lo solo que estaba. Ahora deseaba más de lo que creía merecer.

Se apartó de la ventana cuando vio movimiento en el lado oeste de la propiedad, se acercó al cristal para ver mejor a través de la lluvia y reconoció una figura con capa azul que bajaba por el camino. Como si sus propios pensamientos la hubieran invocado, la señorita Julia recorrió el sendero que discurría junto al arroyo. La observó atentamente, siguiendo la capa azul a través de los árboles hasta que desapareció de su vista.

No se movió de la ventana, recordando que el tío Elliott le había dicho que no se precipitara al despedirla. Y luego le vino a la cabeza la campaña matrimonial de su tío y lo que le había dicho, que creía en el matrimonio, solo que no para él. ¿Y por qué no?

No quería reconocer lo que estaba pensando, pero, en lugar de discutir, se dio permiso para reflexionar. Lydia se había negado a atender a las niñas en el intervalo que transcurriera entre el despido de la institutriz actual y la contratación de una nueva. La sola idea de despedir a Julia le revolvía el estómago. Y el tío Elliott había dicho que no estaba de acuerdo con la madre de la joven. Sin duda, la pobre no se merecía aquello.

«Tienes miedo», dijo la voz en su cabeza.

Sí, tenía miedo: miedo de no encontrar una institutriz a la altura de Julia, miedo de que le hicieran daño, pero sobre todo miedo de unos sentimientos que no estaba dispuesto a reconocer. Se sentó en su silla y miró hacia la ventana. Juntó las yemas de los dedos y miró el cielo gris y las nubes neblinosas que se mecían sobre las copas de los árboles como espectros.

Un destello azul llamó su atención y se inclinó hacia delante para verla salir del camino. Se había quitado la capucha, aunque seguía lloviendo. No podía ver sus rasgos, pero su cabello era una cascada de oro que le caía sobre los hombros y por la espalda. Podía imaginársela sonriendo, no como lo hacía con él, tan educada y recelosa, sino como sonreía a las niñas. Una sonrisa gratificante. Una sonrisa de placer.

Se dirigió al patio de los perros y desapareció de su vista. ¿Por qué se resistía tanto a aceptar sus sentimientos hacia ella? «No es una empleada doméstica ni tú eres tu padre. Tus intenciones son honorables». Sacudió la cabeza. ¿Intenciones? No estaba dispuesto a aceptar intención alguna. Se obligó a apartarse de la ventana y apoyó los codos sobre el escritorio, dejando caer la frente sobre las manos.

Lydia pensaba que era una tontería que la señorita Julia se marchara, y el tío Elliott estaba de acuerdo. Ambos comprendían su aversión al escándalo y por qué, pero su sueño había sido más tranquilizador que sensual. Julia era bonita, era amable, amaba a sus hijas y a sus perros, y traía luz a su casa. Quería conocerla mejor, quería… No estaba preparado para especificar lo que quería, pero sí sabía que no quería dejarla marchar.

¿Y si pudiera quedarse? ¿Y si su madre retirara sus objeciones? ¿Y si no dejaba que su miedo fuera el factor determinante de su decisión? ¿Y si confiaba en Lydia, en el tío Elliott e incluso en sí mismo?

Antes de que pudiera convencerse a sí mismo, cortó un trozo de papel y escribió una nota a su cuñada, rápida y directa.

Querida señora Oswell:

He considerado su sugerencia de invitar a la señora Hollingsworth a cenar. Si llevo esa idea a cabo y considero que despedir a la señorita Julia sigue siendo lo mejor, ¿aceptaría usted ayudarme con el cuidado de mis hijas hasta que pueda encontrar una sustituta para el puesto? Necesito saberlo antes de seguir adelante.

Atentamente.
Señor P. Mayfield

Firmó la carta y llamó a Jacob con prontitud. Para cuando apareció el mayordomo, la nota estaba sellada. Entonces, cuando se marchó, se obligó a volver a los libros de contabilidad. Una hora más tarde, Jacob llamó a la puerta y le trajo la respuesta.

Estimado señor Mayfield:

Acepto oficialmente sus condiciones. Esperaré la fecha y la hora de la cena con gran expectación.

Su amiga.
Señora L. Oswell

Llamó a la señora Allen mientras su ansiedad y su esperanza se arremolinaban, se retorcían y bailaban en su interior. Era una locura y, sin embargo, también sentía cierta libertad. Si la señorita Julia pudiera quedarse…

—¿Me mandó llamar, señor Mayfield?

—Sí —dijo Peter, mirando al ama de llaves—. Me gustaría tener una cena la próxima semana, el martes, creo.

La mujer levantó las cejas.

—¿Una cena, señor?

Peter asintió.

—Yo me encargaré de las invitaciones y dejaré los detalles de la comida en sus manos.

Ella parpadeó, y él sintió que repetía mentalmente lo que había dicho para asegurarse de que le había oído bien. Con Sybil enferma durante el último año en que vivió, hacía cinco años que en su casa no se celebraba nada parecido a una cena.

—Sí, por supuesto —acertó a decir finalmente el ama de llaves—. ¿Para cuántos invitados, señor?

Peter contó en su mente: la señora Hollingsworth, Lydia y su marido, el vicario, el tío Elliott y Julia. En su mesa. En su círculo. Deseó poder preguntarle qué le parecía la idea. ¿Se sentiría cómoda? ¿Aceptaría la invitación?

«¿Estoy loco?».

—Seis.

Capítulo 20

ELLIOTT

Elliott no podía mantenerse alejado. Tenía sesenta años, estaba acostumbrado a su rutina, era un soltero decidido, dedicado a la seguridad de sus custodias, estaba irritado con Amelia Edwards Hollingsworth y, sin embargo, no había pensado nada más que en ella durante la semana que había pasado desde que se fue de su casa. Iba a verla, otra vez. Sin previo aviso, otra vez. Pero en esta ocasión tenía un encargo concreto, uno que le intrigaba, y esperaba denodadamente que esta visita creara un ambiente diferente. Cada vez que la veía, comprendía que podía ser la última y, aunque esta visita no era diferente, podía dar lugar al menos a un encuentro más.

En el trayecto de Howardhouse a Feltwell, Elliott enumeró todas sus malas cualidades: controladora, dura, testaruda, angustiada por la felicidad de su hija, implacable, llena de prejuicios, sentenciosa… Pero no se dio la vuelta ni se detuvo en casa de Peter, sino que pasó por delante de Elsing. La casa de

Amelia no le resultaba ni acogedora ni conveniente. Y, por supuesto, no estaban de acuerdo en un asunto tan delicado como el bienestar de Julia. Además. ocho horas en la silla de montar le dejarían dolorido durante días, y ya no era un hombre joven; debería haber acudido en carruaje… Debería haber evitado el viaje por completo y haber enviado una nota, tal y como su sobrino esperaba de él y como ella probablemente prefería. Nada de esto tenía sentido.

Elliott llegó a Feltwell poco después de las tres de la tarde y desmontó en un establo público. Pagó una moneda extra para comprar un saco de avena y agua fresca para su caballo; ¿quién sabía cuánto tiempo había estado el agua en el abrevadero? Tuvo que caminar una distancia considerable hasta la casa de Amelia, pero le sentó bien estirar las piernas. Se detuvo frente a su casa, inmaculada, y sonrió al ver las flores amarillas que parecían iluminar el camino enlosado hasta su puerta.

Nada en sus conversaciones le había resultado alentador y, sin embargo, sabía que había más en ella de lo que le mostraba. Esos aspectos ocultos le atraían como una abeja a una flor, como una polilla a una llama, como los pájaros al amanecer. Como…

Un sonido lo detuvo. Un zumbido. Se desplazó silenciosamente desde la pasarela hasta la esquina oriental de la casa.

Amelia estaba de rodillas, inclinada sobre lo que a él le pareció un parterre sembrado con hierbas aromáticas. Tenía el rostro tranquilo, el delantal sucio y tarareaba algo… Estaba relajada, sin hombros tensos ni ojos ansiosos. Y le pareció encantadora, realmente encantadora. Ya no podía recordar todas esas pobres cualidades que había enumerado durante los últimos cuarenta y tantos kilómetros; en lugar de eso, se abatieron sobre él otros hechos que habían tenido lugar en los últimos años.

Se había quedado viuda y se había visto obligada a encontrar su camino sola en un mundo diferente, preocupada por su hija menor y trabajando duro para hacer más bello el pequeño rincón del mundo en el que vivía. Había tenido éxito en la mayoría de esas cosas, y él admiraba mucho su fuerza a la hora de superar los obstáculos.

Hacía tiempo que había decidido que no se casaría, primero, porque tenía trabajo que hacer y, ahora, porque estaba viejo y cansado y, sin embargo, ¿qué habría pasado si la hubiera visto hace un mes por casualidad y ella se hubiera alegrado de verle después de todos estos años? ¿Y si se hubieran conocido de una manera que no implicara cuestionar el honor de su sobrino y que Elliott tratara de encontrar el equilibrio entre lo que ella quería con lo que su sobrino y Julia merecían?

—¡Señora Hollingsworth! —gritó una voz femenina.

Elliott dobló la esquina y se apoyó sobre los ladrillos de la pared para esconderse.

—Buenos días, Clara —saludó Amelia.

—Buenos días. Mi madre le envía este tarro de conservas como agradecimiento por su ayuda con el bebé.

—Tu madre es muy amable…

Tenía una voz tan suave y sencilla, sin pretensión alguna, como si no sintiera dolor ni tuviera que ocultar ninguna historia que recordara. No pudo evitar sentir cierta envidia de aquella joven a la que Amelia trataba con tanta amabilidad.

—¿Y cómo está tu nueva hermana?

Siguieron conversando sobre cosas como pañales y el tipo de compresas que la madre de la niña debía usar para la hinchazón, fuera lo que fuese. Sabía que no quería saber más, ya era suficiente con lo que conocía. Se despidieron unos minutos después, al tiempo que Amelia prometía que pasaría por allí después de la iglesia al día siguiente.

Entonces la mujer empezó a canturrear de nuevo. Él se dio cuenta de que en cualquier momento alguien podría pasar por delante y verlo agazapado ahí, como si fuera un malhechor. Tomó aire y dobló la esquina de nuevo, a la vista de Amelia, aunque ella no reparó en él de inmediato. Siguió escardando las hierbas, cortando algunos trozos para ponerlos en la cesta que tenía a su lado y tarareando la misma canción.

Entonces, cuando volvió la mirada hacia la cesta, lo vio ahí de pie. Sobresaltada, abrió los ojos, casi más azules de lo normal, como platos.

—¡Elliott!

Intentó ponerse en pie, pero, al hacerlo, se enganchó el pie en el dobladillo del delantal y cayó hacia delante.

Él atravesó rápidamente el espacio que los separaba y la atrapó al vuelo, pero ella se apartó de él por instinto, perdió de nuevo el equilibrio y cayó de espaldas sobre el lecho herbáceo. Inmóvil, Elliott no apartó la mano, aún extendida. Paralizada, Amelia mantuvo los ojos bien abiertos. Se miraron durante unos segundos, uno más sorprendido que el otro.

—Lo siento mucho, señora Hollingsworth.

Aprovechando la oportunidad, extendió la mano para ayudarla a que se levantara y, esta vez, ella la tomó, con guantes de jardín sucios y todo, y él la ayudó a ponerse en pie.

El impulso hizo que tropezara hacia delante, con esos ojos azules tan abiertos clavados en los de él cuando se detuvo a escasos centímetros de su pecho. Ambos se congelaron de nuevo. Así, sorprendida con la guardia baja, indefensa y sin saber muy bien qué hacer, se mostraba abierta, brillante y hermosa, en una posición vulnerable. El momento no duraría para siempre, pero él habría cabalgado otras ocho horas por repetirlo.

Dejó caer la mano, dio un paso atrás y se rozó la falda antes de mirar por encima del hombro para valorar el alcance de los daños causados en la parte trasera del vestido. Cuando lo miró, las mejillas se le pusieron coloradas.

—¿Qué puedo hacer para enmendar el susto que le he causado, señora Hollingsworth?

—Bueno… —titubeó ella, hablando en un tono inesperadamente ligero—. ¿Quizás podríamos fingir que no ha pasado?

La mujer arqueó una ceja y le dedicó una sonrisa avergonzada. Así era como la recordaba: cómoda, divertida y ligera. Esta era la razón por la que había cabalgado tantos kilómetros, era lo que él anhelaba ver. Y ella le había llamado Elliott. Por error, seguramente, pero se lo tomó como algo positivo, como las monedas de un centavo que se caen en los adoquines. Aunque solo hubiera sido un error, valía la pena.

—¿Y si me presento en su puerta dentro de diez minutos? ¿Será suficiente para que la amnesia haga efecto?

Ella se rio con suavidad y se colocó un mechón de pelo detrás de la oreja, dejando tras de sí una mota de suciedad en la mejilla, como si fuera una acuarela.

—Tiempo de sobra, espero. Gracias.

Se apartó para que ella pudiera hacer una salida digna y regresó a la fachada de su casa. Cuando se acordó de las conservas y de la cesta, volvió al patio lateral para llevarse los objetos, así como una pequeña paleta en la que no había reparado antes. Un mechón de algo verde con hojas pequeñas se había aplastado al caer ella, y él intentó por un momento enderezar los tallos antes de darse cuenta de que ese trabajo estaba fuera de su alcance. Se limpió las manos en el interior de su abrigo, pensando que a su ayuda de cámara le iba a dar un ataque, y volvió a la puerta con los objetos que Amelia había dejado atrás.

Observó el área inmediata a su casa. En el lado norte de Milburn Row había espesos arbustos y árboles plantados de forma intermitente que creaban un borde natural y una vista preciosa. Su casa era de ladrillo rojo y con tejado a dos aguas, y detrás de ella había una especie de huerto. ¿Sería suyo o pertenecía a otra persona? No vivía en la parte más poblada del pueblo, sino a menos de un kilómetro y medio de las tiendas, la iglesia y el mercado, donde podía ir andando. No vio ningún establo.

«Su vida es tan diferente a la mía», pensó incómodo. Una de las estipulaciones que había dispuesto en lo que respectaba a sus sobrinos y a los incentivos que pensaba darles para que se casaran era que escogieran a alguien de su nivel social. Amelia no cumplía ese requisito. Tampoco Julia. Peter y él estaban de acuerdo en eso. Le había dicho que, debido a la posición social de la institutriz, debía sentirse cómodo con ella en casa. Sin embargo, su sobrino se había negado a mantenerla bajo su techo, aunque ahora hubiera decidido organizar una cena e invitar también a la madre de la joven, seguramente para demostrarle lo feliz y segura que se encontraba su hija en la casa. Pero ¿y si hubiera otras razones? Cuando su sobrino le dijo que no pensaba volverse a casar, se había desilusionado, y el puesto de Julia no tenía nada que ver, en realidad. A su sobrino no le hacían falta incentivos como los que él había preparado. Podría casarse con quien quisiera.

Oh, Dios.

La puerta principal se abrió y se volvió para ver a Amelia, todavía sonriente, de pie, tímidamente, en la entrada. Llevaba un vestido diferente, más bonito. Sonrió y le tendió la cesta.

—Esto se había quedado en el patio. Se lo he traído.

—Gracias, lord Howardsford —respondió Amelia mientras alargaba la mano.

¿Recordaría que le había llamado Elliott antes? Deseó atreverse a recordárselo.

Lo acompañó al salón y luego se excusó, dejándolo solo con el retrato de Richard Hollingsworth. Se preguntó si, de haberlo conocido en vida, le habría gustado, o si le habría disgustado solo por el hecho de que se hubiera casado con la única mujer que había conseguido embelesarlo. Cuando oyó movimiento en la puerta, se levantó y se apresuró a sujetar la bandeja del té que traía ella.

—Soy perfectamente capaz —dijo Amelia mientras él sujetaba la bandeja.

—Tanto como yo.

Notó que fruncía el ceño mientras se dirigía a la mesa, pero se atrevió a esperar que aquel gesto no fuera en realidad lo que parecía. Era temible, pero todavía le pareció que no resultaba helador, así que se atrevió a ser optimista.

—Espero que mi caballerosidad no cause más incomodidad entre nosotros.

—Se lo haré saber cuando así sea.

Miró por encima de su hombro y su sonrisa burlona lo atravesó.

—Aunque no sé bien a qué otra incomodidad se refiere si acaba de llegar.

Ella arqueó una ceja en su dirección y se echó a reír.

—Efectivamente.

Una vez que él apoyó la bandeja, ella rodeó la mesa y comenzó a servir el té. Recordaba que él no tomaba azúcar ni leche, y le entregó su taza. La tomó con cuidado, observándola, aunque ella no le devolvió la mirada. Después de preparar el té, se sentó en su silla y dio un sorbo satisfecho.

—Debo decir que estoy intrigado, señora Hollingsworth, por su disposición de hoy. En nuestros otros encuentros, sentí como si deseara tirarme por la ventana más cercana.

Ella se rio… Qué sonido tan encantador.

—Bueno, tal vez sí habría querido tirarle por la ventana más cercana.

—Pero hoy no.

Ella volvió ligeramente la cabeza y le dirigió una mirada casi tímida.

—Todavía no.

Dejó la taza y la miró directamente.

—Aparte de cierto acontecimiento reciente en mi huerto del que no se hablará, he tenido una semana especialmente exitosa que espero que dé resultados muy positivos. También espero que su presencia, aunque de nuevo no anunciada, se sume al optimismo de mis expectativas. ¿Ha habido algún progreso en la situación de mi hija?

Sus esperanzas comenzaron a desvanecerse. ¿Cómo podría olvidar que el vínculo entre ellos se había forjado a partir de sus sentimientos de amargura?

—Supongo que el hecho de que mi presencia contribuya a su optimismo depende de cómo se sienta con la idea de cenar en casa de Peter el martes por la noche.

Su sonrisa se desvaneció y permaneció en silencio. El hombre fingió no darse cuenta de cómo la habitación se ensombrecía, metió la mano en el bolsillo de su chaleco y sacó la invitación que Peter le había pedido entregar a su remitente. En lugar de hacérsela llegar por correo, Elliott había recorrido ochenta kilómetros para dársela en persona. Y es que aquella mujer lo intrigaba. Sin duda, había perdido el juicio.

Amelia tomó la carta mientras él le contaba de qué iba.

—Peter va a celebrar una cena. Aparte de nosotros, ha invitado a su antigua institutriz y a su marido, el vicario de la parroquia. Y Julia también asistirá.

—¿Con qué propósito?

—No tengo ni idea. —Apoyó la taza sobre la mesa—. Solo me pidió que le remitiera la invitación y temí que no llegara a tiempo. Por eso estoy aquí.

Ambos sabían sin la menor duda que podía haberla enviado por correo.

—¿Y no le dijo por qué me invitaba a esta cena?

—No, simplemente solicitó su compañía.

—Me siento enormemente incómoda con esta situación.

—Yo también —dijo y lo enfatizó con un movimiento de cabeza—. Pero tengo la intención de asistir, aunque sea para satisfacer mi curiosidad. —No añadió que, por lo que sabía, su sobrino nunca había organizado una cena.

Amelia agarró su taza y dio un sorbo, pensativa, mientras se concentraba en la invitación que había junto a la bandeja del té, como si al mirarla lo suficiente le dijera en qué estaba pensando. Después de un momento, se encontró con sus ojos.

—¿Ya ha aceptado?

—Sí. De aquí parto a su casa, donde me quedaré hasta el miércoles, una vez concluida la cena.

—Su sobrino quiere conseguir algo.

Apretó los labios. Ni que aquella invitación fuera un ratón, por la cara que puso. Y posiblemente, un ratón muerto.

—Sí, es probable.

Ella entrecerró los ojos.

—¿Está seguro de que no sabe nada de esto?

—No me dio razón alguna, aunque no puedo evitar preguntarme si espera que usted se familiarice con él para darle su aprobación. Es la única teoría que tiene sentido.

Su otra teoría, que se había desarrollado durante los últimos minutos, era que Peter y Julia habían llegado de alguna manera a un entendimiento mutuo que iba más allá de lo profesional y su sobrino quería informar a la señora Hollingsworth en persona.

—En cualquier caso, no tengo motivos para rechazarla.

—Quizá —dijo Amelia, erizándose aún más—. Yo tengo motivos más que suficientes.

Lord Elliott no preguntó, pues sabía que las razones irían como flechas en su dirección, en la de Peter, o en la de ambos. Al fin y al cabo, eran Mayfield y, por tanto, no eran de fiar. A pesar del agradable comienzo de su visita, podía sentir la creciente tensión que les invadía.

«¿Por qué demonios has venido aquí, viejo?». Elliott notó cómo el cansancio se le metía por entre los rincones más remotos de su desvanecido optimismo. Dio un último sorbo a su té y devolvió la taza a la bandeja.

—Le he dado la invitación, como se me pidió. Ahora está en sus manos decidir si la acepta o no.

Se puso en pie, pero un golpe de dolor en la rodilla izquierda hizo que desplazara el peso hacia la derecha y tuvo que sujetarse a la silla para mantener el equilibrio.

Amelia se puso en pie de un salto.

—¿Se encuentra bien?

Todavía apoyado en la silla, Elliott la miró desde el otro lado de la mesa. Había fruncido las cejas por la preocupación y se había inclinado un poco hacia delante, casi dispuesta a arrojarse en su dirección si volvía a perder el equilibrio. Tentador. Utilizó la mano izquierda para masajearse la rodilla por detrás, aliviando el dolor y la rigidez, pero también alargando el momento y disfrutando de su atención en aquel momento, para variar.

—Me torcí la rodilla hace ya varios años. De vez en cuando, me muerde como una serpiente, pero el dolor siempre se pasa. —Cambió el peso a la otra pierna, rebotando ligeramente para demostrar que ya se había recuperado—. Lo más probable es que haya pasado demasiado tiempo en la silla de montar estas últimas semanas. Me vendrá bien llegar a casa de Peter y dejar que mis viejos huesos descansen.

Sonrió de una manera que esperaba que resultara tranquilizadora y luego se volvió hacia la puerta. Tardaría unas horas en llegar a casa de Peter, alrededor del atardecer. Quizá podría tomar un baño caliente antes de acostarse temprano con una copa de *whisky* para aliviar el dolor.

—Un momento.

Se volvió en el umbral de la puerta. La nota seguía en su mano, aún sellada.

—Por favor, dígale a su sobrino que acepto la invitación.

Lord Elliott ocultó como pudo su sorpresa ante un cambio tan brusco de opinión y asintió mientras miraba la invitación que ella todavía tenía entre las manos. Amelia bajó la mirada como si hubiera olvidado la nota y, con un suspiro de irritación, no sabía si hacia él o hacia ella misma, rompió el sello y desplegó el papel. Observó sus hermosos ojos azules escudriñar la página.

—A las cinco y, debido a la distancia, me preparará una habitación para que pueda pasar la noche. Se ha ofrecido a alquilar un carruaje para el viaje de ida y de vuelta.

«Bien hecho, Peter», pensó él.

—Debería ser una noche agradable.

—Tal vez —admitió ella con suspicacia.

—Y, como mínimo, podrá visitar a su hija —añadió, temiendo que intentara inventar una excusa—. Quizá sea un buen momento para compartir con ella sus preocupaciones. Cada vez me siento menos cómodo con las maniobras que se llevan a cabo sin su conocimiento y, de un modo u otro, hay que remediarlo.

Una mirada calculadora sustituyó la expresión de preocupación de su interlocutora, lo que hizo que se sintiera incómodo.

—Mmm —titubeó ella, manoseando la invitación—. Quizá tenga razón.

Sin duda, lo mejor era que la animara a asistir, ¿no es cierto?

Capítulo 21

JULIA

Comenzó a lavar los platos de la cena mientras las niñas ordenaban los juguetes esparcidos por la habitación. Cuando el señor Mayfield llegaba a casa, Julia llevaba la ropa de cama sucia a la planta baja, donde la ponía en remojo hasta que pudiera volver y terminar de lavarla después de que las niñas se acostaran. Como institutriz, era responsable de su ropa, al igual que un ayudante de cámara o una doncella.

El hecho de que se quedaba fuera de la habitación de las niñas durante unos minutos después de salir o antes de entrar, escuchando a su padre bromear con ellas, o cantarles, o contarles historias sobre su madre, era algo que mantenía en secreto. Era de mala educación escuchar a escondidas, pero el señor Mayfield parecía sentirse tan cómodo con sus hijas… Era juguetón, cariñoso y amable. Su padre había sido así; se limitaba a estar con ella. Y llegados a este punto, ella esperaba con ansia el tiempo que pasaba con él por las tardes junto a los perros.

Llamaron a la puerta de la habitación y se volvió para contestar. Quizá Colleen había acudido a recoger los platos en lugar de esperar a que ella los devolviera a la cocina. Sin embargo, la puerta se abrió antes de que llegara, y quien entró fue el señor Mayfield.

—Señor Mayfield —saludó sorprendida.

—¡Papá! —exclamaron las niñas a coro, al tiempo que corrían a darle un abrazo por la cintura y por las rodillas.

Él se inclinó, sonriente, y las saludó. Después, las envió de vuelta a terminar su tarea y se volvió hacia ella. Al instante, le cambió la cara, que pasó de ser la de un padre cariñoso a la de un empleador cauteloso. Por desgracia, ya se había acostumbrado.

Aquella noche había una cena, y el personal llevaba días preparando la vajilla, sacando brillo a la plata y corriendo de un lado para otro. Ya estaba vestido para la noche con un atuendo formal pero sencillo, una camisa blanca como la nieve y un corbatín. Nunca lo había visto vestido de etiqueta y, aunque estaba muy guapo, no le sentaba del todo bien y hacía que pareciera un hombre muy distinto del que ella conocía. Le había llegado en una conversación que aquella cena era lo primero que organizaba desde la muerte de la señora Mayfield.

—Estoy preparando una cena para esta noche —dijo bruscamente. Ella asintió—. Me gustaría que asistiera.

La joven notó cómo los ojos se le abrían de par en y dejó caer los brazos.

—¿Yo? —Se señaló a sí misma con la yema de los dedos.

—Sí. —Bajó la mirada y enderezó la mano—. El señor y la señora Oswell estarán allí, así como mi tío, lord Howardsford, y… —Se aclaró la garganta y la miró con ojos de disculpa—. Su madre.

—¡Mi madre! —Una oleada de ansiedad se apoderó de ella y, llevada por la costumbre, se pasó una mano por el pelo. Al darse cuenta, la retiró y dejó escapar una risa temblorosa—. Sin duda me está usted tomando el pelo, señor Mayfield.

Por la cara que ponía, parecía como si le estuviera diciendo que ojalá estuviera bromeando con ella, pero que en realidad no era así.

—Fue sugerencia de la señora Oswell —se explicó, alejando la culpa de sí mismo todo lo que pudo—. Su madre no vive tan lejos, y Lydia pensó que sería conveniente.

«¿Conveniente? ¿Para qué?», se preguntó Julia. Sintió como si la temperatura de la habitación hubiera subido varios grados a medida que aumentaba su nerviosismo.

—¿Ha invitado a mi madre a cenar y me avisa tres horas antes?

Desde el día en que *Mermelada* tuvo los cachorros, había limitado los gestos atrevidos en su presencia, pero ahora no podía contenerse. Levantó la mano y empezó a quitarse horquillas del pelo. Su madre siempre le decía que mantuviera un peinado correcto. Cuando la trenza le cayó por la espalda, se dio cuenta de que no podía deshacerse el peinado delante del señor Mayfield.

El hombre cambió su peso de un pie a otro.

—En realidad, la cena es a las cinco. He estado en Norwich todo el día y no he tenido ocasión de informarla antes. Acepte mis disculpas.

«¿No ha podido informarme antes?». Sin duda, sabía que su madre vendría desde hacía unos días. Un momento…, ¿había dicho las cinco en punto? Levantó el reloj que llevaba prendido del vestido para ver la hora y levantó la cabeza con gesto de pánico.

—¡Ya son más de las cuatro!

—Colleen la ayudará a prepararse y luego atenderá a las niñas por la noche. Yo mismo me ocuparé ahora de ellas. Discúlpeme otra vez por decírselo con tan poca antelación.

Avanzó hacia la habitación y Julia se puso de lado para que no la rozara. Su sorpresa se convirtió rápidamente en frustración: vivían en la misma casa, lo veía todos los días, y esta cena, y la lista de invitados, debía estar planeada desde hacía tiempo. ¿No podía dedicar cinco minutos a informarle de que había invitado a su madre? ¿Su madre, que quería que viviera en Feltwell para poder dirigir su vida? Las dos cartas que había recibido de ella hasta el momento le habían parecido sencillas y comprensivas, pero sabía que la postura de su madre no había cambiado.

Sin decir una palabra más por miedo a arrepentirse, se apresuró a ir a su habitación, junto a la de las niñas. Colleen ya estaba llenando la palangana de agua, y le vino a la cabeza la advertencia que le hiciera la criada unas semanas antes, acerca de que debía tener cuidado. No pudo evitar sonrojarse de vergüenza ante toda la situación.

—He añadido lavanda en el agua —anunció Colleen con frialdad.

Julia forzó una sonrisa que no sentía. La idea de que la ayudara a ponerse el vestido y los zapatos era más de lo que podía soportar.

—Gracias, Colleen. Creo que me las apañaré bien sola.

—El señor Mayfield dijo que debía asistirla.

—Y así ha sido. No habría tenido tiempo de llenar la bañera.

La criada la miró con los ojos entrecerrados y luego salió de la habitación por la puerta que llevaba al salón principal.

En cuanto se quedó sola, Julia cerró la puerta y comenzó a desatar los lazos de su vestido. Lo único que le serviría para una fiesta así era un vestido de muselina amarilla que llevaba a la iglesia cada semana.

—¡Qué hombre! —dijo con desprecio mientras su vestido caía al suelo y se quedaba en enaguas y camisón. No se molestaba en llevar corsé a diario, lo que significaba que tendría que arreglárselas sola para esa noche.

Pasó por encima del vestido de día de camino al armario y empezó a sacar todos los complementos que iban a hacerle falta.

Tenía menos de una hora para ponerse presentable para una cena formal y prepararse para ver a su madre por primera vez desde que huyó de Feltwell. Su posición no conllevaba un lugar en la mesa del señor Mayfield, por no hablar de un lugar en la mesa para su madre, a quien ni siquiera conocía. Se le revolvió el estómago y la cabeza empezó a latirle con fuerza.

Capítulo 22

ELLIOTT

—¿Vas a compartir conmigo el propósito de esta cena antes de que llegue el resto de invitados? —preguntó el tío Elliott a su sobrino una vez que estuvieron solos en el salón con una copa de jerez en la mano.

Llevaba tres días en casa de Peter y, sin embargo, habían evitado hablar de cuál era el motivo de la visita. Habían salido a montar y a cazar, e incluso habían ido a Norwich por la mañana a entregar un foxhound a un comprador. Pero ni una palabra de la cena.

Peter se quedó mirando su copa un momento y entonces la vació, un gesto atípico para él.

—Fue idea de la señora Oswell.

—Supongo que tendría alguna intención que no ha desvelado.

Su sobrino dejó escapar un suspiro antes de explicar que le había pedido ayuda mientras encontraba una nueva institutriz y ella había rechazado el ofrecimiento.

—Cree que no encontraré una institutriz mejor que la señorita Julia y sugirió que buscara la forma de que su madre viera que mi casa no es un sitio inmoral. —Se encogió de hombros y luego añadió—: Al final aceptó cuidar de las niñas si esta cena no sale bien y decido despedir a la señorita Julia después de todo. A medida que se ha ido acercando la velada, me pregunto si servirá para algo, porque esta cena reúne todos los elementos para convertirse en algo incómodo de verdad. Sin embargo, agradezco tu presencia. Quizá sea lo único que me mantenga tranquilo.

—Entonces, me alegra estar aquí —respondió el tío Elliott, dando un sorbo a su bebida mientras él se servía otra. Al parecer, había acertado en su primera suposición: su sobrino mantenía la esperanza de que Amelia viera lo bien que encajaba su hija en la casa y dejara sus objeciones de lado. Pero él seguía pensando en otra cosa, y para eso no tenía respuesta—. Estoy de acuerdo con la señora Oswell: no puedo imaginar otra institutriz más adecuada y espero que Amelia lo vea igual de claro.

Su sobrino clavó la mirada en su copa vacía con un gesto evidente de angustia.

—¿Estás bien, Peter?

El joven no levantó la vista.

—Cada vez me siento menos cómodo con su presencia pero más decidido a retenerla, tío.

Su voz era apenas un susurro. Peter se sirvió otra copa, la tercera, y el reloj de la esquina se abrió paso en el silencio con su tictac. El fuego crepitaba. Oh, vaya…

—¿Es por lo que me confesaste?

Se acercó al aparador, le puso una mano en el hombro y le dio un apretón. Su sobrino se volvió hacia él y pudo leer el tormento en sus ojos. Dejó la copa sobre la mesa y le animó a continuar.

—Es mi empleada. —Aquel tono suplicante casi le partió el corazón—. Vive en mi casa. Su madre se opone a que esté aquí, y yo sigo amando a mi esposa.

Lord Elliott luchó contra el nudo que se le había formado en la garganta. ¿Había visto alguna vez a su sobrino confesando lo que sentía de un modo tan sincero? ¿Alguna vez lo había visto así?

—¿Sabe Julia que te sientes así?

Peter negó con la cabeza.

—Apenas le dirijo la palabra.

«Qué extraño», pensó lord Elliott, a pesar de que creía entenderlo. Su sobrino estaba aterrorizado. Le perseguían unos sentimientos que no esperaba volver a sentir, la posibilidad de una situación remotamente similar al escándalo que le precedía y la reacción de Amelia, tal vez incluso la de Julia.

—He planeado esta cena para asegurarle a su madre que está segura y feliz aquí. Quería que la señora Hollingsworth la viera con las niñas y con los perros, que viera que soy un hombre de honor y que retirara sus objeciones. Desde entonces, sin embargo, me he cuestionado esta decisión. No te ofendas, tío, pero quizá los hombres Mayfield tengamos algún defecto... Tal vez yo sea la ruina final de la familia.

Lord Elliott mantuvo su expresión neutral.

—No creo ni por un momento que te insinuaras a ninguna mujer, Peter, y desde luego no vas a ser la causa de la ruina de nadie. No debes tener miedo de ti mismo, ni de tus sentimientos.

Hizo una pausa y siguió adelante, con la esperanza de que lo que tenía que decir fuera sensato. No es que hubiera dado consejos así antes.

—Eres un hombre, y Julia es una mujer que podría ser exactamente lo que necesitas.

—Ni siquiera puedo pensar de esa manera —dijo Peter, sacudiendo la cabeza—. ¿Cómo podría ser adecuada para mí? Tú mismo reconoces que procedemos de dos mundos diferentes: todo ese plan matrimonial que has orquestado para nosotros se fundamenta en la compatibilidad.

—Si se trata de eso, puedo…

—No es eso —le espetó. Las palabras no parecían salir de su boca lo suficientemente rápido. Se frotó la frente y, cuando volvió a hablar, lo hizo con voz más calmada, pero todavía tensa.

—No necesito ni quiero tu dinero. Ya lo sabes.

Parecía que había una docena de cosas que podía decir sobre las miles de facetas de aquella situación. Eligió centrarse en un punto específico.

—Creo que Julia Hollingsworth podría ser una excelente esposa para ti, Peter.

Su sobrino cerró los ojos, como si le doliera que hubiera dicho lo que ya sabía. Lord Elliott hubiera preferido aliviar su dolor en vez de agobiarlo más. El reloj marcaba las cinco, lo que significaba que los demás invitados llegarían en cualquier momento. Con muy poco tiempo, se arriesgó a decirle:

—Me alegro de conocer tus sentimientos, Peter, y haré todo lo que pueda para apoyarte. Lo primero que debes hacer es impresionar a su madre. Sé amable, cortés, elogioso y a la vez profesional. Haz todo lo que puedas para asegurarle que Julia está segura en tu casa.

Peter abrió la boca, pero Elliott le cortó.

—Porque está segura aquí.

Su sobrino asintió, aunque con reticencia.

—Lo segundo que debes hacer es bajar la guardia con la señorita Julia. Debes ver si tus sentimientos por ella son de verdad o si tu corazón ha sanado lo suficiente como para considerar la idea de amar a otra mujer, y Julia resulta ser la mujer con la que te relacionas más a menudo.

El hecho de que ese pensamiento le viniera a la mente tan rápidamente le pareció una inspiración, lo que confirmó sus certezas. Peter asintió, pensativo.

—Y, si llegas a la conclusión de que tus sentimientos hacia ella son los que corresponde, deberás pedirle que se marche de tu casa antes de proponer un cambio en vuestra relación. No tengo claro cómo puedes lograr que no viva aquí y siga lo suficientemente cerca como para que podáis seguir en contacto, pero sin duda habrá una solución que resulte adecuada para ambos.

Peter levantó la vista, sorprendido.

—La señora Oswell ofreció su habitación de invitados para que la señorita Julia pudiera atender a las niñas durante el día, pero, por lo demás, vivir en la vicaría. Me pareció una oferta muy extraña en aquel momento.

Intrigante.

—Tal vez tu cuñada vio algo que aún no te habías permitido ver.

Las mejillas del joven se sonrojaron ligeramente.

—Me dijo que lo entendería cuando necesitara aceptar su oferta.

—Bueno, entonces… —dijo Elliott con una sonrisa—, ese problema está resuelto.

—Si es que los hechos se dan de esa forma —se apresuró a añadir, evitando certezas—. Por ahora, esta noche me sigue pareciendo una locura.

Un golpe en la puerta hizo que los dos hombres volvieran la cabeza.

—La señora Amelia Hollingsworth —anunció el señor Allen antes de hacer una leve reverencia y salir de la habitación.

La mujer entró en el salón con un vestido de color rosa perfectamente ajustado a su cuerpo. La tela se movía con fluidez a cada paso que daba, su pelo se enroscaba alrededor de su rostro, sus guantes de satén reflejaban la luz de las velas y su comportamiento era elegante y agraciado.

El tiempo pareció deformarse en torno a lord Elliott, que se vio recordando la época en que estuvieron juntos en Londres, hacía tantos años. Un rubor le subió por la nuca al tiempo que desprendía una atracción profunda y constante. En un instante, supo exactamente cómo se sentía su sobrino: sorprendido por sentir lo que nunca pensó que volvería a sentir y sin saber que podía o, más bien, si se atrevía a dar un paso al frente.

Tragó saliva y Peter lo miró con expresión interrogante antes de esbozar una sonrisa y avanzar para recibir a la recién llegada. Elliott se quedó clavado en su sitio, abrumado por la conciencia de que su sobrino no era el único que se enfrentaba a sus sentimientos aquella noche. De alguna manera, sabía que ese momento lo cambiaría todo.

Capítulo 23

JULIA

Cuando llegó a la puerta del salón, oyó un murmullo de conversaciones. Llegaba con un cuarto de hora de retraso y probablemente sería la última en llegar, lo que significaba que todos se volverían, la mirarían y ella se sonrojaría, se sentiría ridícula y desearía correr hasta la habitación de las niñas, donde debía estar. Tampoco iría tan bien vestida como el resto, pues llevaba su vestido de domingo, sin joyas, y los mismos zapatos que usaba todos los días. Sencilla, insignificante y fuera de lugar. Y su madre estaba al otro lado de la puerta.

«¿Qué hago aquí? —Respiró profundamente, rezando por mantenerse firme—. Puedo hacerlo —se dijo a sí misma mientras alargaba la mano para abrir la puerta—. Claro que puedo».

Se esforzó por sonreír al cruzar el umbral y, tal como temía, todos los presentes se volvieron hacia ella. Sus ojos se dirigieron primero al señor Mayfield, que siempre era la presencia más importante, y luego a su madre, que se acercó a ella con los brazos abiertos.

—Julia, querida.

Fue un alivio sentir auténtica alegría por ver a su madre y calculó que hacía casi un mes desde que había dejado Feltwell. Parecía una eternidad, pero realmente no habían ocurrido tantas cosas. Alargó el abrazo, inhalando el aroma de su madre, a menta y levadura, y luego se separaron un poco, sujetándose con cariño por los brazos.

—Me alegro mucho de verte, cariño —dijo mamá.

—Yo también me alegro —respondió Julia—. ¿Qué tal el viaje? ¿Están bien las carreteras? Ha llovido mucho.

«¿Sabes por qué te han invitado? ¿Qué haces aquí?».

—El viaje fue bastante cómodo —dijo su madre—. El señor Mayfield contrató un buen carruaje con un conductor hábil.

Sus palabras sonaban amables, pero podía intuir cierta frialdad subyacente, lo que hizo que el estómago, ya agarrotado se le tensara más. Soltó a su madre e intercambió saludos con los demás invitados: el señor y la señora Oswell, así como lord Howardsford, que no la miraba con tanta atención como la primera vez que se habían visto. Sin embargo, no quitaba ojo a su madre… ¿Tal vez era muy observador la primera vez que conocía a alguien?

—¿Pasamos a cenar? —preguntó el señor Mayfield después de que se hubieran hecho las presentaciones y se hubiera entablado una pequeña charla.

Le tendió el brazo a su madre, que lo agarró tras una ligera vacilación. Lord Howardsford extendió entonces su brazo hacia Julia, y el señor y la señora Oswell los siguieron al comedor. Julia no había asistido a una comida tan formal desde su época en Londres, donde afortunadamente había perfeccionado sus modales y etiqueta.

«Relájate. No llames la atención. Disfruta de una buena comida».

Lord Howardsford se sentó a su derecha y la señora Oswell, a su izquierda. Su madre estaba frente a ella, entre el señor Mayfield y el señor Oswell. Dejó que se desarrollara una pequeña charla a su alrededor, hasta que, durante el plato de sopa, lord Howardsford se dirigió a ella.

—Tengo entendido que, antes de venir aquí, pasó algunos años en Londres.

—Sí, cinco años. Trabajé para una familia allí.

«¿Era correcto que hablara de su trabajo?».

—¿Y disfrutó de su tiempo allí?

—Mucho —dijo, evitando cuidadosamente decir nada negativo—. Hay unos parques preciosos.

—Ah, sí. —Asintió con la cabeza—. Los parques son mi parte favorita de la ciudad. Bueno, y la compañía.

Julia levantó la vista a tiempo para verle lanzar una mirada a través de la mesa hasta su madre, que levantó los ojos al mismo tiempo. Sus ojos se encontraron, se quedaron fijos un instante y, luego, ambos apartaron la mirada. ¿Qué había sido eso?

Lord Howardsford siguió hablando de Londres, preguntándole por los jardines de Vauxhall, donde ella nunca había estado, y por la ópera, a la que había asistido una vez.

Tras reflexionar sobre la mirada que había interceptado entre lord Howardsford y su madre, levantó la voz y añadió:

—Mi madre vivió en Londres cuando era más joven. Madre, ¿pasaste mucho tiempo en Hyde Park? Tengo entendido que en aquella época era más silvestre.

La conversación se hundió en un lapso de silencio tan pronunciado y evidente que Julia no respiró por un momento, mientras su madre, lord Howardsford y el señor Mayfield no mediaron palabra. Entonces, parecieron descongelarse simultáneamente y actuaron como si nada hubiera ocurrido, pero pudo captar una mirada fugaz cargada de confusión entre los Oswell. Los tres evitaron mirarla, y ella sintió una oleada de calor que le subía por el pecho. Había algo que ella desconocía y a nadie pareció importarle que la pregunta sobre Hyde Park quedara sin respuesta.

La señora Oswell fue la primera en hablar.

—Lord Howardsford —dijo, hablando en nombre de Julia—. ¿Sabía que a la señorita Hollingsworth le apasionan los perros casi tanto como a su sobrino?

—Eso he oído. Tengo entendido que el señor Hollingsworth también invirtió mucho tiempo en la cría de perros.

Esta vez, no miró hacia el otro lado de la mesa, y tampoco lo hizo su madre, que no hizo comentario alguno sobre su familia. De nuevo. En lugar de seguir la conversación sobre su difunto marido, se dedicó a tomarse la sopa a un ritmo pausado.

¿Qué estaba pasando?

—Sí —dijo Julia—. Mi padre crio Springer Spaniels toda su vida.

Empezó a encajar mentalmente las extrañas piezas con las que se había topado en los últimos minutos: su madre había celebrado su cincuenta y cinco cumpleaños justo después de Navidad y, tras una rápida mirada a lord Howardsford y teniendo en cuenta la edad de Peter, que era el primogénito del hermano menor de Elliott, calculó que este se encontraría probablemente cerca de la edad de su madre, que había sido presentada en sociedad en Londres. ¿Es que se habían conocido? Se lo habría preguntado en ese momento si no fuera porque sabía que interrumpiría la fiesta.

—Deberías hablar del parto de *Mermelada* —dijo el señor Mayfield, tras lo cual todas las miradas se volvieron hacia ella, que sintió un estremecimiento en el estómago. Tras mirarla a los ojos y sonreírle, añadió—: La señorita Hollingsworth estuvo magnífica.

—Más bien, estuve presente —aclaró Julia, agradecida y avergonzada por tan inesperado elogio—. El señor Mayfield estaba en la ciudad y el encargado no estaba disponible.

—Ayudó en el nacimiento de los cachorros —dijo el señor Mayfield—. Y todos sobrevivieron.

Se le encendió el rostro. Nunca la había elogiado públicamente ni había mencionado su trabajo con los perros durante semanas.

El señor Mayfield le hizo un gesto con la mano.

—Cuente la historia, señorita Julia —le pidió con una sonrisa alentadora—. Creo que la encontrarán de gran interés.

Por el tono ligeramente frenético de su voz y la mirada astuta que le dirigió, cayó en la cuenta de que aquella noche debía interpretar el papel de señor de la mansión, o algo por el estilo. A Julia no le gustaba ni la ropa, ni el papel que estaba interpretando, ni el hecho de sentirse al margen, pero la embaucó con el asunto de los perros.

Tomó aire y relató la historia con sencillez y delicadeza, sin dejar que su papel en todo aquello se viera desbordado por los elogios. Los invitados se mostraron atentos, a pesar de tratarse de un asunto que seguramente no era propio de una cena tan formal. Incluso su madre escuchaba sin interrumpir, algo poco propio de ella, ya que no le gustaban los perros y sentía cierta debilidad por el protocolo formal. Sin embargo, su interés se igualaba al del resto, a pesar de que podía sentir la tensión en aumento. Estaba actuando. Todos actuaban, y ella era la única que no tenía un papel concreto.

—Desde entonces, ha seguido atendiendo a *Mermelada* y a los cachorros —explicó el señor Mayfield cuando terminó—. Y ha involucrado a las niñas.

La madre de Julia dejó la cuchara a un lado del plato y se volvió hacia él.

—Entonces, señor Mayfield, ¿diría que sus perros son su ocupación?

Julia suspiró. Un caballero no tiene ocupación, cosa que su madre sabía muy bien.

—Más bien una afición, diría yo. Tengo la suerte de poder dedicarme a ello.

—Vende sus perros por toda Europa —añadió lord Howardsford con orgullo—. Un conde alemán compró tres sabuesos el año pasado. Cuatro, tres crías de un año y una madre. Tiene su propio criadero, con perros de pura raza.

—Es realmente extraordinario —intervino la señora Oswell—. Recuerdo cuando el señor Mayfield compró sus dos primeros perros. Es usted muy eficiente en su cuidado.

El señor Mayfield sonrió a su antigua institutriz, y Julia sintió una punzada de celos completamente inapropiada. Lydia había trabajado ahí por muchos años, tanto antes como después de la muerte de la señora Mayfield. Eran familia y, sin duda, mantenían una relación estrecha y de cariño.

El vicario, que escuchaba sin intervenir, se aclaró la garganta.

—Es sumamente interesante que se dedique a la cría de perros de pedigrí o, como ha dicho, de pura raza, señor Mayfield. —Se volvió hacia su anfitrión—. ¿Podría explicar en qué consiste?

—Oh, bueno, sigo dos estilos de cría, en realidad. Uno es de raza pura, donde las líneas de sangre se remontan a varias generaciones, y tengo certificados que lo demuestran. Se trata de crías perfectas de foxhound.

—¿Es esa la línea que compró el noble alemán? —preguntó lord Howardsford.

—Así es —dijo Peter—. Algunas personas prefieren perros de pura raza.

—¿Y el otro estilo? —preguntó Julia, al percibir la calma que se apoderaba del señor Mayfield al hablar de sus perros.

—Se trata de una cría por atributos —dijo Peter—: temperamento, inteligencia, longitud del hocico o de la cola quizá, la complexión y el porte en general.

—Y ambos estilos son valiosos —apuntó el señor Oswell—, pero por diferentes razones, ¿correcto?

—Exacto —dijo el señor Mayfield—. De hecho, un atributo suele ser más valioso que el pedigrí para perros de trabajo, como los que se utilizan para la caza. Hay quienes buscan pedigrí y pagan por esa garantía, pero, si desean un perro de caza, pagarán por atributo. Una línea de sangre limpia es solo un aspecto de entre tantos otros.

—Efectivamente. —Lord Howardsford habló en voz tan baja que Julia pensó que podía ser la única que lo había oído. Lo miró a él, él miró a su madre, y ella miró al plato.

Julia miró entonces al señor Mayfield, y vio que este tenía la mirada clavada en ella.

Capítulo 24

JULIA

El sonido de la casa despertándose la sacó de sus sueños, que se desvanecieron en cuanto parpadeó en dirección al oscuro techo de su habitación. Al no tener ventana, la habitación estaba siempre a oscuras, pero su cuerpo había desarrollado un reloj interno durante sus años en Londres. Sabía que eran aproximadamente las seis de la mañana y se permitió diez respiraciones en silencio antes de salir de la cama y encender la lámpara. El vestido de día azul claro que había dejado caer al suelo la noche anterior seguía ahí, y el vestido amarillo estaba colgado del poste de la cama.

Cuando llegó al vestíbulo que compartía el servicio, se encontró con Colleen, que venía en dirección contraria, con los brazos llenos de ropa blanca limpia. Julia sonrió a modo de saludo, pero ella no le devolvió la sonrisa y la golpeó con el hombro al pasar, sin disculparse ni volverse para mirarla. Por desgracia, ya se había acostumbrado a que la tratara así.

Descolgó cuidadosamente su capa azul del perchero junto a la puerta de la cocina y salió a la fría mañana, rebosante de sonidos, olores y colores. Tiró de los lados de la capa hasta que el ejercicio la calentó lo suficiente como para dejar que la tela ondeara detrás de ella.

La extrañeza de la fiesta de anoche se apoderó de sus pensamientos y repasó lo sucedido una docena de veces. El grupo al completo se había retirado al salón en lugar de dejar a los hombres su tiempo para fumar y disfrutar de su oporto, así que no había tenido oportunidad de hacer preguntas directas a su madre.

Había observado a su madre y a lord Howardsford cruzar miradas mientras interactuaban con normalidad con los demás invitados y, sin embargo, también les había sorprendido más de una vez observando al otro sin que este se diera cuenta.

El señor Mayfield también había interactuado con ella de manera diferente, receloso como siempre, pero más relajado. Habían hablado de la revista sobre collies que ella había tomado prestada de su estudio y, cuanto más se internaban en la conversación sobre perros, más relajados se encontraban. Casi podía olvidar que se trataba de su jefe.

El sol de la mañana ya asomaba y consultó el reloj que llevaba en el corpiño: las siete y media. Su madre volvería pronto a casa. Un carruaje vendría a buscarla al mediodía, después de tomar un té temprano, lo que le daba poco tiempo para obtener las respuestas que buscaba, así que emprendió el camino de regreso a casa. Solía pasar a ver a *Mermelada* y a los cachorros antes de despertar a las niñas a las ocho y media, pero prefirió acelerar la rutina aquella mañana y dejar que jugaran con los cachorros por la tarde.

Entró en el corral de los perros, haciendo caso omiso de los aullidos y los saltos de los sabuesos situados frente a donde estaba

Mermelada. La mayoría de las mañanas, el señor Mayfield llevaba a los sabuesos a entrenar, con un conejo o un faisán atado a la espalda de su montura mientras galopaba por el campo. Siempre podía determinar si los había sacado por la forma en que reaccionaban cuando ella llegaba, y hoy era obvio que aún no habían salido.

Se preguntó si eso significaba que podría encontrarse con él esta mañana. ¿Se comportaría ahora de forma diferente con ella? ¿Más como lo hizo anoche, o es que fue la excepción a su trato habitual? No la trataba mal, pero no parecía estar cómodo en su presencia. Y ella tampoco se sentía cómoda con él, siempre atenta a sus acciones por temor a que fueran malinterpretadas.

Dobló la esquina del cobertizo y estuvo a punto de chocar con el señor Mayfield. Con un chillido de sorpresa, retrocedió rápidamente y se llevó una mano al pecho.

—Mis disculpas.

—No son necesarias las disculpas.

No la rodeó, pero tampoco la dejó pasar. Se quedaron frente a frente durante unos segundos antes de que él volviera a hablar.

—¿Ya ha salido a dar su paseo matutino?

¿Conocía su rutina? Ella levantó la vista de sus botas de trabajo.

—Sí, la lluvia no me lo ha permitido los últimos días.

Miró al cielo cubierto de nubes que esa mañana no parecía pesado ni lluvioso.

—El tiempo también me ha impedido sacar a los sabuesos para que hicieran ejercicio.

Asintió con la cabeza, sorprendida de sus intentos por entablar una conversación con ella. ¿De qué más querría hablar?

—Gracias por invitarnos a mi madre y a mí a cenar anoche. Fue muy amable de su parte. —«Y extraño».

Los sabuesos se habían percatado de la presencia del señor Mayfield, y los aullidos, ladridos y saltos se multiplicaron.

—Fue una velada muy agradable —coincidió el hombre en voz suficientemente alta como para que se le oyera por encima de los perros. Frotó las riendas de montar contra su muslo y una brisa le alborotó el pelo, pero no hizo ningún intento por peinarse—. Me temo que nunca he sido de los que socializan, así que fue un alivio quitarme la corbata al final de la noche y no sentir que había desperdiciado la velada.

Se encogió de hombros cohibido y Julia sonrió, recordando su conversación.

—Fue un anfitrión excepcional. Disfruté mucho y fue maravilloso ver a mi madre.

Deseó atreverse a hacerle las preguntas que circulaban sobre su madre y su tío.

—Su madre es una mujer amable y encantadora. Ha sido un placer tenerla de invitada. ¿Ya la ha visto por la mañana?

Parecía nervioso, como si le ocultara información. Sin duda, lo estaba haciendo.

—Todavía no.

—Bueno, espero que disfrutara de la noche.

Fue un comentario de despedida, pero él no se movió y ella tampoco. Iba bien vestido, con sus pantalones y botas de montar. El abrigo que llevaba no era nuevo, podía ver un remiendo en el puño, pero a ella le gustaba la idea de que se vistiera por comodidad más que por apariencia. Se frotó el muslo un poco más rápido.

—Quería agradecerle la generosa ayuda que me ha prestado estas últimas semanas. Anoche caí en la cuenta de mi negligencia a la hora de mostrarle agradecimiento. No sé cómo me las habría arreglado sin su ayuda, si le digo la verdad. Por no hablar de su atención hacia mis hijas. Sin duda tiene un don tanto con los perros como con los niños.

Ella sonrió al recordar su primera entrevista en el escobero.

—Gracias, señor Mayfield.

—¿Es usted feliz aquí, señorita Julia?

La pregunta la sorprendió. ¿Le parecía infeliz?

—Sí, señor. Soy muy feliz aquí.

—¿Aunque su trabajo implique tareas poco convencionales como el cuidado de mis perros?

Ella sonrió al ver la cara de preocupación que ponía.

—Adoro a sus perros y a sus hijas, señor Mayfield.

Asintió pensativo.

—¿Y le gusta la región? —Señaló con un gesto a su alrededor.

—Creo que nunca he disfrutado tanto de un lugar.

Y cuánto más disfrutaría si pudieran conversar así todo el tiempo…, casi como amigos. ¿Era porque no lo había dejado en evidencia en la cena?

Peter dejó que la mirada se le perdiera en el horizonte y frunció el ceño.

—No me gusta Londres. No me imagino viviendo en otro lugar que no sea aquí.

—Desde luego, puedo entenderlo.

Un silencio descendió sobre ellos, pero era diferente de otros silencios que tan a menudo habían dominado sus conversaciones. El señor Mayfield se aclaró la garganta.

—Bueno, será mejor que trabaje un poco con los perros antes del té.

La rodeó y ella copió su movimiento.

—¿Le veremos a la hora del té?

—Por supuesto. Su madre es mi invitada. A menos que prefiera que no asista, claro.

—No, no quería decir eso. —Julia negó con la cabeza, sin saber cómo explicar que simplemente no esperaba que asistiera al té, en pleno día, con su madre.

—¿Y qué opina de que las niñas se unan a nosotros? ¿Serán capaces de hacerlo sin distraerse demasiado?

—Oh, creo que proporcionarán mucha distracción. —Sonrió—. Pero se comportarán bien. Practicamos el protocolo del té todos los días.

Él levantó las cejas.

—¿Ah, sí?

—Con limonada y galletas. Y sus muñecos, por supuesto, para completar los invitados. Están aprendiendo y creo que disfrutarán de que ahora lo hagamos de verdad.

Sonrió, dejando que unas arrugas finas se le formaran alrededor de los ojos, que ahora parecían más verdes y brillantes que de costumbre. Se le calentó el pecho al notarlo, tal vez por estar tan cerca de ella.

—Perfecto, entonces. Si puede ocuparse de que asistan… Y, si no es posible, Colleen puede vigilarlas hasta que terminemos.

Ella asintió, aunque haría todo lo posible por no pedirle ayuda a esa criada. Sonrieron a modo de despedida y partieron en direcciones opuestas: el señor Mayfield hacia los sabuesos y Julia hacia el corral de *Mermelada*.

—¿Señorita Julia?

Se volvió al oír su voz. Él repitió el gesto de las riendas.

—Me alegra saber que es feliz aquí.

Julia titubeó y terminó por responder:

—Gracias, señor.

Él asintió una vez con la cabeza y entró en el corral de los sabuesos. Ella permaneció inmóvil un instante y luego se dirigió al cobertizo con una sonrisa en la cara.

Capítulo 25

AMELIA

Amelia dejó la taza y el platillo sobre la mesa, con la esperanza de mantener los nervios a raya. Todavía no había encontrado tiempo para hablar con su hija y empezaba a dudar de sus intenciones, pero debía hacerlo. Había aceptado la invitación a la cena de anoche con la esperanza de presentarle la oportunidad de ser dama de compañía de la señora Berkinshire. La señora Preston quería que Julia tomara el té con su madre lo antes posible y, si la joven accedía, todo aquel drama con los Mayfield terminaría.

—¿Otro panecillo, señora Hollingsworth?

Levantó la vista hacia Elliott cuando le tendió el plato, pero negó con la cabeza.

—No, gracias, lord Howardsford.

Era extraño verlo en un ambiente social y preguntarse qué pensaba de ella, siempre esperando la oportunidad de conversar. Había sido una joven soñadora, segura de haberlo cautivado con su gracia y su belleza… Detuvo aquellos pensamientos, agradecida por la madurez que los últimos años le habían conferido y por poder alejarse de tanta fantasía. Aunque a ratos lamentaba la voz de la razón que ahora dominaba sus actos.

Se obligó a apartar la atención de la forma en que lord Elliott parecía esperar más de su compañía de lo que ella le ofrecía, de su cara esperanzada. ¿Esperanzada por qué? Probablemente porque esperaba que cambiase de opinión acerca de su sobrino.

Se volvió hacia el señor Mayfield y Julia, sentados uno frente al otro y hablando animadamente de los cachorros. Anoche habían hecho lo mismo, entablando una conversación solos y, aunque a primera vista era descortés dejar a los demás fuera de una charla, a un nivel más profundo, le preocupaba aquella relación.

No podía negar que Julia encajaba en aquella casa y que el señor Mayfield era amable, gentil y, por lo que había visto, más que honorable. El hecho de que su visita hubiera resultado tan cómoda la hacía sentirse cada vez más incómoda. Su hija tenía que abandonar el techo del señor Mayfield antes de que la comodidad que veía crecer entre ellos se convirtiera en algo diferente.

—¿Y ustedes, jovencitas? —dijo lord Elliott a las hijas de Peter, que compartían el banco del piano y balanceaban los pies.

Amelia no pudo evitar sentir cómo se le ablandaba el corazón. Llevaban diez minutos en la habitación y se habían comportado bastante bien para unas niñas de su edad. Apartarlas de Julia se estaba convirtiendo en la parte más difícil de su plan.

—Sí, por favor —dijo Marjorie, la mayor, mientras arrancaba un bollo de la bandeja sin tocar ningún otro.

—Yo también, por favor, tío —dijo la más joven, y luego utilizó ambas manos para agarrar dos bollos.

—¡No puedes comer tantos!

Marjorie le arrancó a su hermana un puñado de bollos de la mano, que ahora se habían convertido en migajas, y los dejó caer de nuevo en la bandeja. Leah protestó, lord Elliott se echó a reír y Julia y Peter detuvieron su conversación cuando ella se levantó de su asiento.

—¡Tenía demasiados! —exclamó Marjorie.

—¡Él dijo que podía! —se quejó Leah.

Julia le habló en un tono suave, cepillando las migas de la falda de la niña y secándole los ojos a la pequeña cuando empezó a llorar. Amelia la observó con asombro. Parecía tan natural, tan cómoda y tranquila. La había visto con los hijos de Louisa y Simon, por supuesto, y era encantadora con ellos, pero adoptaba un papel mucho más maternal con estas niñas. ¿Era porque no tenían madre, mientras que los hijos de Louisa y Simon sí? Se le encogió el corazón y su mirada se desvió hacia el señor Mayfield, que también observaba la escena. La mirada de su rostro podía interpretarse de muchas maneras: diversión, como la de lord Elliott, gratitud o deseo. El corazón empezó a latirle más fuerte mientras el pánico florecía en su interior. ¿Era ya demasiado tarde?

—Las llevaré a su habitación —dijo Julia, poniéndose en pie y ayudando a las niñas a bajar del banco. A Leah se le enganchó la falda en el borde y empezó a llorar de nuevo.

El señor Mayfield copió su gesto.

—Déjeme llamar a Colleen.

—No —dijo la institutriz rápidamente. Las mejillas se le sonrojaron y habló precipitadamente para suavizar su reacción—. Colleen está muy ocupada. Voy a calmar a las niñas y volveré para despedirme.

Sonrió a su madre para que se tranquilizara, pero no lo consiguió.

—Yo las llevaré —propuso lord Elliott, sorprendiendo a todos. Dejó la taza y se puso en pie, bajándose el chaleco. En pocas zancadas, había rodeado la mesa—. Así podrá pasar más tiempo con su madre.

Julia protestó. Él insistió y, sonriendo, tendió una mano a cada niña. Ellas lo miraron con escepticismo y luego a su institutriz, que asintió.

—Me reuniré con vosotras en cuanto pueda —dijo. Las niñas seguían sin moverse.

—Id con el tío Elliott —animó el señor Mayfield.

Las niñas lo tomaron de mala gana de las manos, y él las envolvió con las suyas. Era imposible no encontrar conmovedor ver a un hombre tan grande con dos niñas pequeñas. ¿Habría deseado alguna vez tener hijos? Amelia no podía imaginar su vida sin sus hijos. Le daban tanto significado… y estrés y ansiedad.

Marjorie miró por encima del hombro y Julia le hizo un gesto para que se adelantara. Una vez que se fueron, los tres asistentes restantes se miraron entre sí.

El tic tac del reloj se oyó en el silencio.

—Le agradezco que haya podido venir a esta visita, señora Hollingsworth —dijo finalmente el señor Mayfield—. Sé que fue una dificultad para usted viajar tan lejos, pero me alegro de haberla conocido.

—Fue muy amable al enviarme la invitación.

Debía decir algo más, algo sobre lo contenta que estaba de que Julia formara parte de una casa tan bien gestionada o lo agradecida que estaba de verla tan feliz en su posición. Pero se negó a decir ninguna de esas cosas, ya que ambos sentimientos estaban relacionados con sus crecientes preocupaciones.

—Tiene unas hijas encantadoras.

—Gracias —dijo el señor Mayfield—. La señorita Julia las cuida muy bien. Tiene un don.

Amelia les vio intercambiar una mirada antes de que su hija pudiera evitarlo y desviar la mirada a su regazo. La situación estaba fuera de control.

—Esperaba pasear un poco contigo antes de que el carruaje venga a buscarme, Julia.

La institutriz miró a su madre.

—No puedo alejarme de las niñas por mucho tiempo.

—Tómense todo el tiempo que necesiten —dijo el señor Mayfield, poniéndose de pie casi con alivio—. El tío Elliott y yo deberíamos ser capaces de manejarlas durante un rato.

Julia no parecía convencida, lo que hizo que el señor Mayfield sonriera de una manera que mostraba lo endiabladamente guapo que podía ser.

—Gracias, señor Mayfield —dijo Amelia. Sí, efectivamente, el tiempo era esencial.

Ambas mujeres salieron por la puerta principal de la casa.

—Hay un bonito camino hacia el este que discurre junto a un pequeño arroyo. ¿Te gustaría verlo?

—Sí, me encantaría —dijo Amelia. Un paseo las alejaría de la casa y le daría la privacidad que necesitaba para el delicado asunto que debía tratar.

Caminaron en silencio alrededor de la casa y a través del «patio circular», como lo llamaba Julia. Señaló el patio de los perros a la derecha, pero su madre apenas miró en esa dirección. Nunca entendería por qué la gente invertía tanto tiempo y energía en animales malolientes y revoltosos.

—Este condado es precioso —dijo Amelia, tratando impulsar la conversación.

—Lo adoro —dijo Julia—. Recorro este camino todas las mañanas. Es algo maravilloso con lo que despertarse.

—No parece tan diferente de Halling's Road.

Julia se volvió hacia ella.

—¿Tú crees? No se parece en nada a Halling's Road.

—Ambos corren junto a un arroyo —ofreció Amelia, pero sabía que había elegido un mal ejemplo.

—Halling's Road está siempre lleno de carros que van y vienen del molino —dijo Julia con evidente desagrado—. Y los pastos para las vacas no contribuyen a que eso mejore.

—Mejor vacas que perros.

La mujer dejó salir aquellas palabras antes de que pudiera detenerlas. Su hija dejó de caminar. No dijo nada, solo miró a su madre, que era diez centímetros más alta que ella.

—¿Por qué has venido a cenar, madre?

No esperaba una pregunta tan directa, no era el estilo de su hija.

—El señor Mayfield me invitó.

—Tampoco lo entiendo del todo, pero ¿por qué has venido? No quieres que trabaje aquí.

—No he dicho eso.

Julia ladeó la cabeza, mirando fijamente a su madre.

—¿Entonces apoyas que trabaje aquí? ¿Apoyas que trabaje?

Amelia cambió su peso de un pie a otro al ver que la miraba directamente.

—Me gustaría que estuvieras en casa, en Feltwell. Yo…

—Hace cinco años que no vivo en Feltwell, madre. Ya no es mi hogar.

—No digas eso.

—No lo digo para herirte, madre —dijo Julia, con un tono más suave—. Pero es cierto. Feltwell no es mi hogar; tu casa no es mi hogar.

—¿Y esto lo es?

Hizo un gesto hacia la casa que apenas podían ver por encima de la línea de árboles.

—Por ahora, sí. ¿Por eso has venido a cenar, con la esperanza de convencerme para que me vaya?

Aquello se le estaba yendo de las manos. ¿Dónde había escondido Júlia esa cara combativa todos estos años? En cualquier caso, no tenía tiempo que perder, y debía hacer que aquello mejorara.

—Si quieres saberlo, he venido por una razón muy particular. —Tomó aire. Rezó una oración—. Hay una mujer en Brandon que está buscando una dama de compañía. He mantenido correspondencia con su hija, la señora Preston, que está buscando cubrir el puesto…

A Julia se le dispararon las cejas.

—¿Has mantenido correspondencia con alguien en mi nombre?

Por Dios, aquello sonaba a intromisión.

—Estarías más cerca de casa, y...

—Feltwell no es mi casa. Y no soy dama de compañía, soy institutriz.

—Pero no tienes por qué serlo —dijo su madre, levantando las manos en señal de frustración—. No necesitas estar tan lejos, desconectada de la familia y en la casa de un hombre.

Julia tomó aire y lo soltó.

—Deberíamos volver a casa.

Comenzó a caminar y su madre se apresuró a seguirla.

—Julia, por favor considéralo. Tendrías más libertad como dama de compañía, y quiero verte, formar parte de tu vida. Quiero saber que estás bien.

—Estoy bien, madre, y disfruto mucho de mi puesto aquí. —No dejó de caminar—. Y el señor Mayfield no me controla. Tengo libertad.

¿Cómo podía verlo como libertad?

—¿Cuidar a sus perros cuando no estás cuidando a sus hijas? Eres poco más que una criada, Julia.

La joven se volvió hacia su madre, que también se detuvo. Estaban en el recodo del camino que llevaba a la casa. Podía ver los árboles que rodeaban el patio circular y oler a los perros. Tenía la cara tensa y ojos de enfado mientras miraba a su madre.

—¿De qué conoces a lord Howardsford?

Amelia se sobresaltó.

—¿Qué? Yo…

—¿Por eso has venido? ¿Para verle?

La mujer se sonrojó.

—No.

—Entonces, ¿cuál es su papel en esto? Vi cómo os mirabais y sé que hubo muchos silencios incómodos durante la cena de anoche.

Ambas mujeres se miraron, la madre luchando por organizar sus pensamientos, dispersos como las plumas de una almohada, y su hija, que no dejaba de mirarla ni acudía en su rescate. Amelia sintió que el calor le subía por las mejillas y consideró una docena de respuestas diferentes, que iban desde contarlo todo hasta fingir que no lo conocía. Se conformó con la verdad más sencilla.

—Lo conocí hace muchos años, en Londres.

—¿Cómo?

—En sociedad.

Julia parecía confundida.

—¿Qué tiene eso que ver conmigo?

Amelia apartó la mirada y cruzó los brazos sobre el pecho.

—Nada.

La mentira le resultó pesada, pero se aferró a ella porque intentar explicarlo todo no solo sería complejo, sino que interferiría con el sentido de aquella conversación.

—Pero no tengo una buena opinión de él ni de su familia.

Eso era bastante cierto.

—Su familia no tiene buena reputación, Julia. ¿Sabes lo que han hecho los que llevan el apellido Mayfield? ¿Sabes la ruina que han causado a otros y a ellos mismos?

—Conozco al señor Mayfield, y es un buen hombre —dijo Julia—. La historia de su familia no es de mi incumbencia.

—También debería preocuparte —dijo su madre sin rodeos—. Deberías saber con qué tipo de familia te estás relacionando.

—La familia con la que me relaciono sólo incluye al señor Mayfield y sus hijas.

Amelia apretó los dientes y dejó escapar un resoplido.

—Estás siendo muy terca.

—Y tú estás siendo crítica y cruel. Intentas meterte en mi vida. ¡Otra vez!

Amelia se quedó con la boca abierta. ¿Era su hija? ¿Hablando con ella de esta manera? La joven tomó aire y se relajó antes de volver a mirarla, con cara más tranquila.

—¿Por qué te resulta tan difícil confiar en que puedo tomar mis propias decisiones, madre? No quiero la vida que tú quieres para mí. No deseo hacerte daño, pero esa es la verdad.

—¿Por qué no quieres esa vida, Julia?

Amelia nunca había hecho la pregunta directamente, pero la había perseguido durante casi una década, y esta conversación parecía haber acabado con cualquier posibilidad de que hubiera cariño entre ellas. ¿Por qué no encontraba un buen hombre y sentaba la cabeza? ¿Qué había de malo en la vida que ella había llevado, y también Louisa y Simon, qué hacía que Julia no la quisiera? Nada de eso tenía que ver con lord Elliott y su sobrino.

Su hija se rodeó el estómago con los brazos y miró al suelo.

Esperó, con los nervios cada vez más tensos.

—Quiero tomar mis propias decisiones —dijo Julia en un susurro.

¿Qué? ¿Eso era todo? Ni siquiera tenía sentido.

—No lo entiendo.

—No —dijo su hija en un tono comprensivo que hizo que Amelia se pusiera aún más a la defensiva—. No lo entiendes, y no estoy segura de poder explicarlo de una manera que te lo permita. Un padre toma decisiones por sus hijos, y un marido toma decisiones por su mujer. Quiero estar a cargo de mi propio futuro de la forma en que un hijo y una esposa no pueden estarlo.

—¿Como empleada?

Julia asintió.

—Sí.

—¡Cuidas de las hijas y los perros de un hombre! —La voz de su madre sonaba demasiado aguda, pero no podía evitarlo. Toda esta conversación era exasperante—. Eso no es tomar tus propias decisiones.

—Sí, madre, lo es. Yo elijo cómo pasar las tardes. Elijo cuándo me levanto por la mañana. Elijo si doy o no un paseo matutino, o si me pongo el vestido azul o el verde. Elijo cómo me peino y qué zapatos me quedan mejor. Elijo quién me gusta y quién no, y no respondo ante nadie por esas cosas. También elijo cuidar de dos niñas preciosas que me necesitan y de unos perros que hacen que me sienta útil. Y lo decido yo, no tú.

Al escuchar las palabras de su hija, girando a su alrededor, dio un paso atrás. Sonaban como una acusación. Recordó las veladas que pasaron tras la muerte de su marido, con todo muy organizado, y lo importante que era para ella que los niños se levantaran a las siete de la mañana cada día, sin importar qué día de la semana, del mes o del año fuera. Siempre había elegido los zapatos y la ropa que su hija debería llevar, no parecía que le importara. Siempre la había peinado, pensaba que le gustaba. Sin embargo, Julia la había acusado de controlarla con todo eso. ¿Era así como ella lo veía?

Su hija hizo que la tensión general bajara un poco, para luego dar un paso adelante y tomar las manos de su madre entre las suyas.

—Te quiero, madre. Me has cuidado bien y me has querido lo mejor que has podido. No te guardo rencor, pero quiero tomar mis propias decisiones, y la verdad es que solo puedo hacerlo cuando no vivo contigo. Soy feliz aquí, muy feliz, y me gustaría que tú también fueras feliz por mí.

Amelia sintió que se le llenaban los ojos de lágrimas, pero no pudo hablar. Su hija le soltó una mano, pero no la otra. Se volvió hacia la casa, y la llevó con ella. No habló, pero tampoco la soltó.

Llegaron frente a la casa y encontraron el carruaje alquilado esperándolas. El señor Mayfield y lord Elliott estaban hablando con el conductor. Se volvieron y sonrieron. Peter la miraba, mientras que su tío miraba a su madre. Ambos se dirigieron a ellas.

—Su baúl ya está cargado —anunció el señor Mayfield, sonriendo galantemente—. Gracias de nuevo por venir. Ha sido un placer conocer a la madre de Julia.

¿Así que ahora era Julia? ¿No era la señorita Hollingsworth, como había sido anoche?

Amelia miró a su hija, que miraba al señor Mayfield, y se le fue el alma a los pies. Había fracasado. Julia se quedaría aquí, se enamoraría del señor Mayfield y él le rompería el corazón en mil pedazos. Igual que su tío se lo rompiera a ella una vez.

Era tan obvio que no pudo sino despedirse de aquel hombre, que tenía el futuro de su hija en sus manos sin merecerlo, haciendo una leve inclinación de cabeza. Pasó junto a él y aceptó la mano de lord Elliott para subir al carruaje. Se acomodó en el banco y respiró hondo, tratando de alejar las lágrimas y sintiendo el estómago revuelto y ardiendo. ¿Le inquietaba haber admitido que conocía a lord Elliot de antes? ¿O haber mentido acerca de lo bien que lo conocía? Se le cerraron los ojos y las lágrimas pugnaron por salir.

—¿Está bien, señora Hollingsworth?

Abrió los ojos y vio a Elliott de pie frente a la puerta abierta del vagón, observándola con preocupación. Sacudió la cabeza, abrumada, esperando que se comportara como un caballero y la dejara, pero en lugar de eso se volvió hacia su sobrino.

—Peter, creo que acompañaré un poco a la señora Hollingsworth.

¿Un poco? ¿Iba a bajarse luego, en medio de la nada, en mitad de una carretera?

No oyó la respuesta del señor Mayfield, pero él entró en el carruaje y se sentó frente a ella. El lacayo cerró la puerta y Amelia se apoyó en los cojines, mirando por la ventana. La única vez en su vida que se había sentido tan despreciada fue cuando leyó la carta que él le escribió un día, la carta en la que le decía que había disfrutado del tiempo que habían pasado juntos y le deseaba que fuera feliz. Y ahora estaban solos en un carruaje alquilado, y él la miraba mientras ella se derrumbaba por dentro.

El carruaje se sacudió hacia adelante al iniciar el viaje hacia la casa que su hija ya no consideraba su hogar, el lugar donde según parecía se había sentido miserable, tanto que había decidido pasar el resto de su vida en un sitio distinto.

—¿Amelia?

A pesar de llamarla por su nombre de pila, no le reconvino, sino, al contrario, se puso a pensar en una noche de hacía treinta años, durante un baile. No recordaba a los anfitriones, pero Elliot y ella habían bailado antes de salir a la veranda para escapar del sofocante calor del salón. Había puesto la mano en la barandilla y él había llevado la suya junto a la de ella, y ambos habían enlazado los dedos. Ella llevaba un vestido de raso azul con cintura estrecha y una falda con volumen, lo que se llevaba entonces. Se veía hermosa, se sentía hermosa y Elliott, o el señor Mayfield, como era entonces, le dijo que estaba hermosa.

—Me alegro mucho de verla esta noche, señorita Edwards.

Ella había mirado las manos de ambos, entrelazadas, y después lo miró a la cara, a aquel rostro joven, fresco y esperanzado, y había pensado: «Me casaré con este hombre».

—Por favor, llámame Amelia.

Su sonrisa se amplió. Le levantó la mano y le besó el dorso del guante antes de darle la vuelta y besarle la palma. En aquel momento, sintió fuego, un fuego que le iba de la cabeza a los pies. Él se irguió y le guiñó un ojo.

—Entonces, llámame Elliott.

En el carruaje, dejó escapar un suspiro, tratando de alejar los recuerdos y los remordimientos. Se centró su acompañante, sentado frente a ella, pero tardó unos instantes en recordar por qué el Elliott del presente la miraba con tanta preocupación. Por Julia.

—Le había encontrado a Julia un puesto como acompañante de una dama cerca de Feltwell —anunció, con voz neutra—. Pero lo ha rechazado.

El hombre guardó silencio un momento.

—Por supuesto que lo ha rechazado. ¿No ha visto lo contenta que está aquí? Es un lugar ideal para ella.

Amelia negó con la cabeza.

—Está encaprichada. Con todo: sus hijas, sus malditos perros y… él. Seguro que no le pasa desapercibido.

Elliott la observaba tan de cerca que era como si pudiera leerle los pensamientos. No es que lo necesitara, ya que ella no tenía filtro alguno en aquel momento.

—Sí, en realidad —dijo—. Lo veo, y por parte de ambos. Pero tampoco me opongo, y no veo ninguna razón por la que deba oponerse. Hacen buena pareja, son jóvenes, pueden encontrar mucha felicidad juntos.

Entrecerró los ojos. La ira, el dolor, el rechazo, la soledad, el miedo y su instinto de conservación se mezclaban dentro de ella y gorgoteaban, elevándose como la levadura en la masa de pan en un día caluroso.

—Usted es un hombre que habla desde una posición de poder, como su sobrino. —Hizo un gesto hacia la casa, que ya no quedaba a la vista—. Pero él no se casará con ella. Sabe tan bien como yo que no lo hará.

Al hombre le brillaron los ojos.

—Insinúa, de nuevo, que Peter se aprovechará de ella, pero sé a ciencia cierta que no es así. ¿No ha cambiado su opinión lo más mínimo después de sentarse a su mesa, verlo con sus hijas y ser testigo del respeto que siente por Julia?

Amelia miró por la ventana del carruaje, que necesitaba una buena limpieza. Elliott se inclinó hacia delante en su asiento y le habló con franqueza:

—Déjame decirte algo, Amelia. Hace casi dos meses, le presenté a mi sobrino un incentivo con la esperanza de que se animara a casarse otra vez, para así enmendar el pasado de mi familia y proporcionarle seguridad adicional. —Amelia le dirigió una mirada escéptica a medida que explicaba su plan, pues le parecía más bien un soborno. ¿Es que el matrimonio era una mercancía?, ¿algo a lo que entregarse a cambio de dinero? Sintió cómo la rabia aumentaba—. Pero él ni siquiera abrió su carpeta —continuó Elliott—. Dijo que no tenía interés ni en mi «campaña», como él la llama, ni en volver a casarse. Amaba a su mujer, Amelia, y era bueno con ella. Que vea de nuevo una luz en su vida, que mire a Julia como lo hace y que ella le devuelva ese afecto y cuide de sus hijas es algo hermoso, no una manipulación ni un engaño. Es un buen hombre, el mejor de todos. Su interés por tu hija no es lascivo ni egoísta. Sé que te hice daño hace tiempo, y lo lamento con toda mi alma, pero quizá si pudiera explicarte las circunstancias…

—Conozco las circunstancias. —Odiaba que la apaciguaran y que le hablaran con condescendencia. Sentía arder cada nervio de su cuerpo—. Heredaste un título, y la hija de un funcionario del Parlamento ya no era una esposa adecuada para ti.

Ya está. Aquellas eran las palabras que nunca había dicho antes: ya no era suficiente para él en el momento en que su estatus cambió y pudo elegir una presa mejor. Y, si ella no había sido suficiente, Julia tampoco lo sería.

Elliott entrecerró los ojos.

—¿Eso es lo que crees?

—Era bastante obvio, lord Howardsford. —Ella no podía ni mirarlo—. Nunca te importaron las promesas de futuro o las libertades que te tomaste conmigo.

—¿Libertades? —inquirió, con las cejas alzadas—. Nos besamos detrás de unos arbustos un puñado de veces. Y, según recuerdo, estabas más que dispuesta a tomarte esas libertades.

El calor le abrasó las mejillas y, sin miramiento alguno, replicó:

—Cómo te atreves… Esta conversación ha terminado.

Golpeó tres veces el techo del carruaje.

—Te has convertido en una mujer dura y amargada, Amelia, y me rompe el corazón. Tu hija es una mujer adulta capaz de tomar sus propias decisiones, y espero que pueda ver su relación con Peter con más claridad de la que tus prejuicios te permiten.

El carruaje se detuvo y tuvo que apartar las rodillas para que lord Elliott pudiera salir. Sentía cómo el corazón casi se le salía del pecho tras aquellas palabras que le había lanzado como flechas.

Él bajó del carruaje, pero introdujo la cabeza dentro de la cabina, así que no tuvo más remedio que mirarle, aunque era lo último que quería hacer.

—Te sugiero que busques cómo tener tu propia vida en lugar de tratar de manejar la de tu hija. Buenos días y buen viaje.

Dio un portazo y golpeó el lateral del carruaje, instando al conductor a que continuara dejándolo en la carretera, en algún lugar entre Elsing y Dereham.

Amelia se quedó mirando el asiento que tenía enfrente y se encerró con fuerza sobre sí misma para no dejar que las palabras de aquel hombre hicieran mella en ella. Estaba equivocado. Nunca, jamás, podría entender lo que le había costado superar su rechazo o lo decidida que estaba a proteger a su hija de algo parecido. Nadie podría.

Capítulo 26

JULIA

Oyó el ruido de un carruaje que se acercaba mientras volvía a casa desde la iglesia y se metió precipitadamente en el arcén. La vegetación del año anterior se enmarañaba bajo la hierba primaveral. Aunque el otoño siempre sería su época del año favorita, la primavera se estaba ganando un lugar en su corazón este año. En Londres, era una estación encantadora, pero no podía compararse con la primavera en el campo. Estuvo tentada de quitarse los zapatos y de correr por el prado que había a su izquierda, pero las ovejas que pastaban parecían reservar ese espacio para la fantasía. Después de todo, la hierba era tan verde por una razón.

En lugar de pasar junto a ella, el carruaje redujo la velocidad, y Julia miró por encima de su hombro para comprobar que se trataba del señor Mayfield. Se había ofrecido a llevarla al servicio aquella mañana, pero lo había rechazado amablemente. Algo había cambiado entre ellos después de la cena.

Conversaban con más facilidad y él pasaba más tiempo con ella y las niñas en su habitación o en el jardín, y aquello le gustaba mucho... ¿Demasiado? Las advertencias de su madre seguían retumbándole en los oídos.

El carruaje se detuvo y la puerta se abrió, revelando el rostro del señor Mayfield, que la miró sonriente. Ella le devolvió la sonrisa.

—¿Quiere que la lleve de vuelta a casa, señorita Julia?

La joven se asomó al carruaje y ladeó la cabeza.

—¿Dónde están las niñas?

—La señora Oswell las ha invitado a almorzar. Volveré por ellas a las cuatro.

Julia levantó las cejas.

—¿Solo invitó a las niñas?

Se le juntaron las cejas.

—Es extraño, pero últimamente hemos tenido algunos malentendidos. La conozco desde hace mucho tiempo, pero aun no entiendo bien por qué hace las cosas como las hace. Pero, bueno, ¿me permite que la lleve de vuelta?

—Gracias, pero prefiero volver andando. Hace un día precioso.

Además, era inapropiado que viajara con él a solas en su carruaje, por mucho que lo deseara. Y lo deseaba. Mucho.

—Oh, bueno, sí, es cierto.

Pudo notar la decepción en su voz y, aunque la apenaba, al mismo tiempo se permitió disfrutarlo un instante: él deseaba que ella subiera al carruaje con él. No había sido una mera cuestión de buenos modales.

—¿Quizá le gustaría caminar conmigo?

Peter hizo una pausa antes de contestar, y ella estuvo a punto de retirar el ofrecimiento, pero entonces él salió del carruaje y se puso el sombrero.

—Gracias. Si no es una molestia para usted...

—Ni mucho menos, señor Mayfield. Un día como hoy deben disfrutarlo todos.

Cerró la puerta del carruaje y se asomó delante para explicarle a Stephen el cambio de planes. Este asintió con la cabeza, levantó una ceja en dirección Julia y luego espoleó a los caballos. El estruendo de las ruedas fue disminuyendo hasta que el sonido de la primavera volvió a ser el protagonista.

—Ha sido un bonito servicio —comentó el señor Mayfield, con las manos en los bolsillos del abrigo.

Julia no se dejó llevar por cómo la había mirado Stephen. Por supuesto, el personal había notado un cambio entre el señor Mayfield y ella, y debía recordar las palabras de Colleen y tratar de evitar quedarse sola en compañía de su empleador. No, no se dejaría llevar.

—Es fácil escuchar al señor Oswell. En cambio, el vicario de la parroquia de mi madre es muy joven y le falta convicción, supongo. Uno tiene la sensación de que siente el oficio como una ocupación y no como una vocación.

—Y, sin embargo, sí es su ocupación, ¿no es cierto?

—Sí, pero no debe transmitirlo. Un buen clérigo te hace olvidar que se moriría de hambre si no pagaras los diezmos.

El señor Mayfield se echó a reír, y ella se dio cuenta de lo mucho que le gustaba escuchar esa risa. Cuando llegaron a una bifurcación y ella se dirigió a la izquierda, el camino más directo de vuelta a casa, el señor Mayfield se detuvo a su lado.

—Hay otro camino, justo ahí. —Señaló hacia la derecha—. Es casi un kilómetro más largo, pero atraviesa un prado precioso. —Se encontró con los ojos de la joven y cambió nerviosamente el peso de un pie a otro—. Bueno, quizá sea mejor tomar...

Se apresuró a hablar antes de dejar que se disuadiera a sí mismo.

—No tengo prisa alguna que me impida añadir un pequeño desvío, señor Mayfield.

Y, de cualquier forma, no preferiría estar en otro lugar que no fuera junto a él. Cielo santo… Sonrió y se balanceó sobre los talones.

—Bueno, excelente, entonces.

Tomaron el camino de la derecha y conversaron sobre los servicios de la iglesia, sobre los Oswell y los perros. Le sorprendió que, aunque amaba a sus canes y le encantaba hablar de ellos, también sentía ganas de hablar de otras cosas quizá más personales. Después de todo, era la primera vez que estaban a solas y…

Cielo santo.

—Supongo que no es sorprendente que conozca estos caminos —dijo para cambiar de tema—. Aquí es donde creció, ¿no es así?

—Así es. —Con las manos en los bolsillos, paseaba la vista por el camino y las vistas que los rodeaban—. Hasta los trece años, cuando me fui a Harrow.

—Y, a continuación, ¿a la universidad?

—Sí, a Cambridge. Estudié allí dos años antes de volver. Me temo que mi interés por la Literatura y la Filosofía era limitado. Echaba de menos la tierra, el cielo y las oportunidades del campo.

—Y, cuando volvió, ¿se hizo cargo de la gestión de la finca?

El señor Mayfield se encogió ligeramente de hombros.

—Podría decirse que he administrado esta finca desde que tenía diez años.

—¡Diez!

Julia le miró para asegurarse de que no se estaba burlando de ella, pero su expresión era seria, a pesar de que su rostro transmitía cierta felicidad al verla sorprendida. El señor Mayfield dio una patada a una piedra.

—Mi padre murió cuando yo tenía ocho años, así que el tío Elliott vino a casa al año siguiente y puso las cosas en orden, ya que mi padre había sido muy negligente. La finca estaba muy deteriorada, nadie la mantenía y no daba beneficio alguno. El tío Elliott contrató a un nuevo administrador, el señor Johnstone, que todavía trabaja aquí, y nos explicó que yo, como heredero, debía participar en la gestión. En retrospectiva, no creo que nadie me tomara en serio, pero fue una buena idea, pues hizo que me sintiera orgulloso de mi nuevo rol y que tuviera más ganas de demostrarles lo que valía. Hacía poco que había heredado, y me apoyé mucho en los consejos del señor Johnstone, pero aprendí mucho de mi participación aquellos años. Cuando iba a la escuela, mantenía correspondencia con el administrador y mi tío lo más a menudo que podía, y durante las vacaciones ponía al día los libros de contabilidad. Aprendí a ser responsable y, desde entonces, he tratado de vivir siéndolo.

Sonrió con cierta timidez.

—Me parece impresionante, señor Mayfield. Y lamento mucho que su padre falleciera siendo usted tan joven.

—Usted vivió una situación similar.

—Sí —admitió Julia, sintiendo una familiar ola de tristeza. La muerte de su padre lo había cambiado todo para ella—. ¿También perdió a su madre siendo joven?

Aunque le había dicho a su madre de corazón que no le importaban los escándalos que hubiera en la línea familiar del señor Mayfield, sentía curiosidad. Había considerado preguntarle a la señora Allen, tal vez a la señora Oswell, pero le preocupaba parecer una cotilla.

—Mi madre era… —Hizo una pausa, tomó aire y pateó el suelo frente a él—. Siempre la conocí perdida, más aún después de la muerte de mi padre. —La miró fijamente—. Seguramente conoce la historia… o, mejor dicho, el escándalo.

—He oído algunos rumores, pero nada concreto.

Se quedó pensativo durante unos segundos y luego le contó la historia de sus padres. Julia por fin comprendió las preocupaciones de su madre, pero se sintió aún más decidida a que los pecados de sus padres no afectaran a aquel hombre bondadoso.

—Tras la muerte de mi padre, no salía de casa. No sabía existir en el mundo sin que mi padre la guiara, por así decirlo. Me sentí triste cuando falleció, por supuesto, pero también me sentí aliviado por su propio bien, pues ya no sufriría más.

—¿Estaba enferma, entonces?

—No. —Sacudió la cabeza—. Quiero decir, sí, al final fue una neumonía, pero sufrió de otras formas durante su vida. Nunca fue verdaderamente feliz.

—Ese es el peor tipo de sufrimiento.

—Sí.

—Pero usted mantuvo un matrimonio feliz con la señora Mayfield.

Sabía que su difunta esposa se llamaba Sybil, pero no le pareció adecuado referirse a ella por su nombre de pila. Peter se sobresaltó y la miró con brusquedad, y Julia apartó la mirada.

—Lo siento. No debería haber dicho eso... Nada de esto, en realidad.

—No, no, está bien. —Se removió incómodo, se quitó el sombrero, dejando que la brisa le acariciara el pelo, y se lo llevó junto a la pierna—. Me falta mucha práctica a la hora de hablar de ella.

Julia sonrió, pero no dijo nada, dejando que él hablara a su ritmo.

—Conocí a Sybil cuando vino a Elsing para quedarse con su tía durante unos meses. Había rechazado una propuesta de matrimonio y decía que había huido a Elsing para esconderse. —Continuó explicando que habían tenido un buen matrimonio, que su relación había sido feliz, algo que no había creído posible, y que disfrutaban mucho de sus hijas—. Sybil nunca se recuperó del todo tras el nacimiento de Leah. No parecía recuperar las fuerzas, no tenía apetito y, hacia el final, estaba más dormida que despierta. Luego nos enteramos de que, después de que naciera Leah, ella…

No continuó. Y Julia notó cómo las mejillas le cambiaban de color.

—¿Señor Mayfield?

Él sacudió la cabeza.

—Simplemente nunca acabó de recuperarse después del nacimiento de Leah.

—Quiere decir que siguió sangrando. —Él clavó la vista en el suelo, y Julia le dio un golpe cariñoso con el hombro—. Olvida que me siento cómoda con los asuntos de biología. ¿No se lo dijo a nadie? ¿No acudió a un médico?

—Seguía esperando que su salud mejorara, pero en lugar de eso se fue debilitando hasta que llegó el invierno. Entonces llegó una tos que no consiguió superar.

—Debió de ser una época horrible.

Julia le puso una mano en el brazo, pero solo por un momento antes de darse cuenta de que no debía hacerlo. El hombre tenía la mirada clavada en el camino.

—Fue la mayor tragedia de mi vida.

Caminaron en silencio durante varios minutos, Julia se debatía entre el arrepentimiento por lo que le había preguntado y el agradecimiento porque le hubiera contestado. Recordó lo que su madre había dicho respecto a que él no era digno de confianza y le pareció ridículo. Tal vez si su madre supiera lo mucho que había amado a su esposa, no lo vería de un modo tan injusto como lo hacía.

—Aquí está.

Ella lo miró, confundida, y luego siguió con la vista lo que él señalaba hasta exhalar un suspiro. Habían llegado al prado que él había mencionado.

—No me había dicho que era un campo de prímulas…

Siempre había sido su flor favorita, ¡y ahora tenía un prado entero!

—Oh, bueno, no estoy muy familiarizado con los nombres de las flores.

Le sonrió lo justo para hacerle saber que no había querido reprenderle y se volvió hacia el campo, dejando que la vista la cautivara una vez más. Las filas de prímulas de color amarillo pálido brillaban sobre el verde intenso de la hierba. Aquí y allá había una mancha rosa o un alto racimo de campanillas, pero la mayoría de las flores eran del típico color amarillo. Caminó hacia delante, volviendo la cabeza lentamente para verlo todo y recordando su casa, su infancia y cómo su padre había dicho una vez que su familia era como una prímula: cinco pétalos para cinco miembros; sencilla pero resistente.

—¿Le importa que busque el centro? —preguntó. Él parecía divertido.

—Ni mucho menos.

Vio un sendero de ciervos, apenas visible, y se dirigió hacia él, levantando las faldas al pisar el camino para no dañar las flores mientras se adentraba hacia el centro del campo. Después de unos pasos, se volvió hacia el señor Mayfield.

—¿Le gustaría acompañarme? La vista desde los márgenes es magnífica, pero desde el centro le hará sentir que el mundo entero está lleno de flores.

—Bueno, sí, supongo.

La siguió por el camino. Cuando llegó a lo que parecía el centro, se dio la vuelta para observar cómo el señor Mayfield recorría la distancia que quedaba, sin poder contener una carcajada al ver la cara de concentración que ponía. Él levantó la vista al oírla reír y sonrió antes de volver a sus cuidadosos pasos.

—Puedo enseñarle un truco que teníamos mis hermanos y yo cuando éramos pequeños.

Cerró ligeramente un ojo y le dirigió una mirada de sospecha.

—¿Será que tengo pétalos, hierba o tierra en la cara? Si es así, conozco ese truco.

Julia se echó a reír tan fuerte que se llevó una mano a la boca en señal de sorpresa. Y entonces el hombre no pudo contener la risa. Ella dejó caer la mano.

—No es ese tipo de truco.

Él asintió y, entonces, ella le dio la vuelta para que quedaran espalda con espalda. Tuvo que pisar algunas flores para lograrlo, pero el fin justificaba los medios.

—Tenemos que enlazar los codos —dijo ella, volviéndose y agarrándole del brazo para ponerse en posición.

—No entiendo lo que estamos haciendo…

—Ya verá. Ahora, debemos juntar los codos…, así.

Ahora estaban espalda con espalda, con los codos cerrados. Julia se hizo a un lado, obligando al señor Mayfield a hacer lo mismo, y él lo captó rápidamente y empezaron a pivotar muy lento, convirtiendo el campo en algo magnífico, una vista de flores que nunca se detenía. Hicieron un círculo completo antes de que Julia rompiera el silencio con una explicación.

—Mi padre llamaba a esto un panorama: cuando cada persona puede ver lo mismo, sin perder un solo detalle.

—Es increíble.

Dejó que el cumplido, tan sincero y sencillo, le llenara el corazón mientras seguían girando, de manera lenta y constante. Julia se imaginó que eran el centro del mundo y que todo lo demás se movía a su alrededor. Cerró los ojos para concentrarse en los olores de la naturaleza, los trinos de los pájaros y el susurro de las hojas, un río en la distancia y la sensación del sol y la brisa en la cara. Notaba el calor de la espalda del señor Mayfield contra la suya, algo que no le había parecido sensual hasta que se puso a pensar en ello pero, como todo había surgido de manera espontánea, se permitió disfrutar un poco más. Era casi como si estuvieran bailando, espalda con espalda.

Cuando terminaron el círculo, abrió los ojos y, con todos los sentidos alerta, trató de asimilar la situación.

—¿Ha traído aquí a Marjorie y a Leah? —preguntó.

—No, nunca lo he hecho.

—Debería.

Después de otras tres rotaciones, se detuvieron y permanecieron de pie durante varios segundos hasta que él, de alguna manera, consiguió desenredarse de los codos de ella con más facilidad de la que podía esperarse. Ambos se volvieron para mirarse y, aunque ya no estaban rotando, Julia seguía sintiendo que se encontraba en el centro de algo. Él la miraba fijamente, como si pudiera leer todos sus pensamientos. ¿Y si este momento pudiera existir por separado del mundo en el que vivían?

Tras varios segundos, él sonrió y se agachó, enderezándose un momento después con una sola flor entre los dedos. Le apartó el pelo de la cara y ella se estremeció por completo cuando le colocó la flor detrás de la oreja, bajo el sombrero. Era un misterio cómo su tacto podía ser ligero como el ala de una mariposa y, sin embargo, hacer que la piel le ardiera como el carbón.

Peter dejó caer la mano y ladeó la cabeza, frunciendo ligeramente el ceño.

—Es casi del mismo color que tu pelo. Apenas puedo ver dónde acaban los pétalos y dónde empiezas tú.

Julia se agachó, arrancó otra flor y se la guardó en el bolsillo del abrigo.

—En cambio, contrasta con el color del abrigo. Quizá significa que eres mejor lienzo que yo.

—Desde luego que no.

La joven paseó la mirada de la flor a su rostro. ¿Se había imaginado que él se había acercado? Se inclinó hacia delante y sintió una conexión aún más fuerte entre ellos. Podía ver el pulso latiendo en la base de su garganta e imaginó que a ella se le había acelerado hasta igualar el de él. Sus ojos la capturaron y sintió que algo se desgarraba en su interior. No importaba quién fuera él o quién fuera ella. Se inclinó un centímetro más y le oyó inhalar profundamente, luego levantó la mano para pasarle el dorso de los dedos por la curva de la barbilla. Cerró los ojos y saboreó el delicado fuego de su contacto.

—¿Julia?

Los abrió y vio que la cara le había cambiado. El suave deseo que había visto hace unos momentos se había convertido en ansiedad. Él se apartó, y el calor le recorrió el pecho y el cuello antes de apoderarse de su rostro. Volvió a mirar las flores mientras componía una sonrisa cortés.

—Bueno, gracias por traerme aquí, señor Mayfield. —Mi jefe. Mi empleador. El hombre del que tanto miedo tiene mi madre—. Es un lugar mágico donde perderse.

No le miró a los ojos ni esperó a que respondiera, sino que se levantó las faldas y siguió el sendero de los ciervos a través de la pradera hasta el otro lado, donde se unía al camino principal. El corazón le latía con fuerza y seguía teniendo el rostro caliente, pero era consciente de que el señor Mayfield la seguía a unos pasos.

Una vez en el camino, se mantuvieron en silencio unos instantes. Julia trató de determinar cómo se sentía. Algo avergonzada, sin duda, pero no era solo eso. No recordaba quién se había tomado la primera libertad, pero tampoco le importaba. Había habido algo hermoso e inocente en el momento, y se negaba a dejar que el arrepentimiento la invadiera, aunque no estaba segura de cómo lograrlo.

—El límite oriental de la finca no está lejos de aquí —dijo él al fin.

—Oh. Muy bien.

Caminaron en silencio.

—Creo que a las niñas les gustaría mucho este lugar —comentó cuando el silencio volvió a ser insoportable.

—Tiene razón, quizá debería traerlas aquí.

Él, ya no había un nosotros. ¡Por supuesto que no! Más silencio. Y con el silencio llegaron los recuerdos de aquel momento, un momento que deseaba poder cortar del tejido del tiempo y conservar para siempre. Pero tenía veintisiete años y seguía siendo una niña tonta. Quería que él siguiera hablando. Así, las palabras los alejarían de ahí y, tal vez con suficientes palabras, pudieran olvidarlo. Tal vez.

—Nos espera una nueva semana... —dijo, cambiando de tema.

—Sí.

Peter aceleró el paso y ella lo miró de reojo. ¿Estaba avergonzado? ¿Enfadado? Siguió mirando al frente.

—*Queenie* me tiene preocupado. Debería dar a luz el martes o el miércoles, pero no está comiendo mucho...

Perros. Bien. Podían hablar de perros durante horas sin cruzar la línea de la intimidad que se había trazado entre ellos hacía unos minutos. Solo debían reencontrar la relación adecuada para ambos. Se fijó en la flor amarilla que había guardado en el bolsillo del abrigo y se preguntó si la que tenía detrás de la oreja seguía allí. No se atrevió a comprobarlo.

—¿De verdad? ¿Es eso normal en ella?

Negó con la cabeza.

—No, perdió un cachorro en su último parto, pero mantuvo la fuerza y el apetito durante todo el embarazo.

Capítulo 27

JULIA

Un golpe en la puerta hizo que se despertara de golpe, preguntándose si realmente lo había oído. Cuando volvieron a sonar los golpes, salió a tientas de la cama y se dirigió a la puerta que daba al pasillo. En el camino, se golpeó la rodilla con el lavabo y luego se golpeó el dedo del pie con el rodapié, lo que le hizo dar un respingo pero también despertarse por completo. Abrió la puerta y parpadeó a la luz de una vela que sostenía el nuevo cuidador de perros, Henry. El señor Allen estaba de pie detrás del hombre, se había puesto un abrigo sobre el camisón. Debía de ser muy tarde ya el miércoles por la noche o muy temprano el jueves por la mañana.

—El señor Mayfield necesita que vaya con urgencia —dijo Henry, con el pecho agitado y los ojos asustados—. *Queenie* está teniendo problemas con el parto y me pidió que la avisara.

Después de su conversación con él sobre *Queenie* hacía unos días, después de aquel momento en el prado, había estado pendiente de la perra cada mañana antes de pasar un rato con *Mermelada,* que ya no estaba en el cobertizo. La puerta que conducía del corral de *Queenie* al cobertizo donde tenían lugar los partos estaba abierta desde hacía casi una semana, pero ella había mostrado poco interés, a pesar de que su camada estaba a punto de nacer. Lo único que Julia había conseguido del animal era que comiera unos trozos de pollo que le preparaba la cocinera.

—Deme un momento.

Se dio la vuelta para ponerse las botas, dejando la puerta abierta para poder ver, al menos un poco. Cuando apareció en el pasillo menos de un minuto después con los cordones metidos en la parte superior y ciñéndose el fajín de la bata alrededor de la cintura, tanto Henry como el señor Allen la miraron sorprendidos.

—Quizá debería vestirse adecuadamente —dijo el señor Allen, con una tos discreta.

—Si el señor Mayfield ha solicitado mi ayuda ahora, seguramente me necesita ya.

Se abrió paso entre ellos y oyó que Henry la seguía y bajaba a toda prisa las escaleras del servicio, atravesando el pasillo y la cocina. Dejó la puerta atrás e inmediatamente sintió la fuerte lluvia en la cara. Jadeó y retrocedió hacia el interior, pero el cuidador estaba justo detrás de ella, así que tropezó con él. No se había dado cuenta hasta ahora de que estaba empapado.

—Hay una tormenta tremenda —dijo Henry, perdiendo la vista en la oscuridad.

Se encogió de hombros y se adentró en la noche bajo la lluvia: no había nada que hacer. Cuando llegó al cobertizo, tenía el bajo de la bata lleno de barro, al igual que las botas. Entró en el cobertizo, con Henry detrás de ella, y este cerró la puerta para proteger el espacio del viento y la lluvia. Se limpió la cara con la esperanza de ver un poco mejor y, después, observó la estancia: dos faroles colgaban de las paredes, la cama donde estaba la perra pariendo quedaba en el centro, como lo había estado para *Mermelada*, y *Queenie* yacía de lado, jadeando mucho y con los ojos cerrados. No había nada que hiciera que se alarmara hasta que se fijó mejor en el señor Mayfield. Tenía una toalla en el regazo y dentro de ella había algo que estaba frotando.

—¿Un cachorro? ¿Ya? —preguntó Julia.

—Henry lo encontró en el patio alrededor de la medianoche —respondió.

—No sé cuánto tiempo ha estado ahí —dijo Henry—. He vigilado a *Queenie* cada pocas horas las últimas noches, y esta vez encontré un cachorro. Todavía está caliente.

—La bolsa estaba rota, pero *Queenie* lo había dejado y había vuelto a su refugio.

El señor Mayfield siguió frotando al cachorro, sin quitar ojo a la madre.

—Henry la trajo aquí, pero, aunque se está esforzando, parece desorientada y dormida la mayor parte del tiempo. —Miró a Julia con ojos pesados y asustados, y ella leyó lo que no le decía en voz alta: no estaba seguro de qué hacer.

Se acercó a la cama, cerca de la cabeza de *Queenie*. Se quitó los zapatos llenos de barro y la bata, que no eran más que una carga, y se apartó el pelo de la cara mientras acariciaba a la perrita en la cabeza

—*Queenie*… —susurró Julia, acariciándola con movimientos lentos y uniformes—. ¿Qué pasa, mi niña?

El perro no hizo gesto alguno, pero se agitó, jadeando.

—Creo que está inconsciente —dijo Julia en voz baja—. ¿Cuándo fue la última vez que se movió?

—Hará unos diez minutos —calculó el señor Mayfield—. ¿Había visto algo así antes?

—Así no, no —respondió Julia, todavía acariciando a la perra mientras pensaba en otros partos anteriores. ¿Qué habría hecho su padre? Con una mano, revisó la mandíbula del animal y, luego, le echó un vistazo al vientre. Siempre le había parecido que *Queenie* era mayor de lo que el señor Mayfield pensaba, pero no había tenido tiempo de comprobarlo.

—*Queenie* no es un perro de pura raza, ¿verdad?

—No, *Sheila* sí, y solo la he cruzado una vez. *Queenie* es perfecta por su tamaño, agilidad y velocidad.

—¿Y el criador al que se la compró dijo que tenía dos años?

—Sí, había parido una camada con éxito. La he cruzado tres veces desde entonces.

—Lamento decir esto, señor Mayfield, pero supongo que en realidad tiene casi ocho años. Si la compró como madre de cría, lo más probable es que haya tenido diez o más camadas antes de que usted la adquiriera.

—La vendedora me aseguró que solo había tenido una —repitió, confundido.

Julia sonrió amablemente.

—Le mintió. —El hombre se quedó perplejo—. Hábleme de su última camada.

Levantó una de las patas de *Queenie* y separó cada dedo, atenta para ver si respondía a algo que solía resultarle incómodo.

—Había diez cachorros, una camada grande. Sobrevivieron nueve.

—¿Y el que no sobrevivió? ¿Qué salió mal?

—El parto duró varias horas, y *Queenie* estaba agotada por el esfuerzo. El último cachorro nació muerto, pero, tras una camada de ese tamaño, no me pareció demasiado inesperado. Esperé dos ciclos para que recuperara fuerzas antes de cruzarla de nuevo.

El señor Mayfield era un entusiasta, pero aún no era un experto. Julia pasó a otra pata, separando los dedos de nuevo. En el segundo, *Queenie* se tensó. Julia hizo una pausa y luego tocó el siguiente dedo del pie. *Queenie* se tensó de nuevo.

Julia miró al señor Mayfield, que seguía frotando al cachorro, aunque ambos sabían que ya estaba perdido.

—Creo que sé lo que hay que hacer, señor Mayfield, pero necesitaré que siga mis instrucciones.

Él asintió enérgicamente, y ella se volvió hacia Henry.

—Lleva el cachorro del señor Mayfield a casa. Trata de calentarlo junto al fuego, sóplale en la cara y despéjale las fosas nasales.

Lo más probable es que no sirviera de nada, pero al menos Henry se mantendría ocupado y dejaría libre al señor Mayfield. El cuidador tomó el cachorrito y se marchó.

Entonces, Peter se arremangó la camisa y se arrodilló en el suelo del cobertizo. Sus miradas se encontraron a través de la caja.

—Gracias —dijo en voz baja.

Julia negó con la cabeza.

—No me dé las gracias todavía. Va a ser una noche larga para todos nosotros.

Volvió su atención a *Queenie* y movió a la madre hacia el otro lado, provocando algunos gemidos. Aunque era bueno escuchar una respuesta, se le encogió el corazón. Supuso que la perra había sufrido sufrido una apoplejía.

Horas más tarde, cuando los pájaros cantaban al amanecer, se encontró sola con *Queenie* en el cobertizo. El señor Mayfield había llevado a los cuatro cachorros que habían salido adelante a casa hacía media hora. Otro había nacido muerto. Aunque le había dicho que necesitaban el calor del fuego, y así era, también intentó evitarle más angustia. *Queenie* estaba tumbada sobre una manta en el suelo frente a ella, con el cachorro nacido muerto entre sus patas delanteras.

—Has hecho un trabajo maravilloso, *Queenie* —le susurró, acariciándole el costado mientras su respiración se iba deteniendo, con pausas largas entre una y otra.

Julia no quería seguir haciéndola sufrir con los métodos habituales de reanimación y había decidido dejarla descansar. El animal solo se había despertado por completo una vez durante el parto y luego había vuelto a caer inmediatamente en la inconsciencia mientras Julia y el señor Mayfield traían al mundo a los cachorros sin su ayuda. Ahora, terminada la tarea, al pobre animal le estaba fallando el cuerpo por completo.

—Cuatro cachorros, *Queenie*. Cuatro hermosos y saludables cachorros.

Otra respiración. Otra pausa. Poco a poco, la perra se relajó y dejó la boca abierta y la lengua colgando hacia un lado.

—*Mermelada* los criará como una madre —continuó, con la garganta seca.

Otra respiración. Otra pausa.

—El señor Mayfield los cuidará lo mejor que pueda. Él no sabía que estabas tan agotada. Si lo hubiera sabido, no te habría pedido tanto.

Otra respiración. Otra pausa. Y, finalmente, nada.

Julia apretó los labios para no llorar. Esperó un minuto más y luego tiró de la esquina de la manta de *Queenie* para cubrirla a ella y al pequeño cachorro que había nacido muerto. Después, se sentó contra la pared del cobertizo y dejó que el agotamiento y la emoción la envolvieran. Estaba sollozando con la cabeza apoyada en las rodillas cuando oyó que la puerta del cobertizo se abría con un chirrido.

Por suerte, era Henry y no el señor Mayfield. La miró a ella, a la manta y de nuevo a ella.

—¿No ha sobrevivido?

—No —dijo Julia con voz trémula, enjugándose los ojos—. No quiero que el señor Mayfield se moleste.

Lo había observado luchar con sus emociones durante el parto: nunca se había visto envuelto en una situación como aquella.

—Entiendo.

Henry se acercó y levantó el cuerpo envuelto en la manta del suelo. Julia se puso en pie y arropó a *Queenie* con las esquinas de la manta.

—No sé qué hacer con ella —dijo, apoyando la mano en la cabeza de la perra.

—Yo me ocupo —dijo Henry—. No te preocupes.

Se enjugó los ojos de nuevo.

—¿Dónde está el señor Mayfield?

—En la cocina. —Henry señaló hacia la casa—. ¿Sabes que el primer cachorro ha revivido?

Ella lo miró sorprendida.

—¿En serio?

La sonrisa del hombre se hizo más amplia, y al hacerlo se le vio el colmillo que le faltaba.

—Casi una hora después. Jacob se hizo cargo. Debe de tener un don…

—Pensé que no había ninguna posibilidad… —dijo Julia, con la barbilla temblando mientras amenazaban más lágrimas. Estaba completamente agotada y era incapaz de ordenar sus pensamientos o su comportamiento en lo más mínimo.

—Bueno, la había. Yo me encargaré de nuestra *Queenie*.

Julia asintió con la cabeza, se volvió a enjugar los ojos y apoyó la frente en la pared del cobertizo durante uno o dos minutos más, hasta que pudo controlar sus emociones.

Lo peor ya había pasado, pero aún quedaban asuntos por resolver, a pesar de lo cansada que se sentía. Se puso las botas, manchadas de barro, y se echó la bata aún húmeda sobre los hombros. La lluvia era menos intensa que antes, pero para cuando llegó a la cocina estaba de nuevo mojada y llena de barro. Se puso de pie en la alfombra, goteando y temblando.

Varias cabezas se volvieron para mirarla, pero ella solo vio al señor Mayfield sentado en una silla junto al fuego, con una manta en el regazo. Se quitó las botas y caminó descalza por las frías losas hacia él. Cuando llegó, él levantó la vista con mirada interrogante, y ella se limitó a mirarle con tristeza. Alargó la mano y volvió a doblar la esquina de la manta. Cinco pequeños cachorros blancos y marrones apenas se movían dentro del nido que había hecho para ellos.

Julia sintió que las lágrimas amenazaban de nuevo, pero se resistió.

—Son hermosos.

—Lo son —dijo el señor Mayfield.

Apoyó una mano en su hombro con inesperada naturalidad, y Peter colocó una mano sobre la de ella.

—Deberíamos dejarlos con *Mermelada* lo antes posible —propuso.

El señor Mayfield le sostuvo la mirada un instante, luego arropó a los cachorros con la manta y se puso en pie. Cuando Julia se volvió en dirección a la puerta, percibió cómo cinco personas del personal fingían desinterés en sus interacciones, pero estaba demasiado cansada como para preocuparse por lo que pensaran. Se dirigió a la puerta trasera y se sentó pesadamente en el banco, observando las botas mojadas y llenas de barro.

El señor Mayfield le dirigió una mirada y se volvió al ama de llaves:

—Señora Allen, ¿tenemos unas botas de trabajo que la señorita Julia pueda usar?

—Desde luego, señor. —Asintió y desapareció por el pasillo de servicio.

El hombre señaló con la cabeza sus botas.

—Hay que echarlas al fuego, Julia. Son insalvables.

—No lo son —respondió, y las empujó bajo el banco sintiendo cómo el corazón se le desbocaba al escuchar su nombre. Ni «señorita Hollingsworth» ni «señorita Julia». Solo «Julia»—. Quedarán como nuevas con un poco de agua y un cepillo, aunque sí le agradezco que me preste otro par hasta que pueda limpiarlas.

El barro se le había metido en las botas, lo que era bastante incómodo. El señor Mayfield miró a los demás miembros del personal hasta que sus ojos se posaron en el señor Allen.

—¿Podría enviar una nota a la vicaría solicitando que la señora Oswell venga a cuidar de las niñas hoy? Dígale que la señorita

Julia y yo hemos pasado despiertos toda la noche con una nueva camada. Que Jacob entregue la nota de inmediato.

Julia intentó enmendar la petición.

—No hace falta… —Pero se interrumpió al ver el gesto decidido del señor Mayfield. No se dejaría convencer. Lo que iba a decir se le quedó en la garganta; en realidad, lo único que quería era dormir.

—Sí, señor.

El señor Allen salió de la zona común hacia la oficina que compartía con su esposa.

Después, el señor Mayfield se dirigió a la cocinera y a Colleen, las dos únicas empleadas que aún quedaban ahí.

—La señorita Julia y yo necesitaremos desayunar cuando volvamos, algo caliente y contundente. —Se dirigió a Colleen—. Prepare a la señorita un baño en la bañera de cobre del lavabo de arriba y asegúrese de que el agua esté caliente cuando terminemos de desayunar.

—Sí, señor —asintieron ambas mujeres, pero Julia se encogió ligeramente, consciente de que su relación con Colleen no haría más que empeorar después de aquello. Sin embargo, un baño y una comida calientes sonaban demasiado bien.

La señora Allen regresó con un par de botas, solo un poco más grandes de lo que necesitaba, y un abrigo con mangas remendadas y al que le faltaban botones. Parecería un espantapájaros, pero estaría limpia, caliente y seca.

—Gracias, señora Allen. —Metió los brazos por las mangas, se subió el cuello y sonrió al ama de llaves—. Maravilloso.

La mujer le tendió un paraguas, señalando con la cabeza al señor Mayfield.

—Para cubrir a los cachorros.

Le dio las gracias de nuevo, y luego ella y el señor Mayfield emprendieron el camino hacia el patio sosteniendo el paraguas sobre la camada.

—Hace demasiado frío para que los cachorros estén fuera —dijo el señor Mayfield mientras se acercaban al corral.

Julia estaba de acuerdo.

—El cobertizo, entonces —dijo y abrió la puerta. Estaba caliente, aunque un poco más de carbón vendría bien. Al cerrar el corral de *Queenie* y abrir el de *Mermelada,* no pudo evitar pensar que hacía solo media hora que la pobre perra había exhalado su último aliento en aquel cobertizo.

—¿Ha hecho antes esto de que otra perra críe los cachorros que no son suyos? —preguntó el señor Mayfield.

Julia asintió, pero se guardó las dudas para sí. Su padre había tenido una red de granjeros a los que recurrir cuando se necesitaba algo así, granjeros con perritas acostumbradas a acoger a otros cachorros que no fueran los suyos. Pero también había oído historias de camadas que habían muerto con madres ajenas, y *Mermelada* era una madre primeriza con ocho cachorros de cuatro semanas.

—Veamos cómo reacciona. Si no funciona, tal vez Henry pueda ir a la ciudad y preguntar por otra perra.

El señor Mayfield asintió y ella sintió alivio al percibir su confianza. Colocó la manta con suavidad sobre la cama donde había parido la perra y luego dio un paso atrás.

—Iré a buscar a *Mermelada,* aunque quizá sea mejor que me quede fuera al principio —propuso él. *Mermelada* ya respondía mejor al señor Mayfield, pero, viendo que había nuevos cachorros de por medio, tal vez fuera prudente que mantuviera las distancias.

Julia asintió, luego acarició y arrulló a los cachorros, que lloraban de hambre, mientras esperaba. Lo primero que vio fue la nariz de *Mermelada* moqueando alrededor de la puerta que daba al cobertizo, y luego la observó asomarse.

—Pensabas que ya habías terminado, ¿no? —dijo Julia.

Mermelada se acercó a ella sin dilación, casi haciendo caso omiso de los nuevos cachorros. Le lamió la cara y Julia le rascó las orejas y le acarició el cuello. Luego se apartó y tomó la cabeza de la perrita entre las manos, como hacía con las niñas cuando les decía algo importante que requería de su atención.

—Tengo una cosa muy importante que pedirte, *Mermelada*. Has demostrado ser una madre excelente, y tengo cinco cachorros que necesitan desesperadamente una.

Volvió la cabeza hacia los cachorros que lloriqueaban y, tras unos segundos, la soltó y contuvo la respiración cuando la perra se inclinó hacia delante para olfatearlos. La miró como preguntando qué debía hacer con esas molestas criaturas.

—Por favor, *Mermelada* —la animó Julia, volviéndose hacia los cachorros.

La perra se dirigió al otro lado de la caja y se inclinó hacia ella, olfateando de nuevo. Una vez que hubo olisqueado a los cachorros con el hocico, empezó a lamerlos, provocando protestas entre los recién nacidos. Con un resoplido, *Mermelada* entró en la cama, apartó a los cachorros de su camino y se puso de lado como si aceptara su destino. Los lamió y los empujó a su posición, demostrando más instinto que el que había mostrado hacia su propia camada.

—Buena chica —le dijo Julia mientras la ayudaba a colocar a los cachorros. El primero se enganchó al instante, y luego el segundo, el tercero y el cuarto. Después de varios intentos fallidos, el quinto también lo hizo. Julia le acarició la cabeza mientras elogiaba sus excelentes habilidades como madre y, al cabo de unos minutos, se abrió la puerta del cobertizo y entró el señor Mayfield.

Mermelada se tensó y levantó la cabeza, gruñendo por lo bajo. Julia no pudo evitar reírse al ver la cara de abatimiento del recién llegado, aunque se llevó una mano a la boca para ocultarla.

—Esperaba que hubiéramos superado esta fase. —Suspiró con exasperación y sonrió—. Tiene suerte de tenerla aquí, señorita Julia. Como todos nosotros.

Una ola de calor le burbujeó en el pecho y fue directa a sus mejillas.

—Solo hago lo que cualquiera haría en mis circunstancias.

—Lo dudo mucho —dijo el señor Mayfield, mirándola con suavidad—. Cualquier otra persona no haría, o no podría hacer, lo que ha hecho. Realmente tiene un don.

Mermelada volvió a gruñir, y él levantó las manos en señal de rendición.

—Muy bien, señorita *Mermelada,* sé cuándo no soy bienvenido. —Bajó las manos y se volvió hacia Julia—. ¿La espero en el salón del desayuno?

¿Desayunar con él? ¿Era eso lo que había querido decir antes cuando dijo que tomarían algo caliente y contundente? Si no se hubiera sonrojado ya, lo haría ahora al imaginarse sentada a su fina mesa de caoba con vajilla de porcelana y copas de cristal. La fantasía hizo que fuera dolorosamente consciente de cómo se había sonrojado. Se llevó una mano al pelo por primera vez en quién sabe cuántas horas. Se lo había trenzado antes de acostarse, pero no pocos rizos se le habían salido y le enmarcaban la cara. Podía notar barro seco en algunos mechones… No podía ni imaginarse el aspecto que tenía.

—Me siento muy agradecida por la invitación, señor Mayfield, pero no me atrevo a aceptar. Estoy hecha un absoluto desastre.

—Como yo.

Extendió las manos para que viera que estaba lleno de barro, sin afeitar y despeinado. Pero, para ella, se veía incluso más guapo así. Ella seguía en camisón, por el amor de Dios, con unas botas demasiado grandes y un abrigo con las coderas remendadas. Pero esa no era la verdadera razón por la que no podía aceptar su invitación… Había pensado en el prado de prímulas cientos de veces en los días que habían pasado. El recuerdo era delicioso, pero no podía repetirse. «Será mejor que tengas cuidado», le había dicho Colleen. Sabía que debía seguir ese consejo.

—Un plato de gachas después del baño será suficiente —le aseguró…, sintiendo un deseo intenso de sentarse a su mesa y compartir una comida con él.

—Julia, después de esta noche…

—Algo más que eso sería inapropiado, señor Mayfield. Pero le agradezco la oferta.

Sintió un nudo en el estómago. Ofenderlo era lo último que quería hacer, aparte de sobrepasar sus límites… Recordó cuando le había puesto la mano en el hombro y él la suya sobre la de ella, aunque le parecía justificado dadas las circunstancias.

Él se cruzó de brazos, un gesto que Julia ya reconocía como suyo y que hacía que le resaltaran los hombros, y la cara se le tensó mientras pensaba qué decir. Julia sintió una oleada de cariño y de temor al mismo tiempo, así que se volvió hacia *Mermelada,* que todavía miraba a su dueño con recelo.

—Aunque me decepciona que haya vuelto a las andadas, señor Mayfield, creo que es buena señal que sea tan protectora con estos cachorros como lo fue con los suyos —dijo cambiando de tema.

—Sí, supongo que sí.

No parecía contento, pero se convenció de que se debía al rechazo de *Mermelada,* no al suyo.

—Alguien tendrá que cuidar de la perra a cada hora durante el próximo día —dijo—. Para asegurarse de que no rechace la camada. Y puede que tengamos que destetar a la suya propia antes de lo previsto. Dependerá de cómo se vea afectada su producción de leche por estas bocas adicionales que alimentar. Algunas madres producen lo suficiente para dos camadas, pero otras no. Trece cachorros es mucho pedir para una madre primeriza.

—Haré que Henry se quede con ellos esta mañana, y la cocinera preparará las gachas de carne que uso para destetar a los cachorros. Haremos lo que podamos.

Julia asintió.

—Me quedaré hasta que Henry pueda relevarme. Gracias por... —¿Su amabilidad? ¿Su disposición? No pudo decidir qué era más apropiado, así que se detuvo ahí.

—Le pediré que venga de inmediato.

Se miraron un momento más antes de que el señor Mayfield diera media vuelta y saliera del cobertizo. *Mermelada* volvió a descansar la cabeza y se durmió, ajena al hecho de haber salvado cinco pequeñas vidas.

Capítulo 28

PETER

Se despertó a las cuatro de la tarde, desorientado y perezoso. La señora Oswell había llevado a las niñas a la vicaría y volverían a tiempo para acostarse. Comprobó cómo estaban los cachorros, los de *Mermelada* y los de *Queenie*. Henry mantenía a las camadas separadas, y había envuelto un fardo de mantas en una vieja piel de oveja donde se acurrucaban los cachorros de esta última cuando no comían; idea de la señorita Julia, le había dicho. Pidió al mozo de cuadra que reemplazara a Henry por esta noche con la promesa de organizarlo todo mejor por la mañana.

No preguntó por Julia, aunque estuvo muy tentado de hacerlo. Había estado extraordinaria la noche anterior y, cuando le puso la mano sobre el hombro, se dio cuenta de lo mucho que la necesitaba a su lado. Cada vez que pensaba en la noche pasada volvía a ella y al hecho ya inevitable de que todo había cambiado entre ellos. La sentía como una igual y debía tomar una decisión al respecto.

Se vistió lentamente y ordenó que le trajeran el té a su estudio, donde le esperaba una pila de correspondencia, así como los periódicos de hacía dos días y una nueva revista que había encargado a Londres. Dejó los periódicos a un lado y hojeó la revista mientras comía, pues había un excelente artículo sobre las carreras de perros; la cocinera le había preparado un generoso plato de jamón y queso, además de un surtido de tartas y bollos.

Se volvió hacia su correspondencia: había dos invitaciones que respondería excusándose con educación, un aviso de un nuevo nombramiento de alguacil en Elsing y un paquete que al principio lo confundió, hasta que vio el remitente, el señor Hastings, de los servicios de personal. Lo abrió para encontrarse dentro con cuatro cartas y una breve nota del hombre.

Estimado señor Mayfield:

Mis disculpas por el retraso en el envío de estas cartas de solicitud para el puesto de institutriz. Soy consciente de que es esencial actuar con prontitud en lo que respecta a su situación y espero que no haya resultado demasiado incómodo mantener a la señorita Hollingsworth más tiempo del que le hubiera gustado. Sin embargo, espero que merezca la pena la espera ahora que puede entrevistar a estas candidatas, todas con notable experiencia, como solicitó. Dos de ellas parecen especialmente adecuadas para su situación.

A la espera de su respuesta e instrucciones sobre cómo proceder. Estoy a su disposición, como siempre.

Sinceramente:
M. L. Hastings

Peter dejó caer la carta sobre el escritorio, con las cuatro solicitudes descansando a su lado. Era urgente que tomara una decisión. ¿Qué estaba dispuesto a hacer? Tanto Lydia como el tío Elliott le habían asegurado que Julia era perfecta para su casa, y sabía que no solo se referían a ella como institutriz.

Se le revolvió el estómago al pensarlo y se preguntó cómo podían haber cambiado las cosas tan rápidamente. Aunque quizá no había sido tan rápido y solo estaba demasiado asustado como para admitir lo que había sido evidente desde su primer encuentro en el escobero. Julia era todo lo que él no sabía que quería y, ahora que había aceptado esa premisa, estaba ansioso por seguir adelante. Sin embargo, la situación era delicada y debía proceder con cautela.

Dobló la carta del señor Hastings envolviendo las cuatro solicitudes y las dejó a un lado para abrir su agenda. Ojeó los próximos días para refrescarse la memoria. Pasado mañana había una feria de ganado en King's Lyn, y el sábado vendría un comprador a ver los sabuesos. El lunes, sin embargo, estaba libre. Anotó «Señora H. en Feltwell», sintió un revoloteo de emoción en el vientre y cerró el cuaderno. Lo primero era lo primero.

Capítulo 29

AMELIA

De vuelta en Feltwell, Amelia mantuvo las manos ocupadas, pero no tanto la cabeza. Ayudó a hornear el pan para el baile semanal en el salón de actos, limpió el polvo, estuvo sembrando en el huerto, cocinó y trató de olvidar la visita que había hecho a la casa del señor Mayfield. Y la confrontación con su hija. También las palabras de despedida de lord Elliott… Cada día que pasaba se sentía más y más frágil.

El lunes había ido a casa de Louisa para ayudar a la pequeña Sophie a aprender las letras. ¿Cómo podrían acomodar a otro bebé en la pequeña casa de campo? Temía pasar otra tarde solitaria en casa cuando al llegar al paseo de su casa vio a un hombre ahí de pie. En un parpadeo y poco más se dio cuenta de que era el señor Mayfield.

—Mis disculpas por haberla asustado, señora Hollingsworth. —Sostuvo el ala de su sombrero entre las manos, girándolo nerviosamente—. Tenía la esperanza de que volviera pronto y decidí esperarla aquí.

Amelia no estaba preparada para verle ni para hablar con él. Dios, apenas podía permitirse pensar en él y en su hija viviendo en esa casa, menos aún en lo que podría pasar entre ellos. Cada vez que se dejaba llevar por esos pensamientos se le secaba la garganta tanto por el miedo como por el arrepentimiento, que hacían que sintiera que se ahogaba.

—¿Qué hace aquí? —preguntó ella, sin esforzarse por evitar la tirantez de su voz.

—Quería hablar con usted.

¿De qué diablos querría hablar con ella? Y entonces lo vio claro. Quería que retirara sus objeciones… O quizá, pensó esperanzada, había decidido despedir a Julia y requería de su ayuda para la transición. Había asegurado desde el principio que no quería el más mínimo atisbo de escándalo y tal vez se había impuesto la decencia.

—Podemos hablar en el salón —dijo Amelia, mirando a su alrededor mientras se dirigía a la puerta principal con la esperanza de que ninguno de sus vecinos estuviera mirando. Después de las visitas de lord Elliott, media docena de personas le habían preguntado por el buen caballero que la había visitado, y no le gustaba ser la protagonista de chismes. ¿Cuánto tiempo había estado esperándola a la vista de todos?

Se hizo a un lado para que ella pudiera abrir la puerta y luego la siguió al salón.

—Déjeme preparar un poco de té —dijo Amelia sin sentarse.

—Por favor, no se moleste. No es necesario.

—Vengo de ayudar a mi hija con los niños. —No sabía por qué le había dicho eso, pero estaba nerviosa y quería que él supiera lo dedicada que estaba a su familia.

El señor Mayfield se sentó solo cuando ella lo hizo, apoyando el sombrero sobre la rodilla. Amelia sabía que lo apropiado era ofrecerse a colgarlo, pero tampoco quería que se sintiera demasiado bienvenido.

—Bueno, entonces —empezó, manteniendo la barbilla alta—, ¿qué es lo que quiere hablar conmigo?

El señor Mayfield se quedó mirando su sombrero un momento. Abrió la boca y la cerró. Tomó aire. Volvió a abrir la boca y finalmente habló:

—Me gustaría preguntarle qué impresiones le han quedado sobre mi casa.

La mujer arrugó la frente.

—No estoy segura de lo que quiere decir.

—Soy consciente de su preocupación por que su hija viva en mi casa, y me gustaría saber si su opinión ha cambiado desde su visita. Espero que viera con buenos ojos cómo cuida de mis hijas y lo honorables que son mis intenciones hacia ella.

—¿Intenciones? —repitió, alzando las cejas y afianzando su posición. Una oleada de poder le recorrió el pecho, fortaleciendo su determinación—. No creo que un empleador deba tener intenciones algunas hacia su empleada.

Cerró los ojos durante un buen rato y luego la miró fijamente.

—Puedo asegurarle que nunca ha habido nada inapropiado entre Julia y yo. He sido un caballero en todos los aspectos y no he hecho nada para perder su confianza.

—No hay confianza que perder, señor Mayfield. Me he sentido incómoda con la situación desde el momento en que me enteré.

—Sí, pero esperaba que tal vez la cena le hiciera cambiar de opinión.

—Fue una noche agradable, pero no he cambiado de opinión. Mi hija no está segura en su casa.

Él palideció un poco, y ella sintió una punzada de tristeza. No tenía nada personal contra él, pero no quería tener nada que ver con los Mayfield. Le miró a los ojos hasta que él apartó la mirada.

—Sigue en contra de que Julia trabaje para mí, entonces.

—Sí, señor, así es. Una madre quiere lo mejor para todos sus hijos.

—También un padre —puntualizó él, desvelando la angustia que sentía, lo que hizo que se pusiera más nerviosa—. Julia quiere a mis hijas como si fueran suyas, y es una de las mujeres más amables y capaces que he conocido. Hoy he venido a pedirle su bendición para cortejarla formalmente.

Amelia lo miró sorprendida: ¿cortejarla? Se recordó a sí misma en Vauxhall Gardens con Elliott, allí donde la había llevado hasta un rincón apartado y ella se había adelantado a su deseo. Él le había pasado el pulgar por la mejilla, le había dicho lo hermosa que era y que se sentía más vivo cuando estaba con ella.

Mentiras.

En casa de Almack, unos días más tarde, se enteró de que su padre había muerto y que había regresado a East Ashlam. Él no le había escrito antes de salir de la ciudad, pero no lo culpó, ya que debía de estar abrumado por el giro de los acontecimientos. Entonces se dio cuenta de que él heredaría, lo que significaba que tendría más razones para casarse. ¡Y pronto! Se convertiría en *lady* Howardsford y viviría en una gran casa y salvaría a su padre y amaría a Elliott con todo su corazón. Había sido perverso pensar así a la luz de la tragedia del fallecimiento del padre de Elliott, pero, con su padre presionándola para que se casara con alguien con dinero y la felicidad que sentía al estar con él, ¿cómo no iba a ver todo como un giro positivo de los acontecimientos?

Había pasado una semana. Luego dos. Le escribió dos veces y, cuando no le contestó, se consoló recordando que estaba de luto y que, sin duda, tenía mucho trabajo que hacer con la transferencia del título.

Pero entonces recibió una carta cuyas palabras se le clavaron como un hierro candente: había disfrutado de su tiempo juntos y le deseaba lo mejor, pero sus compromisos familiares eran de tal naturaleza que no volvería a Londres, quizá durante algún tiempo.

Le había roto el corazón en pedazos con aquella carta. Se había sentido rechazada, abandonada, poca cosa… Y los mismos sentimientos se habían replicado cuando se despidió de su hija a principios de semana.

—La señora Oswell se ha ofrecido a alojar a Julia —continuó el señor Mayfield, interrumpiendo su dolorosa reminiscencia—. Podrá seguir cuidando de las niñas, pero no vivirá en casa. Haré todo lo posible por que se sienta cómoda y por crear una situación honorable y correcta para ella, señora Hollingsworth.

—¿Ya ha hablado de esto con ella? ¿Han organizado esta solución sin hablarlo conmigo, a pesar de mis reticencias?

—No he hablado con ella de esto —se apresuró a decir—. He acudido a usted por respeto a su condición de madre y porque soy consciente de sus preocupaciones y esperaba resolverlas. Pero estoy… —Tomó aire—. Me importa mucho su hija, señora Hollingsworth, y me gustaría tener la oportunidad de comprobar si nos complementamos tanto como creo, pero eso no puede ocurrir sin un noviazgo formal y respetable. He venido aquí con la esperanza de pedirle a Julia que sea mi esposa y asegurarle comodidad y felicidad para el resto de su vida. Puedo asegurarle que seré un buen esposo en todos los sentidos, si encajamos tan bien como espero.

¡Mentiras! Al igual que las muestras de cariño de su tío hacía tantos años. Amelia no podía separar las dos circunstancias.

—Por supuesto que se ha enamorado de ella; eso es lo que hacen los Mayfield. Pero ella no es de su mundo, señor Mayfield. No ha sido educada para ser la dueña de una finca ni la anfitriona de bailes y fiestas con gente de alta alcurnia. Es su empleada, no lo olvide, y sería una desgracia para ambos si pretendiera algo diferente.

El hombre tensó la mandíbula.

—No me importan las cenas ni los encuentros sociales, ni tengo intención de cambiarla. La quiero como es, por lo que es. ¿Es que eso no significa nada para usted?

Amelia soltó un bufido, escéptica.

—El amor crece con el matrimonio, no como la lujuria y el enamoramiento. También sé lo del soborno de su tío, la dote monetaria que planea concederle si contrae matrimonio, una motivación adicional para aprovecharse de mi hija. —Entonces, entrecerró los ojos y escarbó hasta lo más profundo de su crueldad—. Pensé que nadie comprendería mejor que usted las dificultades de un matrimonio desigual.

Amelia sintió un calor que le recorría la espina dorsal al oírse pronunciar aquellas palabras. ¿Se había atrevido a echarle en cara el escándalo de sus padres? Y no porque creyera que los pecados de ellos lo convertían en un pecador, sino porque sabía que eso lo lastimaría.

El señor Mayfield se tensó bruscamente y los dedos que sujetaban su sombrero se pusieron casi blancos por la rigidez.

—No tengo su bendición, entonces.

—No, aunque no me cabe duda de que eso no le detendrá.

Él la miraba fijamente y ella le devolvió la mirada, pero con el corazón latiéndole a mil. Repasó todo lo que había dicho, sabiendo que tenía razón, aunque seguramente no importara. Julia era mayor de edad, el señor Mayfield estaba acostumbrado a salirse con la suya, y tenía todo el poder.

—No voy a ir en contra de sus deseos, señora Hollingsworth. Desde el momento en que supe de sus reticencias por que su hija trabajara en mi casa, tomé la firme decisión de no interferir en su relación.

Se puso en pie y, por primera vez, reparó en el retrato de Richard. Se quedó mirándolo unos segundos, con los ojos de Amelia clavados en él, después asintió y se dirigió hacia la puerta. Solo había dado unos pasos antes de volverse hacia ella.

—Puesto que es probable que nuestros caminos no vuelvan a cruzarse, creo que está siendo injusta con mi tío al recriminarle que sacrificara su propia felicidad por el bien de su familia. Ha dedicado su vida a cuidar de nosotros, haciendo lo posible por restaurar el buen nombre de la familia, y yo he hecho todo lo que estaba en mi mano para demostrarle que su sacrificio no fue en vano. Me gustaría que comprendiera esto, pero entiendo que la amargura puede convertirse en consuelo con el tiempo. —No podía ocultar su decepción—. Perdóneme por hablar tan claramente y hacerle perder el tiempo. Sustituiré a Julia, como ha querido desde el principio. Solo espero que encuentre tanta felicidad en la vida como la que mis hijas y yo le hubiéramos dado. Buenos días.

Amelia permaneció sentada mientras él salía de la habitación y se marchaba. Ella esperaba que diera un portazo, pero el hombre la cerró suavemente, al tiempo que sus palabras de despedida se quedaban flotando por toda la habitación. Apartó el inoportuno e irrazonable arrepentimiento que surgía en su interior. Aquel joven no hablaba en serio cuando le había dicho que no iría en contra de sus deseos; conseguiría lo que quería porque lo quería.

Amelia se levantó para marcharse, abrumada por la necesidad de hacer algo, de ahorrarse la repetición de aquel momento en su mente. Entonces, recordó al señor Mayfield mirando el retrato de Richard y sus ojos se volvieron hacia él.

Qué diferentes habrían sido las cosas si él no la hubiera dejado sola. Nunca se había acostumbrado a estar sin él. ¿Qué pensaría de lo que acababa de hacer? Había querido que su hija se casara y tuviera una familia, nunca había entendido por qué Julia buscaba algo distinto y, sin embargo, acababa de desechar esa oportunidad. ¿Por orgullo? ¿Por miedo? La rabia y el dolor dieron paso a la pena y al arrepentimiento, y las lágrimas se le arremolinaron en los ojos antes de deslizarse por sus mejillas.

¿Qué ocurría? Richard no habría hecho lo que acababa de hacer. Jamás de los jamases.

Capítulo 30

JULIA

Leah golpeó la bola con el mazo de cróquet y esta pasó por el aro… por fin.

—¡Bien hecho! —la felicitó Julia, como si aquel intento fuera el primero y no el séptimo.

—¿Ya es mi turno? —preguntó Marjorie.

—Casi.

Julia colocó su mazo con cuidado de golpear la bola de lado para no sobrepasar a Marjorie, que iba en cabeza.

—Cielos —dijo, sacudiendo la cabeza y apoyándose en el mazo—. Estaba segura de que lo había alineado bien.

A la pequeña se le iluminaron los ojos de la emoción mientras se apresuraba a completar su turno. Asomó la punta de la lengua mientras se concentraba, levantó el mazo y golpeó la bola tan fuerte como pudo. La siguieron con la mirada y la vieron pasar por los dos aros y golpear el poste final.

—¡Lo conseguí! —dijo la niña.

Dejó caer el mazo y dio un salto de alegría. La institutriz sabía que debería corregir un comportamiento tan poco femenino, pero las niñas no serían pequeñas por mucho más tiempo y ya habría ocasión para aprender cómo una dama celebraba una victoria. O, mejor dicho, cómo no la celebraba. Pero esa lección quedaría para otro día, no ahora que, a los ocho años, Marjorie dominaba el fino arte del cróquet de jardín.

Julia aplaudió.

—Bien hecho, Marjorie.

Leah dejó caer el mazo y se alejó del patio circular. Entonces, Julia se apresuró a seguirla. Puede que hubiera decidido no insistir en comportamientos adecuados para celebrar sus victorias, pero nunca se es demasiado joven para aprender de deportividad. Le costó convencer a la pequeña de que terminara su juego. De lo que ninguna de las niñas se daba cuenta era de que la pelota de Julia parecía desaparecer entre los rosales, lo que daba oportunidad a Leah para golpear la bola una y otra vez. Por fin, se abrió paso de forma terriblemente ineficiente a través de los dos últimos aros y, por fortuna, Marjorie la animó con alegría y Leah sonrió con orgullo.

El señor Mayfield había pasado el día fuera, y Julia no sabía dónde, por supuesto. La última semana habían adquirido la costumbre de reunirse en el patio de los perros a la misma hora todas las mañanas. Ella atendía a los nuevos cachorros y a *Mermelada,* que se había convertido en una madre adoptiva fabulosa, mientras el señor Mayfield trabajaba en el destete de la camada más antigua de cachorros con las gachas de carne que la cocinera preparaba todas las noches. Hablaban de las niñas, de los perros, del tiempo, de los precios del ganado y de las cosechas. Todo lo que él decía le parecía interesante, y también la escuchaba a ella con interés.

Aquella mañana le había dicho que tenía que hacer un recado y que no volvería hasta tarde, pero que vería a las niñas a su vuelta. Era difícil recordar lo evasivo que le había parecido en el pasado o lo incómoda que se había sentido en su presencia, aunque evitaba pensar en lo que todo aquello significaba. Al menos, significaba que ella era feliz ahí y que él también lo era. Por ahora, eso era suficiente.

Después de la comida, repasaron las letras y los números. Luego la cena, la hora de lectura y a acostarse. Julia arropó a las niñas, explicándoles que su padre vendría a darles un beso de buenas noches cuando volviera a casa, y llevó la bandeja de la cena a la cocina. Le habían dejado un plato de pollo y patatas, y dio las gracias a la cocinera por la cena antes de subir una vela al tercer piso.

El señor Mayfield le había dicho que podía disponer de sus libros en el estudio cuando lo deseara, y ella ya había hecho uso de aquella oferta varias veces. Se dijo a sí misma que se dirigía a por un libro, no con la esperanza de que él hubiera regresado y pudieran encontrarse «por casualidad».

«Concéntrate. Has venido a por un libro», se dijo a sí misma.

Aquella tarde había contado a las niñas la historia de Moisés, al que habían dejado en una cesta en el Nilo, y se preguntó si tras ella había algo más. ¿Sabían los historiadores quién era el faraón del que trataba de protegerlo su madre? El señor Mayfield tenía toda una serie de libros sobre enseñanza e interpretación de la Biblia, ojalá encontrara algo allí que la ayudara a saber más.

El señor Mayfield no estaba en su estudio, aunque una criada había encendido las velas para cuando volviera. Apoyó el candil y se aventuró en la habitación, que ya le olía a él. Pasó los dedos por el tablero lacado de su escritorio y lo imaginó ahí sentado, estudiando los números y los datos de su finca. Una revista sobre cría de perros de carreras llamó su atención, pero se detuvo al recordar que él no había terminado de leerla, como le había dicho por la mañana, así que no estaría bien que se la llevara, pero no pudo evitar volverse a mirar la portada mientras paseaba mirando las estanterías.

Recorrió los estantes hasta encontrar una guía interpretativa del Antiguo Testamento. De vuelta a la puerta, fantaseó con la idea de encender un fuego en la rejilla y de poner los pies en su taburete. La idea la hizo sonreír y, entonces, se fijó de nuevo en la revista que había sobre el escritorio.

Era tarde, y lo más probable era que el señor Mayfield no llegara a casa a tiempo para leerla aquella noche, teniendo en cuenta que aún no había vuelto. Podría devolverla al día siguiente, antes de su paseo matutino y ni siquiera repararía en su ausencia, aunque estaba segura de que no le importaría que la tomara prestada. Podrían hablar del artículo mañana por la mañana. Tomó la revista por segunda vez y, de nuevo, se detuvo, esta vez por otra razón: se fijó en otra cosa.

Sobre el escritorio descansaba una carta con letra y remitente conocidos: Hastings: Servicios de personal. Cuando alargó la mano para levantarla, resbalaron cuatro cartas: la señorita Gertrude Robinstone, la señorita E. L. Housend, la señorita Elizabeth Champion y la señora Samantha Evenbrite.

No tenía conocimiento de la necesidad de una nueva empleada, pero entonces dirigió su atención a la carta que envolvía a las demás y que descansaba en su mano. La palabra «institutriz» saltó de la página y se quedó inmóvil antes de leer con detenimiento cada palabra de una carta que hablaba explícitamente de ella.

Una vez terminó, tragó saliva, parpadeó para apartar las lágrimas que se le habían amontonado en los ojos y leyó la carta del señor Hastings una vez más: «espero que no haya resultado demasiado incómodo mantener a la señorita Hollingsworth más tiempo del que le hubiera gustado».

Capítulo 31

PETER

Eran más de las diez de la noche del lunes cuando regresó de Feltwell. La llovizna del viaje de vuelta, que llegó a ser tan intensa que tuvo que refugiarse en una posada y esperar a que pasara lo peor de la tormenta, no sirvió para que su estado de ánimo mejorase. Le costaba creer que su encuentro con la señora Hollingsworth hubiera ido tan mal, a pesar de que, al ver el camino que conducía a la puerta principal rodeado de prímulas, había pensado que se trataba de un buen augurio. Qué tontería.

Ahora se veía obligado a determinar qué podía hacer al respecto. Le había dicho a la señora Hollingsworth que sustituiría a su hija en lugar de seguir un noviazgo sin su bendición, pero a cada kilómetro se arrepentía de tal promesa. Esperaba que su seguridad ayudara a la madre de Julia a darse cuenta sus intenciones sinceras a la hora de proteger su relación, pero quizá solo estaba haciendo el papel de mártir, y el honor había complicado aún más la situación.

Deseaba tanto a aquella mujer en su vida que le dolía el pecho al considerar la alternativa, pero aquello significaba ir en contra de su madre, además de las complicaciones ya existentes. Si rompía su promesa, demostraría ser exactamente el tipo de hombre que la señora Hollingsworth creía que era. Se había puesto en una situación imposible.

Las niñas no se despertaron cuando les dio un beso de buenas noches, así que las arropó y salió con cuidado de la habitación. Pudo ver una luz bajo la puerta de Julia y pensó en llamar. Ella se asomaría, quizá con el pelo suelto y en camisón. Podría preguntarle por las niñas y por cómo habían pasado el día, apoyado quizá en el marco de la puerta. Podrían reírse juntos de alguna tontería que hubiera dicho Leah o preguntarse de dónde sacaba Marjorie las preguntas que hacía… Pero ¿qué haría Julia si tomara su rostro entre las manos y la besara sin aliento?

Se obligó a recorrer el pasillo y alejarse de sus fantasías.

Aquella noche no durmió. En lugar de eso, dio vueltas en la cama, se paseó y se enfureció hasta que tomó una decisión: sería sincero con Julia y le hablaría de su madre y de Elliott, de su determinación por reemplazarla y de lo imposible que le resultaba ahora considerarlo siquiera. Le confesaría que le había prometido a su madre que no haría nada sin su bendición. En cierto modo, traicionaría la confianza de su tío y de la señora Hollingsworth, pero no podía aguantar ni un momento más.

Tal vez le horrorizaran sus sentimientos y ni siquiera quisiera quedarse. La posibilidad le aterraba, pero cada opción presentaba un riesgo de un tipo u otro, y solo había algo seguro: Julia era el centro de sus miedos y de algunos prejuicios que desconocía. Su capacidad para tomar cualquier decisión se había desvanecido ahora que no sabía a favor o en contra de qué estaba eligiendo. ¡Ojalá hubiera confiado en ella en lugar de comportarse de un modo condenadamente honorable!

Le seguía resultando difícil dormir, pero no le fue difícil salir de la cama cuando el amanecer iluminaba la habitación. Las mañanas se habían convertido en algo que esperaba con ansias ahora que él y Julia tenían tiempo juntos sin que nadie más los mirara. Cuidaban juntos de los perros, hablaban y se conocían. Era durante esos minutos que compartía, al principio del día, cuando se había enamorado de verdad de ella.

No la encontró en el patio cuando llegó, así que dio de comer a los sabuesos y comprobó cómo estaban *Sebastián* y *Viola*. Había empezado a juntar a los galgos con los otros sabuesos, pero resultaba que eran más rápidos que su caballo y desde el principio se ponían a los lados de la montura. Después de veinte minutos, se quedaban rezagados y, una vez en sus corrales, dormían la mayor parte del día, completamente agotados.

Cuando terminó sus tareas en el patio, se asomó al cobertizo, esperando encontrar allí a Julia. Pero a quien vio fue a *Mermelada,* que levantó la cabeza y le gruñó. Los cinco cachorros de *Queenie* dormían arropados por su pelaje, y sus propios cachorros habían pasado la noche solos en el patio por primera vez, utilizando la piel de oveja para estar cómodos y calentitos. Peter salió del cobertizo, pero no apartó la vista de inmediato, impresionado al constatar lo bien que se había acostumbrado *Mermelada* a su nuevo rol.

En cierto modo, se estaba acercando a un miedo que le crecía en el corazón: nadie podría querer a sus hijas como lo había hecho Sybil. Tal vez fuera cierto, aunque nunca lo sabría, ya que su difunta esposa no estaba allí para hacer comparaciones, pero sus hijas habían recibido mucho amor desde la muerte de su madre, por parte de Lydia y, ahora, de Julia. La fuerza con que llegó a tal conclusión hizo que se le acelerara el corazón y que la necesidad de hablar con la que todavía era su empleada se incrementara. Tenía que abrirle el corazón y, así, podrían decidir cómo proceder.

Mermelada volvió a gruñirle.

—No voy a entrar.

Peter empezó a cerrar la puerta y entonces se dio cuenta de que los platos de comida y agua estaban llenos y de que ya habían cepillado a la perra. ¿Julia ya se había marchado? ¿Antes de las siete?

Salió del patio y se dirigió al segundo piso de la casa. Las niñas seguían durmiendo y no recibió respuesta cuando llamó a la puerta de Julia. Si no preguntaba por ella al personal, no sabía dónde buscar, pero entonces recordó sus paseos matutinos. Siguió el camino que solía tomar, pero no la encontró ahí. Una parte de él sabía que algo no iba bien, pero no quería pensar que había desaparecido; solo había cambiado su rutina habitual.

La ansiedad que sentía fue en aumento, por lo que quiso entrar en su habitación para comprobar si estaba allí, pero no lo hizo. En lugar de eso, ató uno de los conejos que Henry había colgado en el establo a la parte trasera de su montura y cabalgó junto a los sabuesos durante una hora, para luego cambiar a otro caballo y galopar a toda velocidad, hasta que los galgos se empezaron a quedar atrás.

Para cuando regresó a casa, eran casi las once. Se puso la ropa de diario y se instaló en el estudio. Paseó durante un rato, tratando de encontrar una solución o el enfoque adecuado, pero estaba agotado por la ansiedad. Miró con anhelo la puerta, trazando en su mente el camino hasta la habitación de las niñas. ¿Sería mejor esperar a la tarde, a la hora en que visitaba a sus hijas? Tal vez debería invitar a Julia a que cenara con él; sin embargo, la semana pasada había rechazado su invitación para que desayunaran juntos. Finalmente se acomodó detrás de su escritorio, tomó aire y se dedicó a sus tareas. Sería paciente y trataría de seguir su rutina con toda la normalidad posible.

Cuando entró en la habitación de las niñas aquella tarde, trató de captar la mirada de Julia, aunque no la encontró. Se había echado las sábanas sucias de las niñas sobre el brazo y se había escabullido por la puerta mientras sus hijas se abalanzaban sobre sus rodillas y le impedían ir tras ella. Durante el tiempo de juego con sus hijas, trató de no pensar en la institutriz, pero cada vez era más difícil.

Cuando Julia golpeó la puerta para indicar que había regresado, él besó rápidamente a sus hijas y se apresuró a interceptarla, encontrándose con ella en el umbral y bloqueándole la entrada. Ella se hizo a un lado, dejándole pasar, pero él se adelantó, obligándola a retroceder hacia el pasillo.

Cerró la puerta tras de sí.

—¿Podemos hablar, Julia?

—Tengo que preparar a las niñas para dormir, señor Mayfield. —Ella seguía sin mirarle a los ojos.

—¿Ocurre algo?

Sacudió la cabeza sin levantar la mirada del suelo. Se atrevió a levantarle la barbilla y a inclinarse hacia ella. Tenía los ojos tristes y se comportaba con una cautela poco habitual.

—Ocurre algo —dijo.

La puerta detrás de él se abrió de repente. Se apartó de Julia y dejó caer la mano cuando Marjorie salió disparada al pasillo.

—¡Señorita Julia! Me toca elegir la primera historia de esta noche.

Leah se asomó bajo el brazo de su hermana.

—No, yo. La señorita Julia dijo que me tocaba a mí.

—Eso fue anoche. Esta noche es mi turno.

Julia aprovechó la interrupción y le rodeó.

—Creo que Marjorie tiene razón, Leah. Pero antes poneos los camisones.

Peter la observó desaparecer en el interior de la habitación y cerrar la puerta suavemente sin mirarle siquiera a los ojos.

Una hora después, la joven salió del cuarto de las niñas y se sobresaltó al encontrárselo apoyado en la pared, escuchando cómo les daba las buenas noches.

—¡Señor Mayfield! —exclamó. Miró a la puerta esperando oír alguna reacción. Pero pasaron algunos segundos sin que las niñas emitieran sonido alguno, así que se volvió hacia él y sus miradas se encontraron un instante antes de que ella se apartara y cruzara los brazos sobre el pecho.

—¿Qué ocurre?

Julia jugueteó con el reloj que llevaba prendido al corpiño antes de responder:

—No pasa nada, señor Mayfield.

Le levantó de nuevo la barbilla para hacer que sus ojos se encontraran, rezando porque nadie los interrumpiera esta vez.

—Algo va mal.

Vio cómo se le llenaban los ojos de lágrimas pero, en vez de deshacerse en un sollozo, se apartó de él y dio un paso atrás. Se miraron fijamente el uno al otro, sin palabras. Peter la había visto triste, incómoda, tímida…, pero nunca enfadada.

—¿Cuándo ibas a decírmelo? —le espetó Julia, olvidando sus modales.

Peter dejó escapar un suspiro. Sabía que había ido a ver a su madre sin decírselo y, por mucho que odiara que ella se sintiera herida por ello, o enfadada, en realidad era un alivio no tener que confesar la verdad.

—Lo siento. No creí que fuera necesario decírtelo de antemano. Esperaba…

—¿No era necesario?

Parecía aún más ofendida y se llevó las manos a la cadera en un gesto casi universal de enfado femenino.

—Puede que sea su empleada, señor Mayfield, pero también soy una persona y una mujer que tiene que encontrar su propio camino en el mundo. ¿Pensaba llamarme un día y despedirme? ¿No pensó ni por un momento en cómo podría afectarme su decisión?

—¿Llamarla? —preguntó él, tratando de seguir el ritmo de la conversación—. Solo quería su bendición.

Julia juntó las cejas en un gesto confuso mientras lo miraba fijamente.

—¿Su bendición?

Tomó aire, perdida cualquier esperanza de mantener una conversación calmada sobre el asunto.

—No me dio su bendición y le prometí que no haría nada si ese era su deseo.

La mujer parecía completamente confundida.

—¿Prometido a quién?

—A tu madre.

Julia dejó caer las manos a los costados.

—¿Mi madre?

Su confusión era casi contagiosa.

—¿De qué estamos hablando exactamente?

—De la institutriz que vas a contratar para sustituirme.

Peter abrió la boca para explicar que no iba a contratar una nueva institutriz, pero se dio cuenta de que, si todo salía como él esperaba, sí contrataría una nueva institutriz. ¿Cómo podía explicarle aquello?

—Creo que ambos estamos un poco confundidos en este momento.

Ella no parecía dispuesta a admitirlo y tomó aire antes de continuar.

—Sé lo de la carta.

Peter decidió proceder con cautela.

—¿Qué carta?

—Leí la respuesta del señor Hastings a una supuesta carta que enviaste con la esperanza de reemplazarme. ¿Por qué? ¿Es que he hecho un mal trabajo? ¿Por mi madre y sus maneras de entrometerse?

—No —se apresuró a responder Peter, extendiendo las manos en señal de paz—. Bueno, quizás en parte por tu madre, pero… —Ella abrió la boca para interrumpirle, pero él continuó antes de que las cosas se enturbiaran aún más—. Escribí al señor Hastings después de saber de las preocupaciones de tu madre, pero, para cuando envió la respuesta, yo ya había cambiado de opinión… bastante.

Julia cruzó los brazos de nuevo, todavía confundida, pero no tan enfadada. Entonces, él se acercó a ella y, aunque lo observaba con escepticismo, no se apartó. Buscó una mano, luego la otra, antes de acercarla, sabiendo que con ello complicaría las cosas, pero ella no se resistió ni tampoco se relajó. Sus manos encajaban tan bien…

—Debería haberte dicho todo esto antes de hablar con tu madre.

Su expresión cambió de nuevo.

—¿Hablaste con mi madre?

—Quería que nos diera su bendición.

Casi pudo verla repitiendo las palabras mentalmente. Ella parpadeó y, por un instante, pensó que iba a darse la vuelta y salir corriendo. Le apretó las manos, por si acaso, pues no podían permitirse otra conversación como esta. Estaba listo para explicárselo todo. Al mismo tiempo, lo que daba por seguro y las señales que daba Julia de sus sentimientos le parecieron de pronto ridículos y demasiado optimistas. Pero si retrocedía, sería el fin, podía sentirlo.

—Fui a Feltwell ayer para pedir la bendición de tu madre para poder cortejarte. Asumí que mi visita sería un éxito y que las cosas cambiarían entre tú y yo en todos los sentidos, de la manera que tanto deseo y, al mismo tiempo, temo…

Ella parpadeó de nuevo.

—¿Cómo?

Repitió lo que había dicho más despacio y sin perder detalle.

—¿Querías cortejarme?

¿Es que estaba disgustada? No podía saberlo a ciencia cierta, así que se limitó a asentir.

—¿Y ella se negó?

Tragó saliva y asintió de nuevo. Ella tensó la mandíbula ligeramente. ¿Era aquello buena señal? Lo que preguntó a continuación no denotaba conmoción, sino que sonó más duro.

—¿Explicó por qué se negaba?

—Resumiendo un poco, supongo que desconfía de mi familia y, por tanto, de mí. Parece que no puedo decir nada para convencerla de que soy un hombre respetable. —Hizo una pausa y sacudió la cabeza—. Y quizá tenga razón.

Julia inclinó ligeramente la cabeza, siguiéndole con la mirada.

—Al irme, le di mi palabra de que no te cortejaría si ella no lo aprobaba, pero me temo que será la primera promesa de mi vida que no pueda cumplir.

—Necesito asegurarme de que lo he entendido bien… —dijo Julia lentamente. Parecía como si la mano que Peter le sujetaba se hubiera relajado—. Sabías desde hace tiempo que mi madre no quería que trabajara aquí. ¿Desde cuándo?

—Pasadas dos semanas de que llegaras —dijo Peter, tragándose su pesar—. Todavía no estaba convencido de lo mucho que nosotros, tanto yo como las chicas, te necesitábamos, y mi reacción fue protegernos a todos del escándalo y, por eso, escribí al señor Hastings.

—¿Por qué no me avisaste de las reticencias de mi madre?

—No te lo dije porque esa no era una historia que yo tuviera que contar. Creí que sustituirte rápidamente sería lo mejor, aunque ahora veo lo injusto que hubiera sido. ¿Sabías de la relación que existió hace tiempo entre tu madre y mi tío?

Ella asintió, aunque lentamente.

—Se conocieron en Londres y la cosa no salió bien.

Ella retiró las manos y dio un pequeño paso atrás. Él titubeó, pero no pudo evitar defenderse más a sí mismo, y a su tío.

—Estaban casi comprometidos cuando murió mi abuelo, y me temo que mi tío le rompió el corazón. Él cree que la forma en que rompió su relación con tu madre es la causa principal de que no quisiera que trabajases aquí. ¿Acaso no lo sabías?

—No… —dijo ella con cierta tirantez—. No conocía toda la historia.

—Seguramente sirvió para agravar las circunstancias escandalosas en las que se ha visto envuelta mi familia. No pude argumentar en contra de sus preocupaciones y tampoco sentí que me correspondiera decírtelo, pero eso fue hace tiempo, antes de que me enamorara de ti. Ahora me resulta imposible imaginar mi familia o mi hogar sin ti.

Ella sonrió, pero luego volvió a poner una cara neutra y negó con la cabeza, como si aún no estuviera dispuesta a creérselo. Él nunca se había sentido tan vulnerable como en ese momento; no dejaba de preguntarse cómo, después de haber llevado una vida como la suya, podía haber acabado rodeado de tantas complicaciones.

—Escribí al señor Hastings en un intento de protegernos a todos: a ti, a tu madre y a mí. Su respuesta me obligó a admitir que el alcance de mis sentimientos había cambiado.

Su expresión seguía siendo cautelosa.

—Y, en lugar de hablar de esos sentimientos conmigo, ¿acudiste a mi madre?

Dicho así, sonaba ridículo.

—Supongo que era el camino del honor… —le recordó él—. Un caballero se procura la bendición de un padre o de un hermano mayor antes de seguir adelante con un noviazgo. He tratado con cada fibra de mi ser vivir una vida respetable, Julia. Ha sido mi principal propósito.

Ella asintió lentamente, pensativa, luego se encontró con su mirada y ladeó la cabeza.

—Y mi madre se negó a dar su bendición. —Su voz sonaba uniforme, no dejaba traslucir un ápice de sus sentimientos.

—Así es.

—¿Cambia eso en algo tus sentimientos?

—Ni mucho menos.

Si el corazón no le estuviera ya latiendo como un pájaro carpintero picoteándole contra las costillas, seguramente habría notado que se le aceleraba. Había cruzado ya una línea de no retorno y se sentía como desnudo al borde de un precipicio, a la espera de su respuesta.

Julia cerró los ojos suavemente y apretó la mandíbula antes de volver a mirarlo.

—Debe saber, señor Mayfield, que…

Le agarró la mano sin pensarlo y se la apretó.

—Por el amor del cielo, llámame Peter.

No podía ser el señor Mayfield, su empleador y el padre de sus hijos, en este momento. Pero, en lugar de apartarse, dio un paso hacia él, lo que hizo que un escalofrío de emoción le recorriera el cuerpo.

—Debes saber, Peter —esbozó una leve sonrisa antes de continuar, una sonrisa que iluminaba el sol—, que soy una mujer adulta y que no necesito su bendición.

Tragó saliva.

—Le di mi palabra.

Daría cualquier cosa por volver atrás y deshacer esa promesa, por anteponer su corazón al honor, de una vez por todas.

Ella no respondió, pero dio otro pequeño paso para acercarse a él. Los ojos le brillaban, y también se la veía un poco nerviosa, pero llena de ilusión. Extendió la mano que le quedaba libre y le tocó el antebrazo como si le pidiera permiso para estar tan cerca.

—¿Su opinión significa más que la mía?

Las palabras le fallaron. Le pasó la mano por la cintura y la acercó aún más hacia sí, observando su rostro mientras seguía sus silenciosas instrucciones. Ella era solo unos centímetros más baja que él, lo que le facilitaba agachar la barbilla y rozarle los labios. Ligeros y ardientes. Ella se sobresaltó, o al menos eso pensó Peter. Empezó a retroceder para reconsiderar, reevaluar y decidir juntos qué hacer a partir de ahora, pero ella lo agarró repentinamente del brazo y, con la misma facilidad con la que él agachó la barbilla, la joven la levantó y le devolvió el beso.

Sintió más fuego que luz esta vez, casi se vuelve loco. La mano que le había puesto en la cintura se deslizó hacia la espalda, al mismo tiempo que ella subía la mano del brazo hasta su cuello. Tacto, oído, calor, silencio. Vértigo. Una ola que rompe. Sabía que no debía llevar el beso más allá, sospechando que nunca la habían besado antes, pero apenas lo pensó ya se estaba acercando aún más, atrayéndola hacia sí y apretándose contra ella hasta que todo desapareció excepto ellos dos y una pasión incontrolable.

Cuando por fin se apartó, ella abrió los ojos y lo miró fijamente, sonriendo agradecida. Él le devolvió la sonrisa sin soltarla.

—Me prometí a mí mismo que no haría eso —susurró, mirándola a la boca y apenas conteniéndose para no volver a hacerlo.

—Nunca he sido tan feliz rompiendo una promesa.

La besó de nuevo, pero, cuando el dolor se volvió frenético, la soltó. Ella se inclinó hacia delante, sin dejarlo marchar, y fue como empezar y después parar la pieza musical más hermosa jamás interpretada, hasta que, finalmente, él se alejó un paso.

—Si no nos detenemos, me temo que nunca lo haremos.

—No creo que me importe. —Ella sonrió, y él comenzó a ahogarse de nuevo.

Se echó a reír y se llevó una de las manos de ella a los labios, tal vez para recordarles a ambos que él seguía siendo un caballero y ella, una joven que merecía su moderación. Le sostuvo la mirada.

—No quiero ser el motivo de la ruptura de tu relación con tu madre.

Ella endureció la mirada, lo que hizo un poco más fácil no besarla. La realidad se impuso entre ellos.

—Tú no serías la razón, Peter. Mi madre ha creado esta situación. Hablaré con ella —dijo.

El hombre negó con la cabeza.

—No puedo dejar…

Ella levantó las cejas, y fue toda la reprimenda que necesitaba. ¿Iba a dar más crédito a los deseos de su madre que a los suyos? ¿Después de aquel beso? ¿Después de que le había confesado lo que sentía y de que ella también se sentía igual?

Le rozó el rostro con las yemas de los dedos y ella se las acercó a los labios, todavía calientes después de aquel beso. Qué delicia…

—Tendrás que trasladarte a la vicaría. —Julia arrugó la frente—. Para que pueda cortejarte formalmente.

Ella sonrió y volvió a acortar la distancia que les separaba con una sola palabra pronunciada casi sin aliento.

—¿Cuándo?

Capítulo 32

ELLIOTT

—La señora Hollingsworth está aquí, señor.

Elliott levantó la vista de la partida de ajedrez que estaba jugando contra sí mismo. La vida de un caballero soltero podía ser muy aburrida.

—¿La señora Hollingsworth? —Se puso en pie y la bolsa de agua caliente que se había puesto en la rodilla rodó por el suelo.

Brookie asintió.

—Le espera en la habitación azul. He mandado preparar el té.

—Perfecto, excelente. Gracias.

Lord Elliott se apartó de la mesa y se dirigió a la puerta antes de recordar que se había quitado los zapatos, ya que a veces le daban mucho calor. Volvió a su silla y se los puso de nuevo antes de recordar que se había desatado el corbatín.

—¡Brookie! —gritó, a tiempo de verle volviéndose en su dirección—. Por favor, envía a Heathrow a mi habitación para que me ayude a ponerme presentable.

—Sí, señor.

Lord Elliott se apresuró a ir a su dormitorio, se probó primero un *blazer* de color azul y luego otro color carbón. Amelia le había dicho una vez en Londres que el gris hacía que los ojos se le vieran más azules. Una vez se hubo cambiado, se dio cuenta de que el chaleco a rayas rojas y verdes que llevaba no hacía juego. Para cuando Heathrow llegó, la habitación estaba llena de ropa que se había probado y descartado, hasta que al final se había decidido por la combinación correcta: un chaleco azul y gris con *blazer* de color carbón y los pantalones negros. Heathrow se guardó sus opiniones sobre moda y comenzó a anudarle el corbatín mientras el hombre miraba al techo y se preguntaba por qué había venido Amelia.

Por fin estaba listo. Se miró de lado a lado en el espejo para cerciorarse, luego asintió en dirección a Heathrow y lo dejó para que recogiera aquel desaguisado mientras él se apresuraba a bajar las escaleras. Se detuvo en la puerta de la habitación azul para tomar aire antes de entrar.

Amelia estaba de pie, mirando por la ventana. Ojalá le impresionara lo que veía, aunque aquello hiciera que se sintiese algo infantil. Llevaba un vestido lavanda con un chal blanco sobre los hombros.

—Buenas tardes, señora Hollingsworth.

Se inclinó ligeramente cuando ella se volvió hacia él, y comprobó con alivio que no estaba enfadada, pero no pudo leer nada más en su cara. Sobre todo parecía cansada, pero si había viajado cincuenta kilómetros, debía de ser importante.

—Mis disculpas por hacerla esperar. De haberlo sabido, me habría preparado antes.

—Pensé que habíamos acordado no informar de las visitas con antelación… —Le sonrió, y él le devolvió el gesto.

Era buena señal que bromeara, aunque su comportamiento seguía siendo más bien discreto.

—¿Quiere sentarse?

Hizo un gesto hacia un lado de la gran sala, donde dos sofás semicirculares de terciopelo azul rodeaban una pequeña mesa. Elliott los llamaba «sillas de la luna» cuando era niño.

—Gracias.

Se apartó de la ventana y se sentó. Brookie había tomado la decisión correcta al ponerla en la habitación azul en vez de en el salón oeste o en el salón delantero, decorado con una nauseabunda variedad de motivos florales. Su madre lo había decorado así hacía años, y él no se había atrevido a cambiar nada después de que ella falleciera, pero la estancia le parecía demasiado recargada para su gusto.

Sin embargo, en la sala azul, con sus grandes ventanas y sus tonos apagados, Amelia parecía cómoda: brillante y, bueno, no del todo alegre.

Elliott se sentó frente a ella.

—¿Y bien, a qué debo el placer de su visita?

Su última interacción había sido en el carruaje al salir de casa de Peter. Había repasado y reescrito aquella conversación una docena de veces desde entonces y deseaba que fuera tan fácil de cambiar. Sin embargo, incluso en su mente sabía que no podía cambiar sus sentimientos o reacciones. Hoy, de su aura se desprendía un aire de humildad que no había percibido antes en ella.

Tomó aire y lo soltó, con la espalda perfectamente recta.

—Me gustaría saber qué ocurrió cuando murió su padre.

Lord Elliott parpadeó.

—Oh, claro.

—¿Le resulta difícil hablar de ello?

—No necesariamente —respondió él—. Solo algo inesperado.

Un sonido cerca de la puerta llamó su atención y ambos se volvieron para ver al primer criado, que entraba con la bandeja del té. Brookie se quedó detrás de él, como si estuviera supervisando a su personal, el joven dejó la bandeja en la mesita y los dos sirvientes se marcharon.

—¿Le sirvo? —se ofreció Amelia cuando se quedaron solos.

—Por supuesto, gracias —dijo lord Elliott.

Observó los movimientos elegantes y seguros de las manos de aquella mujer mientras preparaba sus tazas, la suya solo con nata, como a él le gustaba. Se le notaba la edad en las manos, que mostraban el mapa de su vida grabado en ellas: no eran las manos de una dama, impecables y suaves, con el destino nada exigente de pasar alguna aguja por una tela, sino manos de mujer, de madre, de esposa, de alguien que había trabajado mucho y muy duro.

Sin embargo, tenía los modales de una dama: se movía con ligereza, colocaba las tazas en los platillos sin hacer el menor ruido, removía el té sin raspar la cuchara en el fondo de la taza y golpeaba la cuchara dos veces en el borde antes de dejarla a un lado. Eligió un dulce de cada tipo —un bollo de nuez, un bizcocho de limón y una tarta de queso— y luego le puso el plato delante. Cuando levantó la vista, se sonrojó al ver que él la miraba. ¿Por qué, por mucho que viera lo peor de ella, nunca olvidaba que eso estaba bajo la superficie? Qué no daría él por ayudarla a salir del dolor y el miedo de los que se rodeaba tan estrechamente y por ver esa versión de ella cada vez que se encontraban.

—Gracias, Amelia.

Luego, la mujer inclinó la cabeza y preparó su taza. Tomó un sorbo antes de devolverla, sin hacer ruido, al platillo. Se mirό las rodillas un momento y levantó la cabeza para hablarle con franqueza y sin fórmulas de cortesía.

—Esta mañana, cuando venía de camino, recordé que, poco antes de que te fueras de Londres, querías un caballo por tu cumpleaños, un semental negro que habías visto en Tattersalls. Le pediste a tu padre que lo comprara, pero él respondió que eras demasiado mayor para regalos de cumpleaños. Estabas bastante frustrado, ¿recuerdas?

—En realidad, no —dijo, sacudiendo la cabeza—. Mucho de lo que pasó entonces se entremezcla ahora en mi memoria. Mi padre murió semanas después de que yo cumpliera veinticuatro años.

Sin embargo, otros recuerdos sí destacaban. ¿Se atrevería a admitirlos ante ella? Aquella mujer hacía que se sintiera vulnerable y precavido a la vez y, sin embargo, había algo que anhelaba. ¿Estar en paz con ella? ¿Sentirse tan unido a ella como antes? ¿Qué lo comprendiera en lugar de acusarlo?

—¿De verdad quieres saber todo lo que pasó, Amelia? No deseo angustiarte y, si lo que quieres es recuperar nuestra amistad, no tienes más que decirlo. No tengo ninguna disputa contigo, nunca la he tenido, y no me entrometeré más en casa de Peter. Tampoco es necesario que nos crucemos nunca más si eso te da paz.

—Eres mucho más amable de lo que yo lo he sido, y lo reconozco. Dos veces has intentado explicarme las circunstancias relativas a la ruptura de nuestro noviazgo, y yo no he querido escucharte. Sin embargo, me gustaría hacerlo ahora, si no te importa.

Deseaba preguntarle por qué quería saberlo ahora, pero no quería arriesgarse a desviar la atención, y hacía tiempo que quería decirle la verdad, por el bien de ambos y también por el de

Peter y Julia. Ahora se lo estaba pidiendo. Ojalá ninguno de los dos se arrepintiera, rezó por ello.

Y así empezó su relato, hablando sobre su padre y su familia, sobre sus responsabilidades… Y ella le escuchó. Sin interrupción, sin defenderse. Y, lo que es más, en actitud comprensiva. Terminó, y al hacerlo parecía como si el aire estuviera más denso tras tantas palabras nunca dichas. Amelia se miró el regazo y jugueteó con los hilos de su chal.

—Ojalá hubiera sabido todo esto entonces.

—¿Por qué? —preguntó, esperando que se pusiera a la defensiva, pero estaba pensativa y tranquila.

—No sé por qué, Elliott, la verdad sea dicha. Estaba herida y avergonzada, segura de que mi vida había terminado, pero…

El hombre se removió en su asiento. ¿Era el puente que habían tendido en estos últimos minutos lo suficientemente fuerte como para que él le hiciera preguntas? Decidió arriesgarse.

—Cuando volví a Londres después de esos dos primeros años, me enteré de que te habías casado poco después de mi partida. Incluso tenías un hijo. Puedo apreciar lo dolorosa que fue mi partida en ese momento, pero tu angustia fue solo temporal. —Su tono cambió drásticamente al decir estas últimas palabras—: Tu banquero llenó tu corazón de felicidad incluso después de mi partida, creo.

Levantó la cabeza con humildad.

—¿Mi banquero? —repitió Amelia.

—Me habías hablado de él una vez —le recordó lord Elliott, enlazando los dedos.

—Lo conociste cuando visitaste a tu tía en Feltwell. Lo recuerdo porque el pueblo no estaba muy lejos de la casa de

Howard y mi padre había recurrido a él por algún asunto de negocios. Te escribió cuando estabas en Londres. Su atención te pareció halagadora, pero ridícula, ya que era de clase inferior a la de tu familia.

La mujer se sonrojó, pero no perdió los nervios, tal como su interlocutor medio esperaba.

Tomó aire y habló con voz uniforme.

—Mi padre estaba deseando que me casara cuando me envió a Londres. Tenía deudas que esperaba saldar si elegía un buen partido. Soy la menor de cuatro hijas y ninguna de mis hermanas se había casado bien. Le hablé de ti, de nuestro interés mutuo y de las conversaciones que habíamos tenido sobre un futuro juntos. Reconozco que exageré un poco con la esperanza de impresionarle, y funcionó. Fue menos crítico, después de todo eras el heredero de un vizcondado, pero luego te fuiste sin avisar y me sentí humillada. Mi padre se enfadó y se negó a sufragar mi estancia en Londres por más tiempo, por lo que me quedé con mi tía, cerca de mi banquero. Ya no me quería nadie: ni mi padre ni tú. En cambio, Richard era amable y trabajador, y me adoraba. Entendí que podía rehacer mi vida a su lado.

—¿Le querías? —preguntó Elliott, sintiendo el pecho extrañamente vacío, como si el corazón le latiera dentro de una caverna y retumbara. Cuántos secretos. ¿Cuántos secretos más y cuántas promesas rotas escondía la sociedad?

—Lo amé bastante, al principio. Pero, con el tiempo, ese amor se convirtió en algo más allá de mis expectativas. —Amelia hizo una pausa, y un aire de reverencia se instaló en la habitación—. Fue un buen marido para mí, Elliott. Era amable, atento y constante, especialmente cuando yo no lo era. Fue un padre excelente y nos cuidó mucho. Cuando murió —parpadeó rápidamente, quizá conteniendo unas lágrimas que él no podía ver—, aprendí que el verdadero desamor no era la fantasía incumplida de una jovencita. Ese dolor no era nada comparado con la pérdida del hombre que amaba por completo, mi compañero de vida y el padre de mis hijos.

Él había sentido envidia cuando había visto el retrato de Richard Hollingsworth sobre la chimenea de su modesta casa, había sentido envidia cuando conoció a Julia y vio en ella los rasgos de sus padres, la evidencia de una vida que él podría haber tenido. Pero ahora se daba cuenta de que él no podría haber tenido esa vida con ella. Si se hubiera casado con ella, las cosas no habrían sido iguales: no habrían tenido el estilo de vida que esperaban porque él no habría podido dedicarse a su familia. No habría conocido otras culturas en el extranjero que luego le hicieron entender lo importantes que pueden ser los lazos familiares fuertes. Julia no habría nacido; no existiría.

—Me alegra mucho saber que has tenido una buena vida, Amelia. Es lo que siempre deseé para ti. Pero lamento que hayas estado sola durante tanto tiempo y que aún sientas el peso de esas heridas del pasado. Creí que marcharme como lo hice te evitaría dolor, y siento mucho que no fuera así.

Amelia empezó a parpadear rápidamente, se puso una mano sobre la boca y cerró los ojos. Elliott se inclinó hacia ella. ¿Estaba llorando?

—¿Amelia? ¿Estás bien?

Ella asintió, luego hizo una pausa y negó con la cabeza.

Lord Elliott sacó su pañuelo del bolsillo y se lo tendió por encima de su té, ya frío. Ella se enjugó las lágrimas mientras él miraba a su alrededor, sin saber cómo reaccionar. ¿Qué otra cosa podía hacer un hombre en una situación así? Amelia respiró profundamente y luego extendió el pañuelo sobre su regazo, alisando todas las esquinas y mirándolo sin mirarlo a él.

—Peter vino a verme ayer. —Habló en voz tan baja que casi no la oyó.

—¿Ah, sí?

Ella levantó la vista.

—¿No lo sabías?

—¿Que iría a visitarte? No. No he hablado con él desde el día siguiente a la cena. ¿Cuál era el propósito de su visita, si puedo preguntar?

Le temblaba la barbilla.

—Quería mi bendición para cortejar a Julia. Dijo que ella se mudaría con el vicario, que él sería un perfecto caballero, que la amaba y que quería casarse con ella.

—No me digas… —dijo lord Elliott, recostándose en su silla y sintiendo que el pecho se le hinchaba de orgullo al saber que su sobrino había tomado tal iniciativa. Bien por él.

—Le dije que no.

El hombre se quedó helado.

—¿Cómo?

Ella lo miró, con ojos suplicantes.

—Le dije que nunca me sentiría cómoda teniendo a mi hija en su casa, que ella pertenecía a una clase inferior para que su matrimonio prosperara y que él era un joven egoísta y malcriado que no merecía mi bendición.

Lord Elliott apoyó los codos en las rodillas y enterró la cabeza entre las manos. Podía imaginársela diciendo esas palabras, sin duda tenía una lengua afilada, pero también sabía el dolor que le habrían causado a su sobrino. Le dolía el corazón de pensarlo.

—Oh, Amelia —murmuró.

Ella continuó.

—Me dijo que el rencor que yo te guardaba era injusto, que habías sacrificado tu felicidad por los demás. Y yo no sabía de qué hablaba.

El hombre permaneció inmóvil, con la cabeza entre las manos y el corazón en la garganta. Tras casi un minuto de silencio, se enderezó.

—Julia ya es una mujer, Amelia. Pedir tu bendición es una cortesía, no un requisito.

—Lo sé.

Se secó los ojos de nuevo.

—Le dije que estaba seguro de que seguiría adelante de todos modos, pero dijo que no lo haría. Dijo que no había confesado sus sentimientos a Julia antes de venir a mí.

—No, él no quiere que tu hija y tú os enfrentéis. Lo que hará será enterrar sus sentimientos y convencerse de que no es digno de tu confianza ni del amor de Julia. Ha vivido bajo la vergüenza de su nacimiento toda su vida y siempre ha creído que no merecía ser feliz. Reemplazará a Julia con una nueva institutriz para no tener que verla y por fin tendrás exactamente lo que querías.

Amelia cerró los ojos y una lágrima se deslizó hasta su regazo. Una parte de él quería ofrecerle consuelo, mientras que al resto de su ser le repugnaba lo que había hecho. ¿Cómo podía aquella mujer bondadosa, no le cabía duda, ser tan cruel? No solo con Peter, sino con su propia hija.

Los hombros le temblaron y dejó caer la barbilla. Él permaneció en su silla, tratando de pensar cómo solucionar semejante embrollo. ¿Quizá podría ser tan fácil como que ella se disculpara y diera su bendición? ¿Sería posible algo así?

Aprovechando la oportunidad, se puso de pie y cruzó la distancia que lo separaba de ella. Se sentó a su lado y le pasó un brazo por los hombros. Ella volvió la cara y sollozó en el hueco de su abrazo.

—Amelia... —le dijo en voz baja cuando parecía haber recuperado cierta compostura minutos después.

Ella levantó la cabeza para mirarlo. Estaba atormentada, y eso se reflejaba claramente en sus ojos enrojecidos y en su semblante decaído. Él estaba preparado para que se apartara, pero en lugar de eso se apoyó en él, recostando la cabeza en su hombro y la mano en su pecho. La sensación de tenerla cerca, de que lo necesitaba, era estimulante.

Estuvieron sentados en silencio durante unos segundos hasta que lord Elliott dijo al fin:

—Peter te confesó su amor por Julia. ¿Sabes lo que ella siente por él?

Ella negó con la cabeza. No se apartó de él.

—¿Se te ocurrió preguntarle?

Capítulo 33

AMELIA

Lord Elliott la invitó a quedarse en Howardhouse el martes por la noche, y ella aceptó. Le explicó que había contratado a un cocinero indio, pues le encantaba la comida de esa región, y comieron lo que él llamaba pollo Tandoori. Era un pollo picante servido sobre arroz de grano largo con pan de pita y chutney. Aunque el pollo picaba bastante, a ella le gustaron los sabores, y el pan estaba delicioso. Hablaron de la India, de los hijos de Amelia, del Parlamento y lord Elliott de la rodilla que le dolía. Pasaron un rato agradable.

Amelia dormía en una habitación de invitados en el ala sur. Él se había comportado como un perfecto caballero, ni siquiera le había besado la mano cuando se separaron por la noche, aunque a ella no le habría importado que lo hiciera.

Disfrutaron del desayuno juntos y luego él la acompañó hasta la entrada, donde, en lugar del carruaje alquilado que ella había pedido, la esperaba una de las calesas de él.

—Elliott —dijo con una leve reprimenda.

—No discutas conmigo, mujer —respondió el hombre con suavidad.

Se adelantó a ella para abrir la puerta y, dubitativa, Amelia aceptó su mano para subir. Disfrutó del tacto de su piel. Ojalá tuviera el valor de decírselo. La noche anterior, gracias a la sinceridad y honestidad de su acompañante, le había servido para sanar las heridas del pasado.

—¿Vuelves a Feltwell, entonces? —le preguntó una vez que se hubo acomodado en la calesa.

Habían hablado de muchas cosas, pero no de lo que ella haría a continuación, no desde que habían hablado y él había dado rienda suelta a sus remordimientos. Debería estar avergonzada, cualquier otra mujer lo estaría, pero todo lo que podía sentir era agradecimiento. Y fuerza.

—Elsing, creo.

—¿Crees? —preguntó con las cejas levantadas y una sonrisa burlona—. Quizá sea mejor que tomes la decisión al principio de tu viaje y no al final.

Ella negó con la cabeza sonriendo al escucharlo bromear.

—Elsing, entonces.

Necesitaba hablar con Julia, quizá con más humildad de la que se había permitido expresar, o incluso sentir. Hacía tiempo que necesitaba seguridad en sí misma, y en todo, para admitir que había ido demasiado lejos y que había abrazado sus miedos a expensas de los intereses de su hija. No sabía cómo arreglarlo, pero temía que, si no hacía nada, la brecha entre ambas nunca se cerraría.

Además, ¿y si Peter Mayfield era el hombre que le daría a Julia la vida que Amelia siempre había querido para ella? Menuda ironía. Ahora que podía ver las cosas con más claridad, estaba triste. Todo lo que había querido era que su hija se estableciera y fuera esposa y madre. Sin embargo, eso era exactamente contra lo que había luchado.

Su interlocutor aún no había cerrado la puerta cuando se ofreció:

—¿Quieres que te acompañe?

—Sí —respondió automáticamente, y luego negó con la cabeza—. Pero no. Creo que Julia y yo tenemos que tener esta conversación a solas.

Se le revolvió el estómago al pensar en lo que la esperaba. Sin embargo, en el espacio de una hora, Elliott y ella habían resuelto treinta años de dolor e ignorancia. Estaba aprendiendo que la verdad tenía un gran poder curativo.

—Muy bien —dijo el hombre—. Te deseo lo mejor, y gracias por quedarte esta noche. Ha sido la noche más agradable que he tenido en mucho, mucho tiempo.

—Para mí también.

Y lo decía en serio, cosa que era de agradecer. Había estado tan enfadada con él durante tanto tiempo, incluso cuando creía que no lo estaba... Y ahora la rabia se batía en retirada. Aunque estaba arrepentida, se sentía tranquila y aliviada. Le tendió la mano, y él la apretó con cariño entre las suyas.

—Gracias, Elliott.

No especificó por qué le daba las gracias.

—De nada, Amelia.

El hombre se llevó la mano enguantada a los labios y le besó los dedos mientras le sostenía la mirada. Una sensación de energía recorrió todo su cuerpo. Era algo que no había sentido en mucho tiempo y, aunque estuvo tentada de quedarse y ver qué pasaba, le pareció más prudente no hacerlo. Lo primero era recuperar la relación con su hija. Lo que pudiera suceder entre ella y Elliott vendría después, pero esperaba que hubieran encontrado un nuevo punto de partida.

Capítulo 34

PETER

Estaba de pie junto a su escritorio con las manos en la espalda mientras la señora Allen conducía a Colleen al estudio. Las invitó a sentarse, y así lo hicieron. La cara de la señora Allen era neutra, pero la de la criada no; el miedo se reflejaba en ella.

—Gracias por reunirte conmigo, Colleen —dijo Peter. No quería que se pusiera más nerviosa, pero tampoco ponérselo demasiado fácil—. Esta mañana he tratado de resolver una situación, y creo que he encontrado la raíz del problema. Espero que puedas ayudarme.

—Lo intentaré, señor Mayfield. —Tragó saliva.

—Hablé con la señora Allen esta mañana sobre algunos cambios que van a tener lugar en el futuro de la casa y me recordó que usted ha ayudado con las niñas cuando lo ha necesitado, ¿correcto?

Colleen miró a la señora Allen y luego volvió a mirarlo, todavía confundida.

—Sí, señor.

—Y una vez albergó la esperanza de ser su institutriz.

—Sí, señor —susurró Colleen.

—La señora Allen y yo no atendimos esa petición. ¿Sabe por qué?

La joven negó con la cabeza. Él miró a la señora Allen y la invitó a hablar.

—La señorita McCormick, es decir, la señora Oswell era niñera —explicó la mujer—. Les enseñaba a las niñas las letras, pero no tenía la formación que necesita la señorita Marjorie, especialmente ahora que es mayor. No sabía de música, por ejemplo, ni tenía conocimientos de literatura o matemáticas. El anuncio del señor Mayfield para el puesto de institutriz pedía específicamente a alguien con experiencia en enseñanza para educar a las niñas en casa.

—No teníamos ningún reparo en la forma en que se relacionaba con ellas —le aseguró Peter, desviando la atención de Colleen—. Y si solo hubiera estado buscando reemplazar a Lydia, habría sido la primera opción, ya que las niñas la conocen bien, pero yo buscaba una maestra. ¿Entiende?

Ella asintió lentamente.

—Ha llegado a mis oídos que no ha sido especialmente amable con señorita Hollingsworth desde que llegó. ¿Es por esa razón, Colleen? ¿Le molestó que ocupara el puesto que sentía que le correspondía?

La chica se echó a llorar, echó los hombros hacia atrás y arrugó la cara, redonda.

—¿Me está despidiendo?

Peter le entregó un pañuelo.

—No estoy seguro.

El hecho de que Julia estuviera dispuesta a considerar que Colleen asumiera parte de la responsabilidad en el cuidado de las niñas era una afirmación que se debería, más que otra cosa, al buen corazón de la propia Julia.

—La señorita Hollingsworth ha sido una institutriz excepcional, Colleen, y, como seguramente habrás oído, se convertirá con toda probabilidad en la madre de mis hijas dentro de unos meses. Confío en mi personal para que esta transición se produzca sin obstáculos y que todos nos respetemos. Después de la relación que ha tenido hasta ahora con la señorita Hollingsworth, ¿cree que puede hacerlo?

Colleen asintió.

—Lo siento, señor Mayfield. Por favor, no me despida.

Peter y la señora Allen compartieron una mirada de complicidad.

—No quiero despedirla, Colleen. Ha servido en esta casa durante mucho tiempo, y solo ahora he oído una queja sobre usted. Y, a pesar de estas circunstancias, la señorita Hollingsworth me aseguró que seguía ayudando con las niñas y la señora Allen responde por tu buen carácter y tu ética de trabajo.

Si fuera por él, lo más probable es que la hubiera dejado marchar en lugar de arriesgarse a que hubiera más dificultades entre ella y Julia. Pero no dependía de él. Una ráfaga de placer y emoción le recorrió al pensar que pronto tendría a esta última a su lado para ayudarle a tomar este tipo de decisiones. Tendría otra vez una familia.

—Adoro a las niñas, señor Mayfield. —Comenzó a llorar de nuevo—. Ocupan todo mi corazón. He sido muy envidiosa, y ha estado muy mal por mi parte.

—Bueno, entonces, tengo una propuesta para ti. —Ella parpadeó en su dirección y contuvo la respiración—: La señorita Hollingsworth será una madre práctica. Se encargará de su educación y de buena parte de sus cuidados, ella es así. No voy a contratar a otra institutriz, pero necesitaré a alguien que cuide en ocasiones de las niñas. Esta persona deberá trabajar directamente con la señorita Hollingsworth, lo que requerirá de cierta humildad y cooperación. ¿Estaría usted interesada en ese puesto?

—¿Lo dice en serio? —murmuró ella, sonriendo por primera vez.

—Sí, si cree que puedes hacerlo.

—¡Claro! —Ella asintió entusiasmada—. Puedo arreglármelas y compensaré a la señorita Hollingsworth a partir de ahora por cómo la he tratado. Debe saber que no soy una mala persona.

—Si así lo creyera, Colleen, no estaríamos teniendo esta conversación.

Capítulo 35

JULIA

Julia organizó las fichas de las letras para formar una palabra y que Marjorie las transcribiera en su pizarra, luego se volvió hacia Leah, sentada al otro lado, y repasó una lista de palabras que empezaban con la erre fuerte, la lección de hoy.

—Rrrr-atón —dijo Julia.

—Eh… Rrrr-atón.

Leah repitió obedientemente cada palabra.

La puerta de la habitación de las niñas se abrió y Julia levantó la vista, esperando que fuera Peter, aunque estaba en la vicaría terminando los preparativos para su mudanza durante el fin de semana. La tarde de ayer lo había cambiado todo… Se habían visto esa mañana en el patio de los perros y habían tardado el doble de lo habitual en hacer las tareas, pero la intimidad no tenía precio, y la facilidad con la que habían pasado de ser patrón e institutriz a algo más era sorprendente y muy bienvenida.

Pero no era Peter el que estaba en la puerta, sino el señor Allen, que frunció ligeramente el ceño, un gesto que ella no pudo interpretar y que dio paso a su interlocutor. Al ver a su madre entrando tímidamente en la estancia, sintió una sacudida de sorpresa.

—Gracias, señor Allen —dijo la joven tras el susto inicial, contenta de que nadie pudiera darse cuenta de cómo le latía el corazón. Su plan de ir a Feltwell la próxima semana y anunciarle a su madre el rumbo que iba a tomar su vida se desmoronó en un instante. Iban a enfrentarse, e iba a ser ahora. A ella no se le daban bien las confrontaciones.

El mayordomo asintió y salió de la habitación, dejando a su madre de pie al otro lado del umbral de la puerta.

Julia les susurró a las niñas que continuaran con sus lecciones y luego se puso en pie de forma comedida, decidida a presentarse de forma tranquila y madura. Su madre parecía no estar a gusto en aquella habitación que a ella le resultaba tan cómoda.

—Buenas tardes, madre —dijo, con más educación que frialdad. Mantuvo la voz baja para evitar que las niñas la oyeran—. No te esperaba.

—No, estoy segura de que no.

Se aclaró la garganta, miró más allá, adonde estaban las niñas, que no disimulaban muy bien su interés, y luego de nuevo a Julia.

—¿Podríamos hablar en privado?

La joven abrió la boca para aceptar, pero la cerró. No tenía por qué acceder a los deseos de su madre y dejar todo y a todos de lado para cumplirlos. Se armó de valor y replicó:

—Tenemos otra media hora de clase y luego las niñas tienen su hora de descanso. Podríamos hablar en ese momento tranquilamente.

Su madre recorrió la habitación con la vista como si evaluara si era o no un lugar apropiado para lo que fuera que había venido a discutir.

—¿Podríamos dar un paseo por los jardines a esa hora?

No resultaba fácil no ceder, pero estaba decidida a mantenerse firme. No podía demostrar que era una mujer adulta capaz de tomar sus propias decisiones si se dejaba intimidar por semejante menudencia.

—Puedes hablar conmigo aquí dentro de media hora o esperar hasta las cinco, cuando deje a las niñas en su cuarto para que pasen un rato con su padre. Estoy segura de que el señor Allen podrá acomodarte en el salón para que tomes el té mientras tanto. En esta estancia hay muchos libros, por si te apetece ojear alguno.

No pudo evitar sentir que estaba ocupando un lugar más destacado del que le correspondía, si bien era cierto que, una vez el señor Mayfield y ella se casaran sería la dueña y señora de aquella casa. Una ráfaga de ansiedad le atravesó el pecho. ¿Cómo conseguiría lidiar con todo?

Su madre consideró la sugerencia que le hacía sin irritarse, lo que a su hija le resultó sorprendente.

—Conversemos durante la hora de descanso, entonces.

—Muy bien.

Julia hizo un gesto hacia el escritorio y la silla cerca de la ventana.

—Por favor, toma asiento mientras terminamos.

Sabía que se estaba comportando con excesiva terquedad. No había ninguna razón por la que no pudiera dedicarle una hora ahora y reanudar las clases más tarde; lo había hecho con bastante frecuencia cuando una u otra cosa interfería con su rutina diaria, pero la obstinación le podía. El hecho de que su madre se hubiera opuesto a su relación con Peter era razón suficiente para hacerla esperar.

—¿Puedo ayudar con las lecciones? —preguntó. Permaneció de pie, jugueteando con el lateral de la falda y con gesto inseguro, algo que desde luego había visto pocas veces en su madre. Ella era el tipo de persona que dirigía una sala u organizaba un comité; ahora, en cambio, era ella quien estaba al mando. Interesante.

—Te lo agradecería, madre. Gracias.

Se unió a ellas en la mesa de trabajo, una mesa circular con dos bancos curvos, y se sentó al lado de Leah. Julia le explicó rápidamente lo que habían estado trabajando para que pudiera retomar la recitación de palabras con la «e», lo que le permitiría centrarse en la caligrafía de Marjorie.

Trabajaron separadas la una de la otra, aunque Julia mantuvo un oído atento a las interacciones de su madre con Leah. A pesar de ello, sintió cómo se le ablandaba el corazón al recordar el día en que ella había sido la alumna. Su madre se sentaba con ella durante horas, enseñándole las letras y los números, luego palabras y ecuaciones. Simon había ido a un internado al cumplir los diez años, a pesar de que era caro y algo inusual para su clase, y su hermana y ella habían asistido a una escuela de la parroquia local. La mayoría de las niñas solo asistían hasta los catorce años, pero ellas siguieron hasta los diecisiete, y luego ella se quedó dos años más como profesora asistente.

Solo años más tarde se dio cuenta del gran esfuerzo que sus padres habían hecho para poderlos educar a todos tan por encima de las expectativas de su clase. Sus padres habían querido que sus hijos pudieran elegir en la vida, que tuvieran oportunidades. Resultaba irónico que su madre, años más tarde, hubiera estado en desacuerdo con el camino que ella había elegido.

Leah ya había terminado la primera lista de palabras con la erre, así que pasaron a la siguiente.

—Oh, esta es fácil —oyó que decía su madre mirando la tarjeta que tenía en la mano. Julia se estremeció ligeramente ¿Y si no le resultaba fácil a Leah?

—Cuando quedas primero en un juego.

—A veces Marjorie va primero —dijo Leah en tono de queja—. Dice que siempre debe ir primero porque es la mayor.

Marjorie se asomó para fruncirle el ceño a su hermana.

—No siempre digo eso.

—Céntrate en tu trabajo, Marjorie. —Julia redirigió su atención.

—Un número ahora —dijo su madre—. ¿Cuántos dedos tienes?

—¡Diez! —Leah fue contando con los dedos.

—¿Alguno de esos números contiene una erre fuerte?

Leah hizo una pausa y luego exclamó:

—¡Tres!

—Sí —dijo Amelia—. Excelente, pero hay otro número que contiene la erre.

La niña se quedó callada durante unos instantes. Su madre estaba cambiando la clase, aunque no para mal, era solo que lo hacía a su estilo.

—¡Cuatro!

—Exacto, muy bien. ¿Y qué otras palabras tienen una erre?

—Mmm…, ¡ladrar! Los cachorros a veces ladran.

Julia tuvo una idea y organizó las fichas de las letras formando la palabra «ladrar» para que Marjorie la escribiera.

—Excelente. Y apuesto a que también son preciosos.

—Sí, son muy bonitos, señora madre de Julia —dijo Leah.

Julia apretó los labios para no reírse.

—Puedes llamarme señora Hollingsworth.

—Señora Holl-eng-uh…

—¿Qué tal señora Amelia? —ofreció Julia. Llamó la atención de su madre y ambas sonrieron un poco. Allí se estaba creando algo.

Volvieron al trabajo: su madre ayudaba a Leah a identificar las palabras y Julia colocaba las fichas para que Marjorie escribiera esas palabras en su pizarra. Para la niña se convirtió en un reto transcribir la palabra antes de que su madre y Leah pasaran a la siguiente. Resultó que había una gran cantidad de adjetivos con erre: «gracioso», «retozón», «gordito».

—Aquí hay uno que no tiene que ver con los cachorros —dijo Amelia—: «Perdón».

Julia se tensó, pero siguió con las fichas. La madre no apartó la vista de Leah.

—¿Sabes qué significa eso, Leah?

—Significa que te sientes mal.

—Bueno, un poco. Cuando has hecho algo que no deberías haber hecho, puedes disculparte, y la persona a la que has hecho daño tiene entonces la oportunidad de perdonarte.

—La Biblia dice que hay que perdonar —dijo Marjorie mientras terminaba de escribir la palabra—. Es muy importante.

Todo el mundo se quedó en silencio durante el tiempo en que se oyó un tictac del reloj.

—Eso siempre ha sido difícil para mí —dijo Amelia—. No soy muy buena para perdonar.

Julia arrugó la frente. Pensaba que le estaba pidiendo perdón, pero esto era algo diferente.

—Yo soy muy buena perdonando —dijo Leah.

—Entonces, eres muy afortunada —dijo la mujer—. Si no se te diera tan bien, descubrirías que no perdonar puede hacerte muy infeliz, puede amargarte el corazón y hacer que te vuelvas dura y que estés ciega.

Leah la miró horrorizada

—¿Puede dejarte ciega?

Ella le apretó el hombro con cariño.

—No es el tipo de ceguera que no te permite ver con los ojos; se trata de ceguera en el corazón, un sentimiento que no te deja percibir cosas que deberías sentir.

—Uf, qué lío…

Amelia se echó a reír.

—Sí, supongo que sí. ¿Qué tal la palabra «sentir»? Termina con erre.

Julia se lo explicó a la niña con las fichas.

—¿Qué tal «miedo»? —sugirió la madre de Julia—. El miedo puede hacer que sea difícil perdonar y confiar en otras personas.

—¡Y te da miedo! —añadió Leah de forma útil.

—Sí, así es —dijo la mujer—. ¿Sabes lo que es un opuesto?

—Algo diferente —respondió Leah—. Marjorie es opuesta a mí porque le gustan los «aspárragos», y yo los odio.

—Eso no es un opuesto —intervino Marjorie—. Un opuesto es como el blanco y el negro o la noche y el día o el frío y el calor.

Se sentó, satisfecha de lo mucho que demostraba saber.

—Sí —dijo Amelia—. Y lo opuesto al miedo es otra palabra con erre: «esperanza».

Julia arregló las fichas para Marjorie, que cada vez escribía más rápido.

—Puedes pedir tener esperanza en tus oraciones. Y debes tener fe —informó Leah.

—Por supuesto, pero la fe, como la esperanza, consiste sobre todo en creer que no se conocen todas las respuestas pero que, incluso cuando parece imposible, pueden salir bien si se trata a la gente de una manera justa.

—¡La «feria» también tiene una erre!

—Muy bien —dijo Amelia—. Eres una niña muy inteligente.

—Eso es porque ya tengo seis años.

Pasaron unos minutos más en la lección antes de que Julia anunciara que era hora de descansar, Aunque protestaron con vehemencia al principio cuando la institutriz les habló de ese rato que pasarían en silencio cada día, ahora lo aceptaban como parte de su rutina. Marjorie eligió un libro de la estantería y se dirigió a la zona en la que Julia había colocado gruesos edredones y almohadas, un lugar que estaba a pleno sol los días soleados. Leah se llevó su muñeca y la lata de soldaditos, pero la joven sabía que se quedaría dormida antes de ejecutar por completo cualquier juego que tuviera en mente con ellos. ¡Esa niña sabía dormir!

Julia recogió algunos juguetes y se tomó más tiempo del necesario para colocarlos dentro de la pequeña caja de madera.

—Lo siento, Julia.

Su hija dejó que esas palabras calaran en lo más profundo de su corazón para poder verlas con suficiente claridad y determinar si eran sinceras. Parece que su corazón no las rechazaba. Puso la tapa sobre el buzón. Una parte de ella quería ablandarse, perdonarlo todo y dejarlo atrás; sin embargo, había llegado el momento de que su madre supiera que sería ella quien llevara las riendas de su vida, y eso significaba enfrentarse a todo, a todo ello.

—¿De qué te arrepientes exactamente, madre?

—De muchas cosas —murmuró—. Siento haber vendido los perros cuando tu padre murió.

Julia se sobresaltó y luego se tensó, esperando una explicación. No la hubo.

—Y lamento no haber sido más afectuosa y haberme preocupado por el dolor que sentían mis hijos entonces. Estaba demasiado atrapada en el mío propio. Y lamento haber intentado forzarte a que te casaras cuando no te sentías preparada. —Los ojos se le pusieron vidriosos y la voz se le quebró al continuar—: Siento haber elegido tu ropa, haber criticado tu pelo y haberme sentido tan segura de saber cómo debías hacer cada cosa en tu vida por insignificante que fuera. Siento no haber sido amable y abierta contigo, como debería ser una madre, y siento no haber apoyado tu primer puesto en Londres. Me avergüenzo de mí misma por no haber ido nunca a verte allí.

Julia juntó las cejas. No se esperaba nada de aquello y le estaba costando asimilarlo todo y responder.

—Nunca esperé que vinieras a Londres, madre.

—Pensé cien veces en ir. —La mujer sacudió la cabeza como si estuviera decepcionada consigo misma—. Has viajado más lejos que cualquiera de mis hijos, y yo conozco Londres, pues viví allí una parte importante de mi vida. Podría haberte enseñado los parques y ayudarte a entender el funcionamiento de la sociedad, pero sentí que, si iba, mostraría mi apoyo, a pesar de no estar de acuerdo, y fue por eso que no fui ni una vez en cinco años.

Julia no dijo nada. ¿Habría querido que su madre la visitara? No podía decirlo, porque no se le había pasado por la cabeza, por las mismas razones que había admitido.

—Supongo que, en general, lamento haber estado tan empeñada en lo que quería que fueras que no me he dado cuenta de la mujer tan excepcional que eres en realidad.

Julia parpadeó.

—Pensaba que ibas a decir que lamentabas no haberle dado tu bendición a Peter.

—Oh, eso también. —Sonrió con una sonrisa vulnerable pero esperanzada.

Ahora no sabía qué decir. Los modales le dictaban que ella también debía disculparse por algo, pero no se le ocurría nada por lo que disculparse que no deshiciera la dinámica de los últimos minutos. Su madre se estaba mostrando tan sincera, tan abierta, y estaba siendo tan justa.

—Gracias, madre.

—De nada. —Hizo una pausa para respirar y luego levantó la vista de sus manos—. Supongo que Peter y tú habéis llegado a un acuerdo.

Julia no pudo evitar sonreír. Peter era lo mejor que le había pasado.

—Estoy medio enamorada de él, madre. Si las cosas siguen como en las últimas veinticuatro horas, espero estar plenamente enamorada de él al atardecer.

Su madre tomó aire, asintió y lo soltó en silencio.

—También debes saber que no escucharé más objeciones. No tenías derecho… —Su voz se redujo a un siseo, y se detuvo antes de continuar, con la voz más fuerte—: No tenías derecho a hablar con él de la forma en que lo hiciste ni a presumir de manejar el curso de mi vida.

—Tienes razón —respondió ella con una sorprendente falta de actitud defensiva—. Fue un error por mi parte, y lo siento mucho.

Se miraron y Julia recordó a Marjorie escribiendo la palabra «perdón» en su pizarra.

—También te debo una disculpa por no haberte dicho la verdad sobre mi relación con lord Howardsford.

Observó a Julia midiendo cuánto sabía, pero esta prefirió no decir nada para dejar que su madre se explicara.

—¿Le querías? —preguntó, sintiendo un dolor en el pecho, sobre todo por su padre. Había adorado a su madre, y a Julia le entristecía pensar que el corazón de su madre se había dividido.

—No estoy del todo segura —respondió encogiéndose de hombros—. Creí que sí, en su momento, pero luego lo que sentía hacia tu padre fue diferente, fue mucho más. —Le sostuvo la mirada—. No seguí pensando en Elliott, Julia, no después de aquellos primeros meses. Estaba herida y recordarlo me resultaba doloroso, pero no porque fuera el amor de mi vida.

—Pero ahora has reaccionado con gran intensidad...

Su madre juntó las cejas como si tratara de entenderlo.

—Sí, así es, pero eso no significa que me arrepienta de lo que sucedió.

—¿Y si papá estuviera vivo? —preguntó Julia—. ¿Y yo hubiera aceptado un trabajo en esta casa?

—Bueno, le habría pedido que te convenciera, para asegurar la victoria. —Sonrió ante la broma, y Julia no pudo evitar devolverle la sonrisa, un poco triste.

Quizá las cosas habrían sido iguales si su padre estuviera ahí, pero ¿se habría convertido en institutriz? ¿Habría sido maestra? No había forma de saber quién sería ella si él no hubiera muerto.

Miró al otro lado de la habitación, donde Marjorie estaba tumbada boca abajo leyendo un libro y Leah estaba representando lo que parecía una batalla entre su muñeca y los soldados. ¿Y si Sybil no hubiera muerto? ¿Qué habría pasado entonces?

Miró hacia atrás y encontró a su madre observándola.

—Podríamos volvernos locos intentando dar sentido a lo que podría haber sido y no fue. He aprendido esa lección durante estas últimas semanas. Lo mejor que podemos hacer es aferrarnos a la alegría cuando llega y disfrutarla plenamente mientras dura para poder sacar todas las lecciones de ella y ser mejores después del daño que sufrimos.

Una brisa de cálida confirmación le hizo entender que esas palabras eran ciertas y sabias. Julia asintió. Se sentaron en silencio unos instantes, y luego la joven volvió a hablar de la razón por la que su madre había venido.

—Entonces, ¿contamos con tu bendición?

—Sí. Sin embargo, hay algunas cosas que me preocupan.

«Por supuesto que sí», pensó Julia, pero se preguntó por qué se guardaba ese pensamiento para sí.

—Por supuesto que sí —dijo en voz alta, preparando sus argumentos.

—Mis preocupaciones sin embargo no van a hacer que cambien mis disculpas, Julia, y confío en que al menos intentes creerme. Me he equivocado contigo, con Elliott, con el señor Mayfield…, con tantas personas y tantas cosas. Sin embargo, sigo siendo tu madre y me gustaría que me permitieras compartir mis preocupaciones, no para disuadirte de tu camino, sino para darte la oportunidad de tenerlas en consideración.

Las hermosas disculpas que había ofrecido quedaron suspendidas en el aire, esperando que Julia decidiera si podía creerlas, después de todo. También estaba en su derecho de decirle que se guardara sus preocupaciones para sí, pero su propia curiosidad iba en aumento. Las cosas habían cambiado muy rápido entre Peter y ella, y era lo suficientemente madura como para saber que lo que le esperaba no sería fácil. Asintió, dándole permiso.

Su madre dejó escapar un suspiro de alivio.

—Si vas a iniciar un noviazgo formal con el señor Mayfield, bueno, un noviazgo con el señor Mayfield, no puedes seguir empleada en su casa, no estaría bien.

—Ya hemos pensado en eso.

La madre abrió la boca, pero Julia la cortó.

—No debo seguir viviendo bajo su techo, pero sí puedo seguir trabajando en la casa.

Amelia hizo una pausa y luego asintió.

—Supongo que eso es lo que quería decir.

—Ahora se están haciendo arreglos para que me quede en la vicaría. Nos cortejaremos, formalmente, como has dicho, durante un tiempo antes de que se lean las amonestaciones. Estamos decididos a hacer que esto funcione sin que nadie pueda recriminarnos nada.

—Oh, bueno, eso es muy reconfortante para mí.

—¿Y tus otras preocupaciones?

—No quiero decir nada personal contra el señor Mayfield, pero es verdad que la familia en conjunto no es que tenga muy buena reputación. Si te casas con el señor Mayfield, entrarás en un mundo de nobles donde esas cosas importan mucho. Mi consejo es que seas precavida.

—Lo consideraré.

Peter ya le había contado la letanía de escándalos en los que se había visto envuelta su familia, incluyendo su hermana, que había tenido que alejarse por cometer adulterio, y su primo, un desastre andante en Londres. La verdad es que se había escandalizado, pero sobre todo porque Peter, en cambio, no tenía nada de escandaloso. Y, en última instancia, era el carácter de él lo único que le importaba.

La madre pareció sorprendida de que Julia no le pidiera detalles, pero tras unos segundos continuó:

—Por último, yo crie a mis hijos lo mejor que pude y os acerqué lo máximo que pude a las expectativas de la clase alta, pero nunca te eduqué para ser la señora de una casa así. —Hizo un gesto con la mano para abarcar toda la finca—. Tampoco has tenido la formación necesaria como anfitriona, para socializar o preparar a las hijas del señor Mayfield para el lugar que habrán de ocupar en un mundo en el que solo has vivido como sirvienta. El señor Mayfield será el sexto vizconde de Howardsford, y sus hijas serán presentadas en la Corte algún día. Hay muchas cosas de este mundo que os son completamente desconocidas, y temo por vuestra felicidad si os encontráis en desventaja.

Esta era, quizá, su preocupación más grave, algo en lo que Julia solo había pensado en abstracto. La ansiedad se apoderó de su estómago al considerarlo. Ascendería socialmente a un lugar que desconocía en primera persona, pues, aunque los Cranston no eran de clase noble, sí había vivido algunas fórmulas sociales en su casa. ¡Sería vizcondesa! Sin embargo, la solución al temor de su madre se presentó de inmediato.

—Tienes razón. No conozco los detalles de ese puesto y tengo mucho que aprender. ¿Me ayudarás?

La madre se puso visiblemente tensa, abrió mucho los ojos y las cejas parecieron saltarle de la frente.

—¿Yo?

—Eres hija de un caballero —le recordó—. Siempre cuentas que ayudabas a tu madre a organizar encuentros sociales, que fuiste presentada en sociedad y que bailaste hasta la madrugada en bailes en Londres. ¿Quién mejor para ayudarme a encontrar mi camino en un mundo desconocido que alguien que se crio ahí y no me juzgará?

Las lágrimas se apelotonaron en los ojos de su madre y se deslizaron por sus mejillas. Julia alargó la mano y su madre la agarró, sujetándola con fuerza.

—Haré todo lo posible para ayudarte en ese sentido, Julia.

—Gracias. —Hizo una pausa, se sintió más valiente y continuó—: Las cosas no siempre han ido bien entre nosotras, madre, pero nunca he dudado de tu amor y de que me deseabas la felicidad.

«Sencillamente no podías creer que mi destino era diferente al que habías planeado para mí», pensó para sí. Llamaron a la puerta y Julia se levantó para contestar justo cuando esta se abría lentamente y, tras ella, aparecía Peter. Sintió que todo su ser se levantaba al verlo. Sonreía, pero pudo percibir su cautela cuando entró en la habitación y miró a su madre.

—Señora Hollingsworth —dijo, inclinando la cabeza—. No esperaba...

Sus palabras se interrumpieron cuando Leah lo abrazó por las piernas, rodeándolas con los brazos con tanta fuerza que el hombre acabó cayendo al suelo todo lo largo que era a pesar de sus intentos por no hacerlo. Marjorie empezó a gritar a su hermana, Leah se rio y Julia se apresuró a desenredar a la niña y a ayudar a que Peter se enderezara.

Eso le llevó a asegurar a sus hijas que estaba bien, a ponerse bien el abrigo y a agarrar a Julia de la mano. Se volvieron juntos hacia su madre, y la joven observó cómo los ojos de está pasaban de sus manos unidas a su cara y luego a la de él.

—Disculpe mi caótica entrada, señora Hollingsworth.

Miró a Leah, que se había sentado a sus pies con los brazos rodeándole las rodillas. Desde luego, su hija tendría que trabajar en el comportamiento de esa niña, aunque le pareciera adorable.

—Se lo aseguro —dijo Amelia con voz suave y amable—. No me preocupa lo más mínimo ver de cerca lo mucho que estas niñas quieren a su padre.

Miró a Julia, con los ojos vidriosos por las lágrimas.

—Conocí a una niña que era muy parecida, y nunca hubiera querido para ella nada menos que un hombre tan parecido al que ella más amaba.

Capítulo 36

PETER

Peter se encontraba en la base de la escalera frente al señor Oswell, vestido con sus galas de vicario. Tras ellos, dos docenas de personas esperaban que la novia y sus damas de honor se unieran a ellos. Julia y él habían elegido una ceremonia corta para cubrir sus necesidades prácticas y legales, y luego un almuerzo de boda para compartir con sus pocos pero muy queridos invitados.

La señora Hollingsworth se había alojado en Mayfield los últimos tres meses, en la vicaría, para enseñar a Julia las bases del protocolo social y de la gestión de un hogar. Mientras, Colleen se había hecho cargo de la mitad del cuidado de las niñas para que Julia aprendiera algunas tareas adicionales de su posición como ama de casa. No había sido fácil ni un proceso sencillo, y todavía se encontraban con algunos obstáculos, pero todos entendían que la vida a menudo era muy complicada. Afortunadamente, estas complicaciones podían resolverse con suficiente tiempo, atención y esfuerzo.

El silencio se impuso en la sala y los susurros desaparecieron entre los invitados, y Peter miró expectante hacia lo alto de la escalera. Julia llevaba un vestido color champán y un ramo de flores amarillo pálido: prímulas. Marjorie y Leah caminaban detrás de ella con vestidos blancos y coronas de laurel.

«La imagen de mis sueños…», pensó Peter mientras observaba cómo bajaba las escaleras hacia él. Casi lo había olvidado y, sin embargo, se le había revelado como una profecía inesperada.

Julia parecía nerviosa, tenía los ojos muy abiertos y una expresión que decía en voz alta lo incómoda que se sentía al ser el centro de atención. Peter le sonrió para alentarla, sin apartar los ojos de su rostro hasta que Leah susurró:

—Hola, papá.

Los invitados soltaron una risita y Marjorie dirigió una mirada frustrada a su hermana menor. Peter se llevó un dedo a los labios y guiñó un ojo a sus hijas.

La novia llegó al pie de la escalera, Lydia se adelantó para sujetar el ramo y luego guiar a las niñas para que se levantaran, igual que el resto de invitados.

Peter tomó a Julia de las manos y el vicario comenzó con la ceremonia.

Capítulo 37

AMELIA

El carruaje nupcial dejó atrás Mayfield a la una y cuarto. Algunos de los invitados se marcharon a sus respectivas casas, aprovechando que hacía buen tiempo, incluidos sus otros dos hijos y sus familias, pero media docena de invitados se quedaron, lo que mantuvo a los señores Allen y a su personal ocupados durante todo el día.

Ayudó a gestionar una cena fría y algunas habitaciones para la noche, realizando las tareas que Julia haría en el futuro. Su hija lo haría bien, y ella se sintió como la madre que siempre quiso ser, ayudando a su hija a prepararse para llevar adelante su nuevo lugar.

Después de la cena, se organizó una recepción en el salón donde pudo disfrutar de la compañía del hermano menor de Peter, Timothy, quien le habló sobre ciertos detalles sobre la campaña matrimonial de su tío Elliott. Finalmente, los invitados fueron retirándose hasta que solo quedaron Amelia, Timothy y Elliott.

Amelia estaba leyendo un libro de Peter, *El paraíso perdido,* mientras escuchaba a medias la discusión sobre los derechos mineros que se debatía en el Parlamento. Cuando el tema se agotó, Timothy se puso en pie.

—Ahora debo irme a la cama, tío, señora Hollingsworth. Saldré hacia Londres a primera hora y quizá no tengamos la oportunidad de despedirnos.

Tras una cariñosa despedida, salió de la habitación y dejó a Amelia y a su tío en silencio. Ella trató de seguir leyendo el libro, pero no podía concentrarse. Lord Elliott la había visitado varias veces en los últimos meses, y su relación se había tornado serena y respetuosa con respecto al pasado, lo que había resultado un alivio a ambos. Amelia levantó la vista del libro y se encontró con la mirada de Elliott.

—Ha sido un día muy bonito —intervino.

La mujer sonrió, recordando la felicidad de su hija y la cara que ponía Peter al mirarla. Habría cargado con un peso terrible si finalmente hubiera conseguido evitar aquella unión.

—Sí lo ha sido —respondió, cerrando el libro—. ¿Cuánto tiempo te quedarás?

Lord Elliott se miró los zapatos.

—Todavía estoy indeciso. —Volvió a mirarla a los ojos—. Pensé que tal vez necesitarías ayuda con las niñas.

Amelia asintió con fingida gravedad.

—Sin duda, son tremendas, un par que está mucho más allá de lo que Colleen y yo podemos manejar.

—Oh, sí, probablemente las niñas más monstruosas del condado.

Sonrió, hizo una pausa y luego habló, pero sin jovialidad en su tono de voz.

—¿Te importaría que me quedara en Mayfield por un tiempo?

La mujer sacudió la cabeza y disfrutó de una ola de calor que se extendió por su cuerpo. Después de tanto tiempo, seguía coqueteando con ella, y ella le correspondía. Aunque habían disfrutado de la compañía del otro estos últimos meses, también habían evitado hablar de su futuro, tal vez para asegurarse primero de que se sentían atraídos por sus versiones adultas o para no desvirtuar el matrimonio de su hija y sobrino, respectivamente, pero la boda ya había pasado y el futuro de Julia y Peter ya estaba en marcha.

Amelia había decidido no quedarse en Mayfield mucho más tiempo tras el regreso de su hija, pues sabía que la pareja necesitaría definir su nueva familia y, por mucho que se esforzara y por muy buenas intenciones que tuviera, no podría evitar intervenir e inmiscuirse en sus asuntos, a veces demasiado.

—Por supuesto, quédate el tiempo que quieras, Elliott. —Dejó el libro a un lado—. La luna brilla con fuerza y hace una buena noche. Me pregunto si te apetecería acompañarme a dar un paseo, para calmar los nervios del día y…

—Lo consideraría un honor. —Casi se puso en pie de un salto, luego se encogió y se inclinó para frotarse la rodilla.

Cuando cruzó en su dirección, él tenía el brazo extendido para que lo tomara, y ella lo tomó acercándose más de lo necesario porque pensó que a él no le importaría. Salieron por la puerta principal y siguieron el camino que rodeaba el lado este de la casa. Volvieron a hablar de la boda, de la comida, del tiempo y de la gente que había asistido.

—Tus sobrinos son encantadores —comentó Amelia.

—Sí, lo son —dice Elliott—. Tengo siete sobrinos, ya sabes, y estoy haciendo todo lo posible para verlos a todos establecidos y felices, con buenas familias. Peter y Julia son mi primer éxito.

—Lo sé.

—Sí, pero quería asegurarme de que no lo olvidaras. Hoy has conocido a tres de mis próximos proyectos, y tengo la intención de seguir con mi plan. Creo que Timothy pronto estará establecido.

Ella lo miró; la luna plateada le iluminaba el perfil. La luz se reflejaba en los mechones grises de su pelo.

—Todavía no estoy convencida de que esa campaña tuya sea lo que hay que hacer.

—Lo suponía, pero ha sido idea mía y, dado el éxito reciente, no sé si puedo dejar que me hagas cambiar de opinión. —Le guiñó un ojo.

Ella prefirió no continuar hablando del asunto y volvió a mirar al frente.

—¿Y Peter sigue haciendo caso omiso de tu regalo de bodas?

Lord Elliott asintió.

—La carpeta aún está mi estudio en Howardhouse. Tenía la intención de traerla pero se me olvidó, ya que él no le presta ninguna atención. Cada vez que se lo sugiero, me dice que la guarde en el cajón.

—¿Me podrías decir qué es lo que contiene?

Él la miró de reojo.

—No estoy seguro… ¿Podrás soportar esa carga?

—Te aseguro que soy perfectamente capaz. —Dibujó una equis sobre el pecho.

Habían llegado al patio circular y él la condujo a uno de los cuatro bancos de piedra que estaban dispuestos alrededor de la hierba del jardín. Lo limpió y le indicó que se sentara. Luego se unió a ella y puso la mano en el espacio que había entre ellos. Ella le miró un momento y luego colocó la suya junto a la de él. Ambos entrelazaron los dedos, como antes.

—La de Peter fue la dotación más difícil de decidir —comenzó Elliott—. Ya heredó de su padre, a pesar de que en su momento fue tanto una carga como una recompensa y, además, es mi heredero, así que no tiene grandes necesidades. También vive por debajo de sus posibilidades, algo muy poco caballeroso por su parte.

Amelia se echó a reír y Elliott continuó:

—Sin embargo, tomé una determinación que creo que le gustará, más aún ahora que Julia forma parte de su vida. No podría haber una mujer más adecuada para él.

Amelia asintió con la cabeza.

—¿De qué se trata?

—Hay un hombre en Alemania que se llama Arthur Steveltsorg, un conocido criador de perros, concretamente de galgos. Peter lo sabe todo de él, puede hablar de su práctica y de sus avances durante horas, y fue Arthur quien le inspiró a criar galgos.

—Gracias por advertirme de su pasión por el tema, jamás le preguntaré.

Peter le caía muy bien, pero no había duda de que podía hablar durante horas, como Amelia había podido comprobar cuando Julia volvía a la vicaría. Amelia sabía demasiados detalles sobre la cría de perros… Y su hija era igual de insistente. Sin duda, eran una pareja perfecta en ese sentido.

Elliott continuó:

—La dotación de Peter es un viaje a Alemania, con su nueva esposa y las niñas, donde se alojará con el señor Steveltsorg y aprenderá del maestro durante un mes. A su regreso, recibirán un cachorro de la camada más reciente. Me comuniqué con su mayordomo, lo que sin duda no fue fácil, ya que no hablo nada de alemán, y convinimos un precio, por supuesto.

—Por supuesto.

—Les presentaré a Peter y Julia esta idea cuando vuelvan. Y solo será necesario tirar un poco de los hilos para que se haga realidad.

—Estarán encantados, creo —dijo Amelia—. Es una oportunidad única en la vida.

—¿Lo apruebas, entonces?

—No tengo especial interés por la cría de perros, pero ellos disfrutarán tremendamente de este regalo. Solo prométeme que no tendré que ir con ellos.

Lord Elliott se echó a reír.

—Estoy seguro de que Colleen estará encantada de ir de acompañante para evitarlo.

El hombre parecía veinte años más joven a la luz de sus elogios. La brisa alborotó la ropa de Amelia y el hombre atrapó el dobladillo de su vestido. Amelia se inclinó hacia delante para alisarse la falda y luego se enderezó de nuevo. El jardín era precioso, con hileras de prímulas que bordeaban el camino, idea de Amelia. Echaba de menos su jardín y sabía que ningún paisaje estaba completo sin aquella flor primorosa y perfecta que decía: «No puedo vivir sin ti». Se las había regalado a Julia para su ramo de novia.

—¿No crees que estoy manipulando a mis sobrinos con estas dotaciones?

—Oh, por supuesto que creo que los estás manipulando, pero eso no significa que sea mala idea o que no sea increíblemente generoso. —Ladeó la cabeza—. Te deben todo lo que tienen, ¿no es así?

El hombre levantó las manos entrelazadas de ambos y le besó el dorso de los dedos.

—Me han dado un propósito en la vida y alegría. No hay nada que me haga más feliz.

—¿Nada?

Le sostuvo la mirada.

—Solo me arrepiento de una cosa en estos últimos treinta años, algo en lo que he pensado más de una docena de veces, una decisión que tomé en el pasado

—Hemos hablado de esto muchas veces, Elliott. Dejémoslo donde debe estar.

—¿En el pasado?

Ella asintió.

—¿Porque todo salió como debía?

Se rio.

—Sí. Todo ha salido como debía, y ahora estamos sentados en un banco a la luz de la luna con mucha vida aún por delante.

Apenas podía creer que tales palabras hubieran salido de su boca y, sin embargo, estaba totalmente convencida. Amelia no apartó la mirada, aunque se sintió avergonzada por su atrevimiento. Él le sonrió con cariño, sosteniéndole las manos entre las suyas, y la acercó a él.

—Amelia Edwards Hollingsworth, ¿perdonarás mis ofensas y me permitirás pasar el resto de mis días compensando mis errores?

—Solo si puedes perdonarme por casi arruinar la felicidad de Peter.

—Ya está perdonado.

La mujer se inclinó hacia delante y, adelantándose a él, lo besó en los labios, reuniendo pasado, presente y futuro en un beso que era a la vez nuevo y familiar. Sentía un fuerte deseo interior de compartir su futuro, su vida e incluso su campaña matrimonial con él y, por el momento, todo marchaba viento en popa.

El hombre le sujetó la nuca con la mano mientras le devolvía el beso con ardor juvenil y, cuando se retiró, ella apoyó la frente en la de él.

—Antes de dejar que esto avance, quiero que estipulemos algunas cosas.

—¿Por qué no me sorprende escucharlo?

Se rio y luego se puso seria.

—Me gusta hornear mi propio pan por las mañanas. Peter me ha permitido hacerlo aquí, aunque a su cocinera no le gusta que me meta en su cocina. Sin embargo, nos hemos compenetrado y no querría renunciar a eso.

—Mi cocinero no es un experto en cocina inglesa, así que no creo que tenga reparos en que hornees el pan. ¿Algo más?

—Mis hijos serán siempre bienvenidos, y yo debo tener libertad para interactuar con ellos, siempre que me lo permitan. La esposa de un noble tiene muchas expectativas puestas en ella, todas las cuales cumpliré al máximo de mis capacidades, pero no me pidas que cambie, ahora soy otra persona. A mi edad, no creo que pueda hacerlo, aunque lo intente.

—Oh, mi querida Amelia —dijo, rozándole la mejilla con el pulgar—. Me he enamorado de nuevo de la mujer en la que te has convertido.

Se sentó para poder mirarle a los ojos y respondió, protocolaria:

—Entonces acepto su propuesta, lord Howardsford. No hay nada que me complazca más que convertirme en su esposa.

—¿Y te unirás a mí en mi campaña matrimonial? Me temo que Peter siempre fue el que menos me preocupaba.

—Me hará muy feliz luchar por la felicidad de tu familia.

Él se limitó a besarla.

Amelia nunca se había alegrado tanto de que le demostraran que estaba equivocada. Sobre lord Elliott, sobre Peter, sobre ella misma.

Agradecimientos

Estoy muy agradecida a mi agente, Lane Heymont, de la Agencia Tobias, por inspirar esta idea de serie y ayudarme a desarrollar las historias que encajan en ella. Gracias a mi grupo de críticos por ayudarme a organizar mi historia: Ronda Hinrichsen (*Unforgettable, Covenant*, 2018); Becki Clayson; Jody Durfee (*Hadley, Hadley Bensen,* Covenant, 2013); y Nancy Campbell Allen (*Kiss of the Spindle*, Shadow Mountain, 2018); mi lectora beta Jennifer Moore (*Miss Leslie's Secret*, Covenant 2017); y Whitney Schofield, mi cuñada y experta canina.

Gracias a Shadow Mountain por aceptar mi manuscrito y por ayudarme a mejorarlo, concretamente a Heidi Taylor Gordon, directora de producción de la colección *Proper Romance;* a Lisa Mangum, una editora extraordinaria; a Heather Ward y Richard Erickson, ambos increíbles diseñadores; y a Malina Grigg, una hábil tipógrafa. Escribir la historia es solo una parte del esfuerzo creativo que supone convertirla en un libro, y me siento muy agradecida por todas las personas que lo habéis hecho posible.

Muchas gracias a mis lectores: sin vosotros no tendría ninguna razón para hacer lo que me gusta. Soy muy afortunada.

Gracias a mis hijos por darme una vida plena y feliz, y a mi marido, Lee, por las batallas que libra por mí, por nosotros y por nuestra familia. Lee y yo celebraremos este año veinticinco años de matrimonio, y no puedo imaginar mi vida sin él.

Por todo lo anterior, y por mucho más, doy las gracias al Señor, que me ha dado tanta perspectiva, propósito y paciencia.

Descarga la guía de lectura gratuita
de este libro en:
https://librosdeseda.com/